Un Noël plein de surprises

*

Romance sous le gui

*

Un papa en cadeau

JILL SHALVIS

Un Noël plein de surprises

Traduction française de
SOPHIE BRUN

HARLEQUIN

Titre original :
THE CHRISTMAS SET-UP

Ce roman a déjà été publié en 2018

HARPERCOLLINS FRANCE
83-85, boulevard Vincent-Auriol, 75646 PARIS CEDEX 13
Service Clients — https://www.harlequin.fr/contenu/contactez-nous
ISBN 978-2-2805-2378-3

Édité par HarperCollins France.
Composition et mise en pages Nord Compo.
Imprimé en septembre 2025 par ScandBook UAB en Lituanie
en utilisant 100% d'électricité renouvelable.
Dépôt légal : octobre 2025.

MIXTE
Papier | Pour une gestion forestière responsable
FSC® C021394
FSC
www.fsc.org

Pour limiter l'empreinte environnementale de ses livres, HarperCollins France s'engage à n'utiliser que du papier fabriqué à partir de bois provenant de forêts gérées durablement et de manière responsable.

1

— Joyeux Noël, monsieur ! lança le marchand de hot dogs avec un sourire de gratitude, lorsque Jason Monroe lui indiqua d'un geste qu'il pouvait garder la monnaie.

Jason lui rendit son sourire. Pauvre garçon ! songea-t-il. Il devait avoir à peine plus de douze ans. Travailler comme vendeur ambulant était certainement une nécessité, mais ce n'était guère la place d'un enfant. Il aurait été mieux sur les bancs de l'école que dans la rue, à essayer de caser ses sandwichs et autres encas à des passants pressés.

Joyeux Noël...

En ce 10 décembre, San Francisco avait déjà revêtu ses habits de lumière depuis Thanksgiving. Jason n'avait rien de Scrooge, le personnage de Charles Dickens, mais il se serait volontiers passé de tout ce décorum, de ces guirlandes qui clignotaient, de ces faux cadeaux emballés dans des papiers de couleurs criardes, de ces lumières vives et de cette musique mièvre qui vous poursuivait partout en ville. Tous ces préparatifs le rendaient nerveux. Il était loin d'avoir le cœur à la fête !

Quand il arriva devant Steele Architecture and Design, où il travaillait comme architecte, il avait déjà fini ses deux hot dogs bien garnis et s'attaquait au churro.

Après l'avoir rapidement englouti, il poussa la porte vitrée de la salle de conférences pour la réunion hebdomadaire de l'équipe. Tous les participants ou presque avaient déjà pris place autour de la longue table ovale, à commencer par son frère, Mike.

Ce dernier avait été embauché par le cabinet comme dessinateur. Pour l'heure, il paraissait très occupé à examiner un document électronique en compagnie de ses collègues, et cette lecture semblait les divertir au plus haut point.

Mais, à la vue de Jason, leur hilarité disparut comme par enchantement.

Ce dernier fronça les sourcils en constatant que, soudain, tous les membres du petit groupe se précipitaient sur les iPhone, iPad et autres ordinateurs portables.

Tous, sauf Mike qui lui adressa un sourire parfaitement innocent... beaucoup trop innocent en fait.

Mike avait vingt-cinq ans, seulement cinq ans de moins que lui, mais il avait trop souvent tendance à se comporter comme un adolescent. Et pourtant, il était bien la seule personne sur terre capable d'émouvoir son frère aîné. Il le savait et n'hésitait pas à en jouer.

Depuis le décès de leurs parents, dix ans plus tôt, Jason avait tout mis en œuvre pour maintenir Mike dans le droit chemin. Il avait à peu près atteint son objectif, mais il lui en avait coûté. Au sens propre comme au figuré.

Il lui avait fallu régler les factures médicales et renégocier le prêt ruineux qu'avait souscrit son père, tout cela sans avoir un sou de côté. A ces dettes, d'autres, relatives à ses études, puis à celles de son frère, s'étaient ajoutées. Malgré la précarité de leur situation, Jason n'avait pu se résoudre à vendre la maison de leurs parents. C'était un peu une façon de ne pas laisser s'échapper les souvenirs liés à leur enfance. Aussi, chaque mois, il se serrait la ceinture pour rembourser les échéances de l'emprunt et payer les différentes taxes.

Pour toutes ces raisons, en une décennie, il n'avait pas réussi à mettre même un dollar de côté. Tout ce qu'il gagnait passait dans le remboursement de l'emprunt immobilier et autres crédits. Et les périodes de fête ou les vacances lui rappelaient cette réalité avec encore plus d'acuité.

Son insouciant de frère, pendant ce temps, ne partageait pas ses préoccupations. Certes, il participait aux dépenses courantes et à certains frais d'entretien de la maison, mais, à part cela, l'argent semblait lui filer entre les doigts.

Toutefois, pour l'heure, ce qui inquiétait Jason, ce n'était pas tant ses soucis financiers que l'expression de pure candeur qu'il lisait sur le visage de son frère cadet.

Il se souvenait encore amèrement de la dernière fois où Mike avait arboré un tel masque d'ingénuité. A l'époque, le petit plaisantin n'avait rien trouvé de mieux que de coller les couvercles de tous les étuis tubulaires en carton contenant les plans, y compris de celui que Jason avait emporté pour son rendez-vous de travail avec le conseil municipal.

Voilà ce qui arrivait quand votre frère cadet avait le profil type du surdoué qui s'ignore et se servait de son intelligence pour jouer des tours aux autres !

Avant que Jason ait pu deviner ce que manigançait Mike, Stan Steele, le patron du cabinet d'architecture, fit son entrée dans la salle de réunion, suivi de Zoe Anders.

La jeune femme occupait les mêmes fonctions que Jason et représentait la seule concurrente capable, comme lui, de décrocher la promotion qu'il briguait avec tant d'ardeur : le poste d'architecte en chef. Il émanait de cette grande rousse un curieux mélange de gentillesse spontanée et d'ambition dévorante.

Stan attendit que Zoe ait pris place sur la seule chaise disponible autour de la table, à côté de Jason.

Lorsqu'elle croisa ses longues jambes, Jason crut percevoir

le bruissement de ses bas l'un contre l'autre. Aussitôt, son imagination s'enflamma, à l'idée du petit rectangle de peau soyeuse au-dessus du fin voile noir… Et ses sens aussi…

Pourquoi Zoe Anders lui faisait-elle un tel effet ? Il suffisait qu'elle s'approche à moins d'un mètre pour qu'il perde tous ses moyens. Pourtant il y avait d'autres jeunes femmes dans l'entreprise, dont certaines plus séduisantes.

Pour autant, dès qu'il la voyait, elle générait en lui des pensées érotiques, allant même jusqu'à troubler sa capacité de concentration légendaire. Aucune autre de ses collègues ne lui faisait un tel effet. Et depuis qu'elle avait rejoint Steele Architecture and Design, un an plus tôt, il perdait systématiquement ses facultés dès qu'elle apparaissait.

Leurs regards se croisèrent.

Zoe eut soudain l'air tendu, et lâcha son carton à dessins, dont le contenu se répandit sur le sol. Dans son empressement à réparer sa maladresse, elle renversa malencontreusement son gobelet de café.

— Quelle idiote ! l'entendit-il marmonner entre ses dents.

Jason ne put réprimer un sourire. Etait-ce lui qui la mettait mal à l'aise ? Il avait peut-être enfin la preuve qu'elle partageait son trouble.

Se penchant pour l'aider à rassembler les feuilles éparpillées par terre, leurs visages se retrouvèrent à quelques centimètres à peine l'un de l'autre.

De près, elle lui parut encore plus sensuelle, et lorsque le beau regard vert de la jeune femme s'attarda involontairement sur sa bouche, il éprouva une bouffée de désir presque incontrôlable.

— Merci, murmura Zoe d'une voix étrangement sèche. C'est bon, je crois que j'ai tout.

Une voix déterminée vint interrompre leur tête-à-tête improvisé.

— Bonjour à tous, lança Steele en distribuant un dossier

épais à chacun de ses huit collaborateurs directs. Je vais devoir écourter cette réunion, car j'ai un rendez-vous important à l'autre bout de la ville, mais vous trouverez toutes les informations nécessaires dans ces documents. Comme nous en avons discuté la semaine dernière, l'ancien Weller Building est voué à la démolition. Richard D. Weller III vient de lancer le premier volet de l'appel d'offres, destiné au recrutement du cabinet d'architectes. Le nouvel édifice, je vous le rappelle, accueillera une bibliothèque municipale, le palais de justice et un centre familial.

Stan Steele s'interrompit une seconde, fixant tout d'abord Jason, puis Zoe. Personne, autour de la table, n'ignorait qu'il s'adressait particulièrement à ses deux poulains.

— Je veux que chacun de vous concocte un projet original. J'ai dit « original » ? Comprenez plutôt *génial* ! Je *veux* signer cette affaire. Il s'agit du plus gros contrat sur un marché qui, vous le savez, traverse une crise sans précédent. Hors de question de nous laisser évincer par l'un de nos concurrents ! Je vous informe donc que celui d'entre vous qui me présentera le concept susceptible de nous faire gagner décrochera par la même occasion le poste d'architecte en chef. Me suis-je bien fait comprendre ?

Sans s'émouvoir, Zoe soutint le regard de Steele.

— Parfaitement, monsieur, dit-elle avec un sourire éblouissant.

Jason évita prudemment de tourner la tête vers elle, de peur que son esprit ne se remette à vagabonder sur un terrain qui n'avait rien de professionnel.

Il se contenta de répondre à son patron d'un hochement de tête.

Il avait désespérément besoin d'obtenir cette promotion ; il en allait de son avenir financier. Ses revenus actuels ne lui permettaient pas le moindre écart. Et il avait d'autres aspirations à présent. Aussi désormais, plus rien d'autre que ce projet ne devait compter. Il y consacrerait ses journées, voire ses nuits s'il le fallait. Voilà qui le tiendrait occupé durant les fêtes de Noël et de fin d'année, une période qu'il détestait de toutes les façons...

— Vous avez un mois en tout et pour tout pour mettre en forme le projet, conclut Stan Steele. Quant à vous, ajouta-t-il à l'adresse des dessinateurs, je compte sur une totale collaboration de votre part. Je ne vous demande qu'une chose : impressionnez-moi !

Se levant, il quitta la pièce sans plus de formalités.

Rassemblant ses affaires, Zoe l'imita, non sans un sourire pour ses collègues, à l'exception de Jason.

L'esprit en maraude et les sens en alerte, ce dernier la regarda partir, admirant au passage la finesse de sa taille, la courbe de ses reins...

Bon sang ! Il devait se ressaisir ! Ce n'était pas le moment de se laisser fléchir ! Il s'agissait là de sa rivale directe ! Et il était hors de question de laisser filer le poste qu'il désirait tant.

Mike s'approcha de lui, l'air compatissant.

— Mon pauvre, tu crois que tu vas t'en sortir ?

— Ne t'en fais pas, aucun problème.

— Tu en es bien sûr ? Il va y avoir la période de Noël. Et puis, Zoe a un sacré talent et une ambition à l'avenant. Maintenant qu'elle a l'occasion de t'évincer, elle va certainement mettre les bouchées doubles.

— Ne t'inquiète pas, je m'en sortirai.

Jason n'était pas du style à montrer ses sentiments et encore moins ses incertitudes. Et puis, jusqu'à présent, il n'avait eu besoin de personne pour se tirer d'affaire. Il ne devait sa réussite professionnelle qu'à sa créativité, sa capacité de travail et sa ténacité. Il n'y avait aucune raison pour qu'il en aille autrement cette fois-ci. Il allait terminer l'année en beauté, décrocher la promotion et pouvoir enfin respirer sur le plan financier.

— Pourquoi ne pas unir vos forces ? lança Mike d'un ton prudent, peu habituel chez lui.

Jason lui lança un regard suspicieux, qu'il soutint tout en se dandinant d'un pied sur l'autre.

Qu'était-il *encore* en train de manigancer ? Décidément, il ne changerait jamais !

— Que suggères-tu quand tu parles d'unir nos forces ?

— Tu pourrais essayer de travailler *avec* elle, plutôt que *contre* elle. Vous mettriez ainsi vos talents en commun, remporteriez le contrat, et Steele n'aurait plus qu'à vous départager. Compte tenu de tes résultats, je ne doute pas qu'il te choisisse toi.

— Tu oublies juste une chose. Je n'ai pas besoin de qui que ce soit pour gagner cette compétition. Je peux très bien me débrouiller seul !

— O.K. ! Très bien. Je n'insiste pas... Puisque tu le dis !

Masquant son énervement, Jason quitta à son tour la salle de réunion. Non seulement il l'affirmait, mais il en était absolument convaincu. Jamais Zoe et lui ne réussiraient à collaborer efficacement, il en était certain. Dès qu'ils se trouvaient dans la même pièce, l'atmosphère semblait explosive.

Un mois ! Il avait un mois devant lui pour créer *le* projet de sa vie, celui qui lui permettrait de rembourser ses dettes et de vivre un peu moins chichement.

Peut-être alors pourrait-il commencer à se préoccuper de son bonheur personnel et à cesser de se comporter comme un robot tendu vers l'objectif ?

A la minute même où Jason referma la porte derrière lui, Mike se tourna vers Alicia, Kent et Tucker, ses collègues, mais aussi ses associés dès qu'il s'agissait de mettre en œuvre les farces qu'il inventait.

— Alors, où en étions-nous ?

Ils avaient emprunté l'iPad d'Alicia et remplissaient un formulaire de location concernant un chalet à Lake Tahoe. C'était d'ailleurs l'idée d'Alicia, la seule femme de la bande et la plus romantique du lot. La maison appartenait à Ken et Jillian Vickers, deux des professeurs que Jason appréciait particulièrement lorsqu'il était au collège. D'après la rumeur qui circulait sur leur compte, ce lieu leur avait permis de retomber amoureux l'un de l'autre comme au premier jour. Depuis, ils ne louaient la maison qu'à des couples — ou à de futurs couples, en l'occurrence.

Comme Jason paraissait vraiment déprimé depuis quelque temps, Mike avait voulu lui rappeler que la vie ne se bornait pas au travail et à la comptabilité. Il avait donc cherché un moyen de lui changer les idées. Et Alicia avait tout de suite accepté de l'aider dans cette mission salvatrice.

Le problème, c'était que Jason était intelligent et incroyablement intuitif. Pour réussir à le duper, il fallait se lever de bonne heure, ou se montrer plus malin que lui. Pour arriver à ses fins, Mike comptait sur un atout décisif : son frère avait les fêtes de fin d'année en horreur. Il ne demanderait donc pas mieux que de s'isoler quelques jours pour fuir les festivités.

Et c'est là qu'une surprise de taille l'attendrait ! Son cadeau de Noël, en quelque sorte !

Mike eut un sourire moqueur en imaginant l'expression éberluée de Jason.

— Tu as intérêt à te réjouir maintenant, lança Alicia. Car, quand il aura découvert le pot aux roses, il te sautera à la gorge pour t'étrangler !

Elle orienta l'écran de son iPad vers ses compères afin de leur montrer le formulaire qu'elle achevait de compléter.

— Il nous reste à répondre à une seule question, et ce n'est pas la plus facile : pourquoi Jason a-t-il choisi précisément ce chalet plutôt qu'un autre ?

A la vérité, Jason ne choisissait rien du tout. Mike s'en chargeait pour lui, et à son insu ! C'était justement là que résidait la difficulté.

— Tu n'as qu'à écrire qu'il espère y trouver l'amour, suggéra-t-il.

— Impossible ! se récria Kent. Jason ne formulerait jamais une telle réponse. Il ignore ce qu'est l'amour.

— Détrompe-toi. A une certaine époque, il était doué pour les sentiments. Et c'est justement ce que je veux lui rappeler. Et puis, je ne nous vois pas annoncer crûment l'objectif de la combine : faire en sorte que deux architectes talentueux et ambitieux, manifestement attirés sexuellement l'un par l'autre mais refusant de le reconnaître, laissent enfin leur libido s'exprimer. Cela manquerait quelque peu de romantisme !

— C'est pourtant précisément ce que tu cherches à faire en les manipulant ainsi, objecta Alicia.

— Oui, mais mes intentions sont purement altruistes. Je ne cherche qu'à donner un petit coup de pouce au destin. Bon, écoute, tu n'as qu'à rédiger quelque chose de poétique sur leur passion réciproque pour la montagne, leur besoin de communier avec la nature pour mieux se ressourcer... Enfin, un baratin dans ce goût-là.

— Tu plaisantes ! Zoe, une amoureuse de la nature ? Elle risque de s'évanouir à la vue de la moindre araignée, et elle a une peur bleue des ours.

— Bon, c'est vrai. Tu as raison. Ça ne peut pas coller. Il faut donc inventer autre chose.

— Et n'oublie surtout pas d'indiquer que le bar doit être bien achalandé, ajouta Tucker. Ils auront sûrement besoin de cela pour les aider à mettre leurs inhibitions de côté et à passer à l'acte.

— Finalement, quand je vous entends, je ne suis plus si sûre d'avoir eu une bonne idée, marmonna Alicia, qui jeta un regard noir à son collègue.

— Bien sûr que si, se récria Mike. De toute façon, c'est aussi pour notre bien à tous. Ces deux-là ne cessent de se tourner autour depuis des mois, tout en feignant de s'ignorer. Dès qu'ils se retrouvent ensemble dans une pièce, l'atmosphère se charge d'électricité. Par ailleurs, Jason est d'une humeur de chien. Cela fait une éternité que je ne l'ai vu s'amuser. J'espère qu'après ce petit séjour, il recommencera à sourire !

— Et si on s'était trompés ? Peut-être couchent-ils déjà ensemble ? suggéra Kent.

— Impossible, rétorqua Tucker. Sinon, il n'y aurait pas une telle tension sexuelle entre eux. Tu as remarqué comment Zoe a réagi quand Jason l'a regardée ? Elle était troublée, c'est certain. Elle a immédiatement fait tomber son carton à dessins et renversé son café.

— Croyez-moi les enfants, conclut Mike, si mon frère avait une liaison avec elle, je le saurais. Essaye d'oublier qu'il s'agit d'un coup monté, ajouta-t-il à l'intention d'Alicia. Considère plutôt que nous faisons à Jason un magnifique cadeau de Noël. Tâche de trouver une formulation à l'eau de rose, et envoie le questionnaire.

2

Zoe se tenait immobile, les yeux obstinément fixés sur le petit sapin de Noël qui ornait son bureau, pour éviter de regarder l'écran de son ordinateur où s'affichait une page désespérément blanche.

Cela faisait déjà deux semaines que Stan Steele leur avait distribué le cahier des charges du projet Weller, et elle n'avait guère progressé. Bien sûr, elle avait déjà écrit un certain nombre de notes et listé quelques idées qu'elle avait pris soin d'enregistrer sur la clé USB connectée à son ordinateur portable mais, jusqu'à présent, elle n'avait réussi à en concrétiser aucune.

Si la silhouette du futur gratte-ciel commençait à se dessiner dans son imagination, la jeune femme ne parvenait pas encore à la tracer à l'aide de son logiciel de CAO en 3D.

Et puis, en cette veille de Noël, trop de pensées se bousculaient dans sa tête pour qu'elle arrive à se concentrer. Mais l'heure tournait ! A midi, elle devrait plier bagage pour aller retrouver sa famille qui, comme chaque année, se rassemblait à l'occasion des fêtes de fin d'année.

Or Zoe avait décrété qu'elle ne bougerait pas de son bureau tant qu'elle n'aurait pas accompli le moindre progrès, aussi minime soit-il. Et elle risquait d'y rester longtemps, au train où allaient les choses !

Au moment précis où elle commençait à sentir le vent de la panique, Jason pénétra dans la pièce de sa démarche souple et décidée de sportif.

Nerveuse, Zoe frissonna. Pourvu qu'il n'ait rien remarqué ! songea-t-elle. Elle reconnut sans mal la sensation qu'elle éprouvait en sa présence : une sorte de trouble émotionnel étrange, suivi aussitôt d'une poussée d'adrénaline. Elle avait beau tenter de se convaincre qu'il s'agissait là d'une manifestation parfaitement naturelle entre deux concurrents, elle savait très bien que son malaise avait une autre explication : le sex-appeal de cet homme ne la laissait pas insensible. Au contraire, il suscitait en elle des réactions d'une intensité qu'elle avait du mal à contrôler.

— Tu as terminé ? demanda Jason.

— Terminé quoi ? répliqua-t-elle d'un ton sec, sachant pertinemment qu'il venait à la pêche aux informations.

Pour toute réponse, il lui offrit son plus beau sourire. Un sourire charmeur, révélant une dentition d'une blancheur éclatante.

Taillé comme un athlète du haut de son mètre quatre-vingt-six, il savait mettre en valeur un corps sculpté par la pratique hebdomadaire du VTT, avec des tenues vestimentaires très recherchées. Pour l'heure, il portait un élégant pantalon de treillis bleu nuit, assorti à une chemise et une cravate nouée de façon lâche autour d'un col déboutonné, pour accentuer l'effet de virile décontraction. Une paire de boots noirs complétait l'ensemble.

Ajoutez à cela une masse de cheveux châtain foncé qu'il ne s'efforçait manifestement pas de discipliner, et le tableau avait de quoi émouvoir la plus chaste des jeunes filles.

Zoe en convenait volontiers, mais ce qui, pour l'heure, l'énervait davantage, c'était que Jason Monroe ne semblait pas le moins du monde impressionné par sa froideur.

— Un problème ? demanda-t-il avec insistance.

« Oui, et de taille ! » songea la jeune femme tout en évitant soigneusement de jeter un coup d'œil en direction de son écran d'ordinateur.

— Aucun. Pourquoi ? répliqua-t-elle avec aplomb.

— Peut-être parce qu'il ne nous reste plus que deux semaines avant l'échéance fixée par Steele pour rendre le dossier Weller.

— Je le sais, merci. Inutile de me le rappeler !

Jason la contempla longuement de son regard vert perçant. Rien ne parut échapper à son examen : ni le fait qu'elle portait son tailleur « porte-bonheur » pour la seconde fois de la semaine dans l'espoir qu'il l'aiderait à trouver l'inspiration, ni les cernes de fatigue qui ombraient ses yeux, ni même le peu de soin qu'elle avait apporté à sa coiffure.

Cette inspection silencieuse acheva de la déstabiliser. Zoe s'attendait à une plaisanterie de sa part, ou du moins à une grimace moqueuse, mais il n'en fit rien.

— Tout va bien, tu es sûre ? demanda-t-il de nouveau.

Surprise par sa gentillesse sincère, Zoe se figea. D'ordinaire, ils n'abordaient jamais de sujets personnels. Depuis leur première rencontre, leurs rapports étaient surtout basés sur l'esprit de compétition, sur le désir de grimper plus haut et plus vite que l'autre les degrés de l'échelle de l'ambition.

Mais Zoe n'ignorait pas qu'au bureau les rumeurs allaient bon train sur leur compte, chacun s'interrogeant sur la raison de cette tension palpable entre eux. Certains allaient même jusqu'à avancer l'hypothèse d'une liaison.

Quelle idée ridicule !

Jamais elle ne partagerait ses nuits avec un homme avec lequel elle était perpétuellement en compétition le jour, et qui bien souvent l'emportait sur elle. Elle en avait déjà assez de ses sœurs pour ne pas s'encombrer d'un amant qui leur ressemble. Aussi beau soit-il...

Et Dieu sait si Jason Monroe l'était ! Non seulement il avait énormément de charme, mais il était également terriblement sexy et viril. Oui, elle éprouvait un certain béguin pour lui, mais il était absolument hors de question de divulguer cette attirance au grand jour. Elle comptait bien la garder secrète et pour toujours.

Car il existait une seconde raison pour laquelle elle ne connaîtrait jamais de moments d'intimité avec lui : Jason avait un penchant pour les petites blondes. Or elle était grande et rousse. Elle ne rentrait donc pas dans ses critères physiques.

Quittant ses pensées, elle lui répondit enfin :

— Tout va parfaitement bien ! Je suis juste un peu débordée.

— Tu as besoin d'aide ? proposa-t-il en approchant du bureau dans l'intention manifeste de jeter un coup d'œil sur l'écran.

Bondissant littéralement de son siège pour se placer entre lui et son ordinateur, Zoe essaya de faire obstacle. Il ne devait pas se rendre compte qu'elle séchait lamentablement. Malheureusement, dans sa précipitation, elle trébucha. Elle serait sans doute tombée si Jason ne l'avait pas rattrapée *in extremis*.

Furieuse contre elle-même, elle se redressa. Quelle gourde ! songea-t-elle. Mais cette étreinte impromptue n'était pas désagréable du tout, même si elle devait s'en extraire au plus vite. Jason semblait beaucoup plus musclé que ses tenues vestimentaires ne le laissaient supposer, et il était également plus grand qu'elle ne l'imaginait.

Zoe avait hérité des gènes de son père, un géant d'un mètre quatre-vingt-douze. Chez les Anders, tout le monde dépassait le mètre soixante-quinze. Cependant, ses sœurs mesurant quelques centimètres de plus qu'elle, Zoe avait pris l'habitude de porter des talons. Même ainsi perchée, elle devait légèrement lever la tête pour regarder Jason dans les yeux.

— Excellente tactique de diversion ! lança celui-ci, sans la lâcher pour autant.

— Comment cela ?

Mettant ses mains à plat contre son torse, Zoe réussit à le repousser. Il n'opposa guère de résistance, trop occupé sans doute à essayer de voir ce qui s'affichait sur son écran d'ordinateur.

— Ne fais pas l'innocente, reprit-il avec un sourire taquin. Tu t'es littéralement jetée dans mes bras. Cependant, tu vas devoir trouver un meilleur stratagème pour me distraire.

— Quoi ? Je ne me suis certainement pas jetée dans tes bras ! Tu te fais des idées ! s'offusqua Zoe, au comble de l'exaspération. Et je t'avertis que je ne te laisserai pas m'espionner. Hors de question que tu lorgnes sur mon travail !

Se tenant à quelques centimètres de lui, elle pouvait presque sentir l'odeur de sa peau, un parfum masculin auquel se mêlaient quelques notes musquées.

— Je peux te donner un petit coup de main si tu as un problème à résoudre, insista-t-il, avec un sourire moqueur.

— Toi ? Jason Monroe ? Tu m'offres ton aide ! s'exclama Zoe avec un rire sarcastique. J'aurai tout entendu !

— Et pourquoi pas ? En quoi cela te paraît-il si absurde ?

— Tu ne m'avais encore jamais fait une telle proposition.

— Il faut dire que tu ne m'en avais encore jamais donné l'occasion, rétorqua-t-il du tac au tac.

— Justement, sache que je ne te la donne pas plus maintenant, répondit Zoe sèchement.

Elle l'observa avec nervosité.

Un sourire charmeur éclairait son visage. « Cet homme a décidément un talent de séducteur hors pair ! », se dit-elle en son for intérieur.

— En fait, je pensais que nous pourrions peut-être conjuguer nos efforts, afin d'obtenir un meilleur résultat ? suggéra-t-il.

— Je te répète que je n'ai aucun problème, répliqua-t-elle avec un air exaspéré. Mais peut-être, *toi*, en as-tu un ?

Il éclata de rire comme s'il s'agissait de l'hypothèse la plus absurde qui soit. Zoe faillit partager son hilarité. Elle avait été un peu loin, tout de même ! Jason Monroe était un petit génie de l'architecture, promis à un brillant avenir ; cela ne faisait aucun doute, et elle en était tout à fait consciente. Aucun obstacle ne semblait l'arrêter dans son élan et, s'il rencontrait des difficultés ou éprouvait parfois des états d'âme, il n'en laissait jamais rien paraître.

Prenant un air agacé, Zoe soupira.

— Jason, va-t'en, s'il te plaît !

Mais, au lieu d'obtempérer, il avança d'un pas vers elle. Il était maintenant si proche qu'elle pouvait sentir son souffle caresser sa joue, et il la fixait avec une telle intensité que son cœur se mit à battre la chamade, tandis qu'un long frisson lui parcourait le dos.

Elle devait se ressaisir, ne pas lui montrer son trouble. Profitant de sa faiblesse, il tenterait sans doute aussitôt de prendre l'ascendant sur elle. N'était-ce pas ainsi que leurs relations s'étaient établies depuis le début ? Alors pourquoi cela changerait-il ?

Pourtant, l'expression de Jason ne trahissait pas un sentiment de puissance, mais des émotions d'une tout autre nature, comparables manifestement à celles qu'elle éprouvait. Une sorte de fébrilité d'ordre purement sexuel.

L'espace d'une seconde, Zoe crut qu'il allait l'embrasser.

— Zoe ! l'appela Susan, brisant ce moment d'intimité.

La voix de son assistante la fit sursauter.

— Je viens de recevoir les ouvrages de référence que tu as commandés.

— J'arrive tout de suite ! répondit Zoe.

Elle ferma son ordinateur d'un mouvement sec et se précipita vers le bureau voisin, passant devant Jason sans même lui accorder un dernier regard.

Elle prit le temps d'inventorier les livres en question, puis d'échanger quelques plaisanteries avec Stan Steele qu'elle croisa dans le couloir. S'agissant des femmes, son patron était encore de la vieille école : il leur témoignait le plus grand respect, mais il doutait de leur aptitude à concurrencer les hommes. Or Zoe avait la ferme intention de l'amener à changer d'avis ; et le projet Weller lui en fournirait l'occasion.

Quand elle regagna son bureau, Jason n'y était plus.

Ouf ! Elle allait enfin pouvoir se remettre au travail et, comme elle se l'était promis, franchir une étape supplémentaire du projet avant de partir rejoindre sa famille pour les fêtes.

Mais au lieu de s'asseoir devant son ordinateur, elle se posta à la fenêtre. San Francisco avait revêtu ses habits de lumière et, même en plein jour, des guirlandes lumineuses clignotaient un peu partout dans la ville, lui donnant une allure festive.

Une allégresse et une insouciance que Zoe ne parvenait pas encore à partager. Elle n'avait pas assez progressé à son goût sur le dossier Weller et, comme Jason l'avait si bien fait remarquer, elle ne disposait plus que de deux semaines pour trouver l'idée géniale, le fil conducteur qui lui permettrait de remporter le concours lancé par Steele et, dans la foulée, de décrocher le poste d'architecte en chef.

Poussant un soupir de lassitude, la jeune femme se massa les tempes dans l'espoir de chasser les tensions qui ne cessaient de s'accumuler depuis plusieurs jours.

En fait, elle se concentrait trop sur la perspective de

cette nomination, et pas assez sur le projet lui-même ; c'était bien là que résidait le cœur du problème.

Cette promotion, elle la voulait à tout prix. Elle lui permettrait de garder la tête haute face à ses trois sœurs aînées qui avaient toujours placé la barre très haut pour la petite dernière de la fratrie Anders. Cindy était une neurochirurgienne de renom, Leanne avait mis ses talents de scientifique au service de l'aérospatiale, tandis que Valerie faisait autorité parmi les procureurs. Les deux premières avaient épousé des hommes aussi brillants qu'elles et fondé une famille. La troisième entretenait une relation amoureuse de longue date et profiterait sans doute de cette réunion familiale pour annoncer son prochain mariage.

En somme, trois jeunes femmes à l'esprit vif, pratique et logique qui menaient avec autant de brio leur vie personnelle que professionnelle. Trois exemples de réussite qui faisaient l'admiration de leurs parents et de leur entourage.

Zoe, quant à elle, avait privilégié le côté créatif de son intelligence, mais choisi un métier où, traditionnellement, les femmes devaient lutter plus qu'ailleurs pour accéder à la reconnaissance et se tailler une place au soleil.

Ce soir, l'artiste de la famille se retrouverait parmi tous ces ego parfois démesurés, dans le grand chalet parental perdu en pleine montagne, au milieu de la forêt enneigée. Et cette fois, elle avait la ferme intention de voler la vedette à ses sœurs en démontrant qu'elle aussi était promise à une brillante carrière.

Mais il n'y avait qu'un hic dans tout cela : elle n'avait toujours pas conceptualisé la forme qu'elle souhaitait donner au futur centre Weller. Si elle ne trouvait pas l'inspiration très vite, la promotion promise par Steele lui passerait sous le nez !

Poussant un soupir de lassitude, elle consulta sa montre. Il était temps de partir rejoindre les siens. Tant pis ! Elle aurait amplement le loisir de réfléchir à son avenir durant le trajet.

Elle ouvrit son ordinateur portable pour fermer les programmes et en extraire la clé USB qui lui tenait lieu de mémoire.

Catastrophe ! Le support de stockage avait disparu et, avec lui, l'ensemble de ses notes et de ses ébauches concernant le projet Weller !

La jeune femme se mit à le chercher fébrilement. Mais, après avoir fouillé ses tiroirs, son sac à main et sa sacoche, vérifié sous les piles de dossiers qui encombraient son bureau et inspecté le sol, elle dut se rendre à l'évidence : la précieuse clé ne se trouvait nulle part. Or, elle ne pouvait pas s'être volatilisée ! Quelqu'un avait dû la lui subtiliser !

Furieuse, Zoe poussa un cri de rage.

Jason !

Cela ne pouvait être que lui. Il avait profité de son absence pour lui voler le peu d'idées qu'elle avait réussi à formaliser jusqu'à présent.

Sans hésiter, Zoe se précipita vers le bureau de ce concurrent déloyal, prête à en découdre et, si nécessaire, à faire un scandale. Cependant, quand elle y pénétra, la pièce était déserte, la lumière éteinte, et la table de travail désespérément vide.

Une netteté absolue.

Il fallut à la jeune femme quelques secondes pour se rendre compte d'un détail qui lui avait échappé jusqu'alors. Il est vrai qu'en temps normal, elle évitait soigneusement cet endroit. Elle n'avait jamais accordé aucune attention à l'aménagement de la pièce. Mais contrairement au reste de l'étage, le bureau de Jason était dépourvu de toute décoration de Noël. Etrange !

Ne s'attardant pas à chercher une explication, Zoe fonça chez son assistante.

— Aurais-tu aperçu Jason, par hasard ?

— Oui, il est parti il y a quelques minutes.

— Tu en es bien sûre ?

— Certaine ! Tu l'as manqué de peu. Je l'ai vu passer avec son manteau sur le dos et sa sacoche d'ordinateur. Il a manifestement l'intention de travailler durant les fêtes.

— Tu veux dire qu'il est parti pour de bon ? répéta Zoe, incrédule, sentant le désespoir l'envahir.

— Oui, et je m'apprête à l'imiter d'ailleurs, répondit Susan en commençant à ranger ses affaires. Il ne reviendra pas avant la semaine prochaine. D'après mes informations, je crois qu'il passe Noël quelque part à la montagne.

Tournant les talons, Zoe se rendit sans perdre une minute dans l'*open space* que partageaient les dessinateurs.

A l'inverse de son frère aîné, Mike avait décoré son espace de travail sans compter. Boules, guirlandes, santons : rien de la panoplie classique ne manquait à l'appel. Ce joyeux capharnaüm contrastait étrangement avec l'austérité du bureau de Jason.

— Joyeux Noël, Zoe ! lança le jeune homme qui enfilait sa veste.

— Sais-tu où est ton frère ? demanda Zoe d'une voix sèche.

— Qui, Jason ?

— Aurais-tu, par hasard, un autre membre de ta fratrie aussi dévoré d'ambition, imbu de lui-même et malhonnête, prêt à tout pour décrocher une promotion, même à s'approprier les idées de ses collègues et s'assurer ainsi une victoire qu'il n'aurait pas obtenue par son seul mérite ? lâcha Zoe d'une traite.

— Waouh ! Tu l'as donc démasqué ! s'exclama Mike, en éclatant de rire.

— Dois-je comprendre qu'il a vraiment volé ma clé USB ? demanda la jeune femme, la voix tremblant d'une rage à peine contenue.

— Ce que j'essaie de te faire comprendre, déclara Mike sans paraître s'émouvoir, c'est qu'il ne faut jamais sous-estimer l'énergie et l'imagination de mon frère dès lors qu'il s'agit de parvenir à ses fins.

— Où se cache-t-il ? Susan m'a parlé d'un séjour quelque part en montagne sans me donner plus de précisions.

— Exact. A l'heure qu'il est, il doit probablement se trouver à mi-chemin. Il passe les fêtes près du lac Tahoe.

— Le lac Tahoe ! répéta Zoe, incrédule.

— Oui. J'y avais réservé un chalet pour quelques jours afin d'y emmener ma petite amie, mais elle doit, pour des raisons familiales, demeurer à San Francisco. Jason a très gentiment accepté de partir à ma place et de nous laisser la maison.

Zoe se mit à réfléchir à toute vitesse.

Après tout, la situation aurait pu être pire. Le lac Tahoe se situait, certes, à quatre heures de route, mais à seulement une heure et demie de Quincy où sa famille l'attendait. Elle allait donc pourchasser ce Jason Monroe de malheur jusque dans sa tanière, récupérer sa clé USB et peut-être, pourquoi pas, s'offrir le luxe de tordre le cou à ce sale type !

— Où se trouve-t-il exactement ? demanda Zoe avec insistance.

Mike semblait tout à coup beaucoup moins sûr de lui.

— Mike, insista-t-elle sur un ton menaçant.

— Ne le prends pas mal, mais il m'a bien précisé qu'il ne voulait voir personne, tu comprends.

« Et pour cause ! », songea-t-il intérieurement.

— Et puis, la météo annonce une grosse tempête de neige, renchérit le jeune homme. Apparemment, les routes risquent d'être impraticables. Si tu partais maintenant, tu risquerais de te retrouver coincée en pleine nature.

— Ne t'inquiète pas pour moi. J'ai un 4x4, et l'habitude

de conduire sur les routes de montagne par mauvais temps. Si tu me rends ce service, je te devrai une faveur.

— Vraiment ? fit Mike, l'air soudain intéressé.

— Promis. Tu as ma parole !

Cet argument parut convaincre Mike, qui griffonna l'adresse sur un morceau de papier.

— S'il te plaît, ne lui dis surtout pas que c'est moi qui ai vendu la mèche. Il me tuera s'il apprend que j'ai trahi le secret.

— Ne t'inquiète pas, il n'a pas besoin de le savoir, se contenta de répondre Zoe, qui tourna les talons sans plus de remerciements.

Mike la regarda s'éloigner, un sourire victorieux éclairant son visage. Quand elle eut disparu de son champ de vision, il sortit son téléphone portable et il rédigea le message sibyllin suivant :

Opération enclenchée ; fusée sur la rampe de lancement.

3

Frigorifié, Jason restait planté devant le poêle vide du chalet.

Bien qu'il soit à peine 18 heures, la nuit commençait à envelopper la Sierra Nevada d'un noir d'encre typique de ces montagnes. Dans cet endroit, pas de lumières de la ville, rien qu'un timide croissant de lune qui éclairait d'un halo argenté le ciel menaçant.

Soucieux, Jason jeta un coup d'œil par la fenêtre. Les nuages qui commençaient à s'accumuler n'annonçaient rien de bon. Il était certain qu'une tempête de neige ne tarderait plus à se produire.

Il allait donc passer Noël perdu au cœur de la montagne, dans un chalet au confort plutôt rudimentaire, qui serait bientôt recouvert d'un épais manteau blanc !

Encore un coup fourré de Mike ! Quand son frère allait-il donc se décider à mûrir ? Il n'y avait que lui pour avoir l'idée saugrenue d'effectuer une location non remboursable en cas d'annulation, alors qu'ils peinaient déjà à honorer leurs dettes !

Il devait faire - 6 °C à l'extérieur et, à l'intérieur, la température ne dépassait probablement pas les 10 °C.

En revanche, Jason devait reconnaître que ce chalet en rondins, malgré une simplicité touchant au spartiate, avait un charme fou. Et puis au fond, la perspective d'y passer quelques jours dans une totale solitude ne lui déplaisait pas tant que cela.

Ce break lui ferait même le plus grand bien. Il avait beau nourrir une affection profonde pour son frère, la cohabitation mettait parfois ses nerfs et sa patience à rude épreuve. Curieusement, bien qu'ils aient perdu leurs parents dans un accident de la route provoqué par un chauffard en état d'ébriété, une semaine avant Noël, Mike continuait d'apprécier cette saison. Dix ans s'étaient écoulés depuis le drame, et Jason, lui, détestait toujours autant cette période de l'année et refusait même de se joindre à l'allégresse générale.

Pour cette occasion, Mike achetait un sapin et le décorait de dizaines de boules, de guirlandes et de personnages. Il extrayait du grenier la crèche que leur mère aimait tant, la dépoussiérait avec une méticulosité inhabituelle chez lui, et la plaçait sur la cheminée. Sans doute était-ce une façon de compenser un manque, mais cela le rendait manifestement heureux. D'autant plus que son amie, Cara, raffolait elle aussi de cette tradition.

Jason soupira. Rien que la vue des santons lui donnait des boutons ! Alors supporter tant bien que mal ces quinze jours d'ambiance festive relevait de l'exploit.

Avant d'arriver au chalet, il avait pris soin de s'arrêter à l'unique épicerie des environs, située à une dizaine de kilomètres. L'employée, jeune et jolie, avait proposé de lui livrer quelques plats préparés, en même temps que ses autres provisions. Une solution parfaite ! Jason n'avait rien d'un cordon-bleu, et il avait souvent recours à la cuisine des traiteurs pour le dépanner. Il avait donc réglé ses courses et était parti en quête de son lieu de séjour.

En attendant le ravitaillement, il allait se dépêcher d'allumer un feu. S'il restait ainsi, il finirait aussi gelé que les stalactites qui pendaient sur les rebords des gouttières. Il faisait vraiment un froid de canard dans ce chalet ! Pour en avoir le cœur net, il jeta un coup d'œil au thermomètre cloué à la paroi séparant la pièce principale de l'unique chambre. Le mercure indiquait 8 °C.

Bien qu'il n'ait pas quitté sa doudoune, Jason frissonna. Il remarqua une note affichée non loin du poêle. Elle expliquait qu'il trouverait des bûches sous un auvent situé à l'arrière de la maison.

Parfait ! Il allait faire un feu d'enfer afin de réchauffer le chalet. Ensuite, il serait temps de sortir son ordinateur et de se remettre au travail.

Il planchait sur le projet Weller depuis des jours. Il en avait défini les grandes lignes, et avait une idée assez précise de ce qu'il souhaitait accomplir. La seule ombre au tableau ? Il ne parvenait pas à conceptualiser un modèle d'architecture qui reflète sa vision, ce qui l'irritait au plus haut point.

Isolement et calme absolu : voilà ce dont il avait besoin pour trouver l'inspiration.

Jason sortit dans le froid glacial et entreprit de rapporter assez de bois pour tenir toute la nuit. Il en était à son cinquième voyage lorsqu'une rafale de vent, plus violente que les précédentes, balaya la terrasse. Un craquement sinistre lui succéda.

Levant les yeux, Jason aperçut juste à temps la grosse branche d'un immense sapin qui ployait dangereusement. Obéissant à son instinct, il bondit en arrière, laissant tomber sa brassée de bûches. La branche s'affala dans un fracas sourd à une dizaine de mètres de lui.

Jason se serait volontiers moqué de lui-même si son mouvement brutal n'avait déclenché une douleur insupportable au niveau de l'épaule et du cou.

Il ne put réprimer un juron.

C'était bien sa veine ! L'année dernière, lors d'une expédition de VTT en montagne, une chute spectaculaire lui avait provoqué un important torticolis post-traumatique. A en juger par la brûlure qui lui vrillait les muscles, prenant un malin plaisir à titiller ses nerfs comme on pince les cordes d'une guitare, il venait de réitérer son exploit !

Serrant les dents, il réussit à grand-peine à regagner l'abri du chalet. La contracture se répandait maintenant dans tout le dos, jusqu'aux reins.

Il connaissait le traitement : seuls un antalgique et de la chaleur parviendraient à soulager sa souffrance. Or, puisqu'il n'avait aucun des deux sous la main, une bonne douche chaude ferait l'affaire.

Il se traîna péniblement jusqu'à la salle de bains, où il découvrit non pas une cabine de douche moderne, comme il l'avait espéré, mais une vénérable baignoire, véritable pièce d'antiquité, ornée de pattes de lion, qu'il aurait certainement trouvée charmante en d'autres circonstances !

Il sentit le découragement le submerger.

Que faire ? La douleur devenait insupportable. Impossible de conduire dans cet état ! De toute façon, il n'y avait pas de pharmacie et encore moins d'ostéopathe à des kilomètres à la ronde, et rentrer à San Francisco était absolument inenvisageable.

Il n'avait donc plus qu'à remplir la baignoire ! La chaleur de l'eau parviendrait peut-être à atténuer la douleur ! Il réussit non sans peine à se déshabiller, le moindre geste, aussi précautionneux soit-il, lui faisant l'effet de recevoir un coup de poignard entre les omoplates. Enfin, au terme d'acrobaties qu'il aurait pu juger comiques en d'autres temps, il parvint à se glisser dans l'eau.

Il venait juste de s'allonger dans la position la moins inconfortable possible, lorsqu'il entendit quelqu'un frapper à la porte.

De qui pouvait-il bien s'agir ? Il se trouvait à plus de trois cents kilomètres de chez lui. Personne, à part Mike, ne connaissait le lieu de son refuge, et le plus proche voisin habitait trop loin pour avoir envie de lui rendre une visite de courtoisie, de surcroît la veille de Noël.

Jason évalua rapidement la situation. Il était nu, cloué dans une baignoire dont il ne s'extrairait qu'au prix d'un effort surhumain. Ses vêtements abandonnés en tas sur le sol étaient mouillés, comme l'eau avait débordé. Non, décidément, le jeu n'en valait pas la chandelle ! « Tant pis, ce ne doit pas être si urgent que ça ! », songea-t-il.

Un nouveau coup se fit entendre, plus impatient cette fois-ci.

— Qui que vous soyez, partez ! hurla-t-il.

Par chance, l'importun s'exécuta. Soulagé, Jason ferma les yeux et s'efforça de se détendre, évitant de penser à la façon dont il allait s'y prendre pour sortir du bain quand l'eau aurait refroidi.

En l'absence de réponse, Zoe éprouva un regain de colère.

Comment osait-il la laisser dehors par un froid pareil ?

La jeune femme sentait ses orteils s'engourdir, et son corps frissonner sous le vent glacial. Au lieu de se précipiter ici, elle aurait mieux fait de s'accorder le temps de troquer sa tenue de businesswoman contre un jean, un gros pull en laine et des bottes fourrées.

Il faisait maintenant nuit noire, mais Zoe distinguait parfaitement la silhouette massive du 4x4. Pas de doute : c'était bien celui de Jason ! Et la lumière qui filtrait à travers les rideaux confirmait que ce voleur se trouvait bien au chaud, à l'intérieur du chalet. Il était probablement en train de lire les fichiers qu'il lui avait subtilisés, en riant à ses dépens.

Pas étonnant qu'il ne réponde pas ! Il ne voulait tout simplement pas être surpris en flagrant délit d'espionnage !

Furieuse, Zoe consulta sa montre. 19 heures déjà ! Elle avait quitté le bureau plus tard que prévu, mais si elle parvenait à récupérer la clé USB dans le prochain quart d'heure, elle arriverait chez ses parents vers 21 heures. Il n'y avait donc pas une minute à perdre.

Le problème, c'est que Jason ne daignait pas répondre. Quel goujat ! Non seulement il lui volait ses idées, mais, pour couronner le tout, il semblait prêt à la laisser mourir de froid en pleine montagne, qui plus est la veille de Noël ! Il n'allait pas s'en tirer à si bon compte !

Bien décidée à obtenir ce qu'elle était venue chercher, Zoe fit le tour du chalet et découvrit, à sa grande surprise, qu'une baie vitrée coulissante donnant sur la terrasse, à l'arrière, était restée entrouverte. Sur la gauche, elle aperçut un auvent servant manifestement au stockage du bois.

Elle progressa avec précaution. L'obscurité était telle qu'elle faillit buter sur un tas de bûches qui paraissaient avoir été jetées là.

Légèrement inquiète, la jeune femme passa la tête par la porte-fenêtre.

— Jason ? Il y a quelqu'un ?

Un long silence lui répondit, suivi d'un juron étouffé, murmuré par une voix masculine qu'elle reconnut sans peine.

Jason ! Il était donc là et avait le culot de ne pas lui répondre !

Essayait-il de lui échapper en se faufilant par la porte principale ?

Cette seule pensée suffit à vaincre ses dernières réticences. Pénétrant rapidement à l'intérieur de la pièce, Zoe referma la baie vitrée derrière elle. Elle frissonna.

Il régnait dans le chalet une température presque aussi glaciale qu'à l'extérieur.

Puis la jeune femme se dirigea à pas de loup vers la seule pièce éclairée d'où lui parvenaient des bruits étranges. Jetant un coup d'œil par la porte grande ouverte, elle se figea sur place, abasourdie.

Jason était étendu dans une baignoire vétuste d'où s'échappaient des nuages de vapeur... toutefois pas assez épais pour masquer un tableau pour le moins déroutant.

— Jason ! Mais tu es... nu ! s'exclama Zoe, décontenancée par un tel spectacle.

— Excuse-moi, mais je n'ai pas pour habitude de me baigner tout habillé, grommela Jason. Et si la vue de ma nudité te dérange à ce point, tu n'as qu'à regarder ailleurs ! Bon sang, Zoe, peux-tu me dire ce que tu fabriques ici ?

— Je... je..., balbutia la jeune femme qui s'efforçait de détourner le regard, en vain.

— Ecoute, soit tu te déshabilles et tu me rejoins dans l'eau, soit tu sors immédiatement de cette salle de bains, mais décide-toi vite ! gronda Jason.

Zoe prit le parti de placer sa main devant ses yeux.

— Je suis folle de rage contre toi !

Comme il ne répondait pas à cette déclaration de guerre, elle écarta les doigts et se permit d'admirer son corps nu, musclé, et divinement proportionné...

Absorbée dans sa contemplation, il lui fallut un certain temps pour se rendre compte que quelque chose clochait. Jason n'avait pas une réaction normale. Pourquoi ne se précipitait-il pas sur la première serviette venue pour dissimuler au moins la partie la plus intime de sa morphologie ?

Cessant de feindre la pudeur, Zoe ouvrit grands les yeux. Le visage de Jason portait le masque de la souffrance et ses mains étaient agrippées au rebord de la baignoire.

— Que se passe-t-il ? demanda la jeune femme, en s'approchant.

Dans un geste instinctif, elle posa la main sur son biceps ; il était dur comme du bois.

— Qu'y a-t-il, Jason ? insista-t-elle, soudain soucieuse.

— Va-t'en, se contenta-t-il de grommeler, les mâchoires crispées, tandis que des gouttes de sueur perlaient sur son front.

— Hors de question ! Je ne partirai pas d'ici avant d'avoir récupéré ce qui m'appartient et qu'un architecte aux dents longues à rayer le parquet m'a subtilisé sans vergogne. Et maintenant, explique-moi ce qui t'arrive.

La situation, aussi insolite soit-elle, imposait d'enterrer momentanément la hache de guerre et de lui porter secours.

Sans la moindre gêne, Zoe inspecta du regard l'anatomie parfaite de Jason, à la recherche d'une blessure. Elle ne découvrit aucune trace de sang. En revanche, elle vit deux longues jambes d'athlète, un torse puissant recouvert d'une fine toison brune, des abdominaux superbement sculptés et, plus bas...

— Ce n'est pas là que j'ai mal ! lança Jason sèchement.

Sans tenir compte de sa réflexion, Zoe poursuivit son observation.

O.K. Il ne s'agissait pas des jambes non plus, bien qu'elles semblent agitées de tremblements incontrôlables, ni de l'abdomen... Restaient les épaules et le cou... A moins qu'il ne souffre d'une terrible migraine, mais, si tel avait été le cas, il aurait vraisemblablement choisi d'éteindre la lumière.

Se penchant vers lui, Zoe fit glisser ses doigts le long des biceps, jusqu'aux épaules. La droite était contractée à l'extrême, et lorsqu'elle aventura sa main à la base du cou, elle découvrit le nœud responsable du problème. Un grognement de douleur lui confirma son diagnostic.

— Arrête, gémit Jason d'une voix presque inaudible.

Zoe se figea. Elle ne supportait pas de voir quelqu'un souffrir, pas même son pire ennemi. Peut-être parce qu'elle était la petite dernière de quatre filles et que ses sœurs avaient toujours pris le plus grand soin de sa santé. Peut-être aussi parce qu'elle avait toujours dû se battre pour atteindre les objectifs que son ambition lui dictait, et que la difficulté la stimulait...

Aussi ne tint-elle aucun compte de la supplique. S'agenouillant, elle entreprit de masser doucement le point de tension, s'efforçant d'ignorer la chaleur de la peau de Jason, la largeur de sa carrure, la puissance de ses muscles, et les ondes bizarres que ce contact faisait naître au creux de son ventre.

— C'est donc le seul moyen que tu aies trouvé pour décrocher la promotion que nous convoitons tous les deux, lança-t-elle sur le ton de l'humour. Subtiliser mes fichiers et te blesser afin que je m'apitoie suffisamment sur ton sort pour ne pas obéir à ma première impulsion et t'étrangler !

— Comment ? Je n'ai rien volé du tout, protesta Jason, faisant un effort manifeste pour s'exprimer. Je ne sais pas de quoi tu veux parler.

Il se redressa légèrement afin de lui permettre de masser plus bas, entre les omoplates.

— Je n'en crois pas un mot, répliqua-t-elle sèchement.

Une chose était sûre, en revanche, Jason ne feignait pas d'avoir mal. A en juger par la dureté de ses muscles qui, malgré le massage, rechignaient à s'assouplir, il devait réellement souffrir le martyre.

La jeune femme accentua la pression de ses doigts, ce qui arracha au blessé une plainte involontaire. Elle dut faire appel à tous ses réflexes d'autodéfense pour ne pas céder à un élan de compassion.

— Non seulement tu « empruntes » ce qui ne t'appartient pas mais, en plus, tu mens, ajouta-t-elle, sarcastique.

— Je n'ai pas...

Jason s'interrompit, un rictus de douleur lui tordant la bouche.

— Oui, c'est là, souffla-t-il d'une voix agonisante.

— J'ignore quelle acrobatie t'a mis dans cet état, mais tu ne fais décidément rien à moitié. Je n'ai jamais vu des épaules aussi nouées. Bon, maintenant, reconnais que tu as profité de mon absence du bureau pour dérober ma clé USB, et dis-moi où tu la caches afin que je puisse partir d'ici avant la tempête.

« Et surtout avant que tu ne découvres que je n'ai guère progressé », ajouta-t-elle en son for intérieur.

— Bien que tu me sembles en plein délire paranoïaque, je veux bien avouer tout ce qui peut te faire plaisir, même un crime que je n'ai pas commis, pourvu que tu continues ton massage.

Poussant un soupir d'exaspération, Zoe entreprit de lui pétrir les épaules avec davantage de vigueur.

Serrant plus fort les mâchoires, Jason ne protesta pas. Seule la crispation de ses mains agrippées au rebord de la baignoire trahissait son supplice.

— Essaye de te détendre ! Sinon, nous n'allons jamais y arriver ! dit Zoe sur un ton agacé.

— Je voudrais bien mais, compte tenu des circonstances, cela me paraît difficile. Explique-moi pourquoi je me serais approprié tes fichiers alors que j'ai déjà conceptualisé l'ensemble du projet, qu'il ne me reste plus qu'à rédiger la partie technique et que, avec un tel design, j'ai toutes les chances de remporter la compétition, objecta Jason qui retrouvait sa combativité habituelle.

Zoe se figea, la pique ayant fait mouche.

— Hé, je te rappelle que tu es censée te rebiffer ! ajouta Jason, surpris par son mutisme. Que t'arrive-t-il ? Baisserais-tu ta garde, par hasard ? En temps normal, il y a bien longtemps que tu aurais contre-attaqué avec une de ces répliques cinglantes dont tu as le secret !

Elle prit une profonde inspiration, s'efforçant de ne rien laisser paraître de l'angoisse que la révélation de Jason avait fait naître en elle.

— Tu sais, je peux gagner moi aussi, murmura-t-elle simplement.

— Oui, bien sûr... Excuse-moi, je cherchais juste à te provoquer, parce que d'habitude...

Le bruit de pas se dirigeant manifestement vers la salle de bains l'interrompit.

La jeune fille qui apparut sur le seuil de la porte aurait pu sortir tout droit de la hotte du Père Noël. Vingt-cinq ans tout au plus, une longue chevelure blonde, des courbes voluptueuses, un sourire d'une blancheur irréprochable, et un pull moulant dont l'échancrure plongeait littéralement vers une poitrine ferme et généreuse : elle avait tout de la poupée Barbie.

— Qui êtes-vous ? demanda Zoe d'une voix plus sèche qu'elle ne l'aurait voulu.

— L'assistante du Père Noël, plaisanta l'inconnue, fixant Jason. Non, en fait, je travaille à l'épicerie du village voisin et je viens livrer les achats de M. Monroe. Je n'habite pas très loin d'ici, se justifia-t-elle devant l'expression dubitative de Zoe. J'ai frappé à la porte, mais personne n'a répondu. Or j'ai vu les deux voitures garées devant le chalet. J'ai donc fait le tour de la maison et je suis entrée par la baie vitrée donnant sur l'arrière ; elle était restée entrouverte. Vous devriez vraiment faire attention, sinon vous risquez de vous retrouver avec un ours installé sur le canapé du salon !

Elle ne pouvait manifestement pas détacher les yeux du corps superbe qui s'offrait à sa vue. Son regard glissa de la carrure au torse, puis à l'abdomen avant de s'aventurer plus bas.

— Oh..., chuchota-t-elle, n'essayant pas, même une seconde, de cacher son admiration.

— Désolé de ne pas vous avoir ouvert la porte ; mais je suis dans l'incapacité de sortir de cette baignoire, marmonna Jason sans plus d'explication, en saisissant le gant de toilette pour dissimuler la partie la plus intime de son anatomie.

Il se trouvait de plus en plus ridicule, ainsi cloué nu dans son bain, devant ces deux ravissantes jeunes femmes.

— Ça ne fait rien. J'ai déposé les provisions dans le vestibule, reprit la jeune femme. J'ai aussi apporté une bouteille de vin, me disant que, peut-être...

— Je crois que vous vous êtes fait de fausses idées, rétorqua Jason d'un ton las. Merci pour tout, mais ce soir je ne sens pas d'attaque pour avoir de la compagnie.

— Ah bon ? lança miss Barbie en jetant une œillade peu amène à Zoe. Et elle alors ?

Zoe faillit répliquer qu'elle ferait mieux de se mêler de ses affaires, mais Jason la devança.

— Elle, c'est différent. Il s'agit d'une infirmière à domicile. Elle est venue s'occuper de moi.

Furieuse, Zoe fronça les sourcils, tandis que la jeune vendeuse de l'épicerie l'inspectait des pieds à la tête, jugeant manifestement son tailleur bleu marine bien trop classique à son goût.

— Très bien, je n'insisterai pas. Tant pis pour vous, conclut-elle en jetant un dernier coup d'œil en direction du gant de toilette. Puis-je au moins espérer un pourboire ?

Pressée de se débarrasser de l'importune, Zoe, avec un soupir d'exaspération, fouilla dans le sac à main qu'elle avait abandonné sur le carrelage de la salle de bains à son arrivée. Elle tendit un billet de cinq dollars à la jeune fille, qui s'en empara sans plus de remerciements.

Deux minutes plus tard, la porte d'entrée claquait.

— J'ai trois choses à te dire, décréta alors Zoe, plantée au pied de la baignoire, les poings sur les hanches. Primo, tu n'es qu'un sale macho. Secundo, tu me dois cinq dollars.

— Et tertio ?

— Ton gant de toilette n'est pas assez grand !

4

Tandis qu'elle l'aidait à s'extirper de la baignoire, Jason prit soudain conscience de ces instants précieux. Le souvenir des mains de Zoe sur sa peau nue et humide resterait à jamais gravé dans sa mémoire, tout comme son commentaire sur la taille du gant de toilette d'ailleurs...

A peine était-il parvenu à poser les deux pieds sur le carrelage glacial et à se redresser, que la jeune femme lui lança un drap de bain et quitta la pièce sans demander son reste.

Jason hésitait à tenter le moindre mouvement, mais l'eau chaude et le massage avaient considérablement atténué la contracture musculaire. Ceignant la serviette autour de sa taille, il se résolut à suivre Zoe, semant des gouttelettes dans son sillage. Il la vit traverser la pièce principale d'un pas décidé et s'engouffrer dans la cuisine, où elle se mit à fureter partout.

— Mais que fais-tu donc ?

Elle lui fit face, les traits crispés par la contrariété.

— Dis-moi où tu l'as cachée !

— Mais de quoi veux-tu donc parler ?

— De ma clé USB, bien évidemment, rétorqua-t-elle, exaspérée. Si tu me la rends immédiatement, je m'en vais et je te promets d'oublier toute cette histoire.

Jason prit un instant pour l'observer.

Elle n'avait manifestement pas pris le temps de se changer avant de partir du bureau, et portait un tailleur qui lui donnait l'allure d'une businesswoman. Zoe ne choisissait pas ses tenues au hasard ; celles-ci avaient principalement deux missions : d'une part, lui donner l'image d'une femme forte et jouissant d'autorité, d'autre part, servir d'uniforme afin de soustraire ses attraits féminins au regard de ses confrères.

Mais c'était peine perdue ! Ces derniers ne se privaient pas de détailler sa silhouette dès qu'elle avait le dos tourné. Comment auraient-ils pu s'en empêcher, d'ailleurs ?

Zoe Anders était grande, et pourvue de courbes voluptueuses, dont la sensualité naturelle ne pouvait qu'éveiller le fantasme chez tout homme digne de ce nom. Il suffisait qu'elle ôte la veste de son ensemble pour que ses collègues masculins se mettent à lorgner de son côté.

Pour autant, plus que son corps de déesse, c'était son regard qui émouvait le plus Jason ; un regard vif, intelligent, qui lui donnait l'impression de le transpercer chaque fois qu'il se posait sur lui. Un regard vert d'eau qui lui donnait envie de s'y noyer.

Toutefois, à cet instant même, il semblait plutôt refléter des pulsions meurtrières.

Contre toute attente, Jason se sentit pris d'un fou rire qu'il réussit à maîtriser et à transformer en un sourire.

Mais la jeune femme ne répondit pas à sa proposition muette d'enterrer la hache de guerre. La lampe de la cuisine jetait des éclats cuivrés dans sa chevelure flamboyante retenue à l'aide d'une barrette discrète. Quelques mèches rebelles s'en échappaient pourtant, encadrant un visage aux traits d'une régularité parfaite.

Plongé dans la contemplation de ce tableau ravissant, Jason en oubliait presque la contracture qui lui nouait les épaules et le cou. Il pencha la tête de côté. La douleur fulgurante qui lui vrilla la nuque lui arracha un gémissement.

— Ah non, tu ne m'auras pas comme ça ! s'exclama Zoe. Ne t'imagine pas une seule seconde que je vais avoir pitié de toi et tout te pardonner uniquement parce que tu souffres. Ne compte pas là-dessus, ajouta-t-elle en se dirigeant vers la porte d'entrée.

— Que fais-tu ? Tu t'en vas ?

— Cela ne sert à rien que je m'attarde plus longtemps. Tu n'as manifestement pas l'intention d'avouer la vérité et il me reste encore deux heures de route pour aller retrouver ma famille à Quincy.

Jason soupira. Il lui faudrait certainement plus de deux heures pour gagner Quincy et le trajet serait des plus fatigants. La seule route pour y parvenir traversait la montagne, et elle était étroite et sinueuse. Il ne s'agissait pas précisément d'une promenade de santé, surtout en pleine nuit et avec les conditions météorologiques qui s'annonçaient.

« Tant pis, ce n'est pas ton problème », songea Jason, qui la suivit néanmoins jusqu'à la porte, rechignant à la laisser partir.

— Et si jamais mon cou se coince de nouveau ? Tu imagines ? Je risque de me noyer dans la baignoire.

— Le cas échéant, veille s'il te plaît à me restituer ma clé USB dans ton testament, répliqua-t-elle vivement.

Comme elle s'apprêtait à tourner le bouton de la poignée, Jason sentit une poussée d'adrénaline le parcourir.

Non ! Il ne fallait pas qu'elle parte ! Il devait à tout prix l'amener à changer d'avis. Et tant pis s'il commettait, ce faisant, une erreur monumentale !

Il n'avait plus qu'à tenter le seul moyen susceptible de retenir toute son attention : la provocation ! Il l'avait déjà expérimenté à maintes reprises et savait que cela pouvait fonctionner.

— Tu sais ce que je pense, lança-t-il, alors qu'elle lui tournait le dos. Je pense qu'au fond, tu n'y crois pas vraiment à cette histoire de vol. En fait, je me demande même si tu n'as pas inventé ce prétexte pour venir me voir.

Furieuse, Zoe se retourna d'un bloc. Ses yeux lançaient des éclairs.

— Crois-moi, j'en ai vu beaucoup plus de toi que je ne l'aurais voulu !

— Eh bien, considère cela comme un bonus.

— Ecoute, tu me fais perdre un temps précieux que je pourrais consacrer à ma famille, répliqua-t-elle, désarçonnée par l'apparente décontraction de Jason.

— Tu as trois sœurs et aucun frère, si je ne m'abuse, dit ce dernier qui avait surpris des bribes de conversation entre Zoe et son assistante. Cela fait une sacrée concentration d'œstrogènes !

— Oui, admit la jeune femme avec un semblant de sourire aux lèvres. A tel point que mon père préfère fendre les bûches à la main avec sa bonne vieille hache plutôt que d'utiliser la machine flambant neuve qu'il vient d'acheter ; cela le retient dix fois plus longtemps à l'extérieur de la maison. Il n'a pas à supporter toutes nos conversations, ainsi.

— Alors dans ce cas, tu devrais me remercier de « te faire perdre du temps » plutôt que de m'en blâmer.

La jeune femme lui jeta un regard noir avant de se tourner de nouveau vers la porte.

— Attends ! lança Jason, mû par une sorte de sentiment d'urgence.

Il s'approcha à pas lents, prenant soin de ne pas réveiller sa douleur par des mouvements trop brusques. Il obligea Zoe à lui faire face.

Celle-ci l'examina furtivement. Son regard balaya son torse, puis se posa sur la serviette avant de se détourner rapidement. Jason y surprit une lueur qu'il interpréta comme un regret.

Cette réaction involontaire provoqua en lui un regain d'énergie. D'un coup, il oublia la tension qui lui paralysait la moitié des épaules... et le fait qu'il se trouvait à demi nu, avec, en tout et pour tout, un mince tissu en éponge pour sauvegarder sa dignité.

— Pourquoi ne pas travailler ensemble sur le projet Weller ? suggéra-t-il. En unissant nos forces...

Il s'interrompit. Manifestement intriguée, Zoe semblait ne prêter aucune attention à ses propos, s'intéressant à quelque chose qui se passait derrière lui.

— Qu'y a-t-il ?

— Rien. C'est juste qu'il n'y a aucune décoration de Noël ici, se contenta-t-elle d'expliquer.

— Normal, puisqu'il s'agit d'un chalet de location.

— D'accord, mais tu vas tout de même y passer les fêtes de Noël, et seul de surcroît.

— Et alors ? Je ne vois pas ce qui t'étonne.

— L'absence totale de décorations, répéta-t-elle sans plus de précision.

Se retournant lentement, Jason s'avança vers le bar qui séparait la cuisine de la salle de séjour. Il était plus que temps de boire un verre. N'importe quoi, pourvu que le breuvage soit assez corsé pour lui permettre d'oublier le ridicule de la situation.

N'était-il pas en train de supplier sa concurrente la plus farouche de collaborer à un projet ? Une telle initiative risquait de lui coûter la promotion qu'il briguait depuis si longtemps. Et tout cela, pourquoi ? Parce qu'il avait un faible pour cette jeune femme et qu'il voulait par tous les moyens l'empêcher de partir !

Sa serviette eut soudain l'idée saugrenue de lui glisser des hanches. Désireux de sauver le peu de dignité qu'il lui restait, il fit un geste brusque pour la rattraper, ce qui déclencha une douleur aiguë à la base du cou. Serrant les dents, il parvint à se servir une bonne dose de scotch.

— Je doute que ce soit le bon remède, déclara Zoe qui, à en juger au son de sa voix, avait dû s'éloigner de la porte d'entrée et se rapprocher de lui.

— Je sais mais je souffre trop, grommela Jason sans se retourner.

Il réussit à incliner légèrement la tête en arrière et à lever le bras suffisamment pour avaler l'alcool d'un trait, avant de s'en verser une seconde rasade, aussi généreuse que la précédente.

— Tout hôte bien élevé, me semble-t-il, est censé offrir un verre à son invitée avant de se servir, reprit Zoe avec un air taquin.

— Primo, tu conduis. Secundo, je ne t'ai pas conviée à venir. Tu as déboulé ici de ton propre chef, telle une furie, pour m'accuser injustement et me surprendre dans mon intimité. Alors de deux choses l'une : soit nous collaborons sur le projet Weller et je t'autorise à rester, soit tu pars. C'est à toi de choisir.

Zoe demeura silencieuse un long moment, le fixant avec une telle intensité qu'il pouvait presque sentir son regard dans son dos.

Jason soupira.

Comment l'en blâmer ? Après tout, sa proposition était non seulement irréfléchie, mais stupide. Et, au vu de son mutisme, la jeune femme devait d'ailleurs partager cette analyse.

Oh ! et puis tant pis ! Après tout, elle pouvait bien s'en aller ; il s'en moquait. Il n'avait besoin que de vêtements secs, de sommeil et de nourriture.

Il reposa le verre vide sur le bar et, la laissant méditer, se dirigea à pas lents vers la chambre où il avait déposé son sac de voyage à son arrivée. D'une main, il retenait la serviette ; de l'autre, il se massait le cou afin d'atténuer la douleur qui le taraudait de nouveau.

Une fois dans le couloir, il hésita entre se plonger de nouveau dans un bain chaud ou s'allonger sur le lit et espérer se sentir mieux le lendemain matin au réveil... à condition bien sûr qu'il réussisse à dormir.

Il opta finalement pour la deuxième solution. Avec des mouvements précautionneux, il s'étendit sur le ventre, la tête calée dans un oreiller et tournée du côté qui le faisait le moins souffrir. Il avait froid, mais se glisser sous les couvertures supposait de bouger, et donc de risquer d'accentuer la douleur.

Collaborer ! Quelle drôle d'idée ! Avait-il donc perdu l'esprit ?

Zoe l'observa tandis qu'il quittait la pièce. Il bluffait peut-être sur le plan professionnel avec cette idée ridicule d'association, mais il ne mentait pas sur son état de santé. Il avait vraiment l'air de souffrir le martyre.

Impossible de partir sans s'être assurée qu'il pouvait s'en sortir seul, et tenter une énième fois de récupérer la précieuse clé USB... et profiter de la dernière occasion qui lui serait offerte d'admirer ce corps d'athlète.

La salle de bains était éclairée, mais vide. Zoe, dans un élan de spontanéité, se pencha pour ramasser les vêtements humides, éparpillés sur le sol et les étendre sur le dossier de l'unique chaise disponible. Avec un froid pareil, ils ne risquaient pas de sécher, mais cela éviterait au moins à Jason de trébucher au cas où il déciderait de reprendre un bain.

La jeune femme s'aventura jusqu'à la chambre plongée dans la pénombre. Seul un rai de lumière provenant de la salle de bains voisine permettait de distinguer la forme étendue sur le lit.

Une carrure puissante, un dos musclé... La serviette avait glissé, révélant la démarcation entre la peau habituellement bronzée l'été et celle que la pudeur empêchait d'exposer au soleil.

Mis à part son sale caractère, cet homme avait décidément tout pour plaire, songea-t-elle.

Dans le silence qui régnait sur la pièce, Zoe pouvait entendre le martèlement de son cœur dans sa poitrine... et le gargouillement d'un estomac qui n'était pas le sien.

— Jason ?

— Ecoute, achève-moi immédiatement ou bien va-t'en, grommela-t-il.

Son estomac se manifesta de nouveau, et ce bruit provoqua chez Zoe une réaction qu'elle jugea ridicule : une bouffée de tendresse.

— Tu as faim ?

Pour toute réponse, il émit un soupir de lassitude.

La jeune femme se décida à pénétrer à l'intérieur de la chambre et à s'approcher du lit. Avec des gestes précautionneux, elle s'efforça de libérer la couverture sur laquelle il s'était allongé. Peine perdue ! Jason était bien trop lourd. Elle ne réussit qu'à lui effleurer le dos, et le contact de sa peau glacée lui confirma ce qu'elle savait déjà. La jeune femme fit une seconde tentative, tout aussi infructueuse, qui eut pour seul effet de dénouer la serviette.

— Tu n'en as pas assez de voir mon postérieur, grogna Jason, sans bouger d'un pouce.

— Je m'en passerais volontiers, crois-moi.

C'est alors qu'elle remarqua une couverture supplémentaire,

sagement pliée sur une chaise, dans un coin. S'en saisissant, elle l'étendit sur lui.

— Voilà. Ça va mieux maintenant ?

— Nettement. Je te remercie.

— As-tu un antalgique ou un anti-inflammatoire quelque part pour soulager la douleur ?

— C'est inutile.

— Jason.

— Non, je n'en ai pas, mais de toute façon cela ne servirait pas à grand-chose.

Agacée, Zoe se dirigea vers la porte et lui jeta un dernier regard avant de quitter la pièce.

— Tu vas mieux, tu es sûr ? insista-t-elle, se faisant l'effet d'une mère poule.

— Oui, ne t'inquiète pas pour moi. Tu peux y aller.

Zoe n'en revenait pas. Ne pas s'inquiéter ? Il en avait de bonnes, alors qu'il était cloué au lit, l'estomac vide, dans ce chalet glacial où il s'apprêtait à passer Noël, seul !

Pour autant, elle s'étonnait de la sollicitude qu'elle lui témoignait. Après tout, ce type lui avait volé sa clé USB et ne comptait manifestement pas la lui restituer. Alors pourquoi vouloir lui porter secours ?

« Noël » fut la seule explication qui lui vint à l'esprit.

Elle se rendit dans la cuisine. Jason mourait de faim et se trouvait dans l'incapacité de se lever. Elle allait lui préparer de quoi calmer sa fringale, puis elle partirait.

Le réfrigérateur était vide, le placard aussi. Alors seulement, elle se souvint de la visite de miss Barbie et se mit en quête des provisions que la belle blonde avait livrées. Elle découvrit deux sacs posés par terre, dans un recoin de l'entrée.

Des paquets de chips, du fromage, des crackers, des tranches de jambon sous cellophane, de la salade de pommes de terre en barquette, des ailes de poulet, des pommes, un pain, des cannettes de bière, une collection de barres chocolatées et le journal local : en bref, les courses d'un célibataire.

Après avoir rangé le poulet et la salade dans le réfrigérateur, la jeune femme entreprit de confectionner un sandwich au jambon et au fromage. Elle éplucha une pomme qu'elle coupa en quartiers, et compléta le menu avec une généreuse poignée de chips. Enfin, elle fouilla son sac à main à la recherche d'aspirine, mais n'y découvrit qu'une plaquette de Midol.

Tant pis, cela ferait l'affaire. Après tout, ce médicament, bien que réservé au traitement de problèmes typiquement féminins, contenait de l'ibuprofène, un anti-inflammatoire efficace.

Zoe apporta l'assiette à Jason, qui n'avait toujours pas bougé. Elle la déposa sur la table de nuit.

— Je t'ai préparé un encas, annonça-t-elle.

Etonné par ce geste, Jason marqua un silence, puis il étendit le bras vers la lampe de chevet, ce qui lui arracha un grognement de douleur.

Se penchant au-dessus de lui, Zoe actionna l'interrupteur, tandis qu'avec mille précautions, Jason se retournait sur le dos.

Ses cheveux, encore humides et en désordre, lui retombaient sur le front. Ainsi décoiffé, il avait l'air encore plus sexy.

Elle chassa cette pensée tout à fait incongrue compte tenu des circonstances, et l'aida à se redresser pour s'adosser contre les oreillers.

Une fois installé confortablement, il poussa un long soupir que Zoe interpréta comme du soulagement.

Elle, en revanche, sentait une sorte de tension l'envahir. Etre ainsi assise sur le bord du lit, à côté de Jason qu'elle savait nu sous une couverture et le mince tissu-éponge de la serviette, avait quelque chose de dérangeant.

Ou plutôt de terriblement excitant, s'avoua-t-elle, dans son for intérieur.

— Tiens, avale ça, dit-elle en lui tendant les deux comprimés.

— C'est quoi ?

— Peut-être des pilules pour voir la vie en rose ? suggéra-t-elle, après un instant d'hésitation.

— Quoi ! Tu as de la Dicodin sur toi !

— Non, rassure-toi. En réalité, il s'agit de Midol.

Jason lui jeta un regard outré et retira aussitôt sa main.

— Hors de question ! Tu ne me feras pas avaler ça !

— Désolée, mais je n'ai rien d'autre à t'offrir. Prends-les, elles soulageront ta douleur.

— Et comment puis-je être sûr que tu n'iras pas ensuite proclamer sur tous les toits, et notamment au bureau, que tu as réussi à m'administrer du Midol ? objecta-t-il, l'air méfiant.

— Tu n'as aucune inquiétude à avoir. Personne n'entendra jamais parler de cette soirée.

— J'espère bien ! Dire que j'en suis réduit à ingurgiter un médicament pour les filles ! gémit-il, avec une grimace comique.

— Ne te fais pas de souci ! Je doute qu'il produise des effets secondaires indésirables sur ta virilité, rétorqua Zoe en souriant. En revanche, l'anti-inflammatoire qu'il contient te soulagera.

Jason s'exécuta, avant de s'intéresser à l'assiette joliment présentée qui l'attendait sur la table de nuit.

— Quelle charmante attention ! Je ne te savais pas si charitable.

— Dans le fond, tu ne connais rien de moi.

— C'est vrai, mais il faut dire que tu ne te livres pas

facilement. Comment imaginer que derrière le ma de la parfaite petite architecte se cache une jeune fem sensible et prête à aider son prochain ?

— Nous sommes des concurrents, je te le rappelle.

— Non, des collègues, rectifia Jason. Ce qui, au cas où tu ne l'aurais pas remarqué, constitue une différence majeure.

Avec un sourire charmeur, il lui tendit la moitié du sandwich.

— Non merci. Je l'ai préparé pour toi et, de toute façon, je dois m'en aller. Je te rappelle que je suis attendue.

— Justement ! Tu ne partiras pas le ventre vide. Tu as une longue route devant toi. Tu vas à Quincy ? C'est bien là que se trouve le chalet familial ?

— Tiens, ainsi il t'arrive parfois d'écouter lorsqu'on te parle ? s'étonna Zoe, sarcastique.

— Dans le fond, tu ne connais rien de moi, répliqua-t-il sur le même ton, reprenant les mots de la jeune femme. Mange, c'est un ordre !

Surprise, Zoe se figea. Elle détestait les ordres. Depuis sa plus tendre enfance, elle ne cessait d'en recevoir : de ses parents et de ses trois sœurs, tout d'abord, lesquelles s'arrogeaient encore le droit, à l'occasion, de lui en dicter ; de Stan Steele, ensuite, qui se montrait plus directif avec elle, sans doute parce qu'elle était une femme dans un monde professionnel essentiellement masculin et assez macho.

— S'il te plaît ! ajouta Jason en la voyant se raidir.

Zoe se détendit.

Présenté ainsi, cela ressemblait davantage à une requête qu'à une injonction.

Et elle devait bien se l'avouer, son estomac criait famine.

Aussi obtempéra-t-elle, fermement décidée à ne pas s'attarder davantage, une fois rassasiée.

5

Ils partagèrent le sandwich et la pomme, mais Zoe refusa les chips.

— Elles sont au goût barbecue, dit-elle simplement, comme si l'argument suffisait à tout expliquer.

— Et alors, tu n'aimes pas ça ?

— Bien au contraire, j'adore, répondit la jeune femme, en regardant les chips comme s'il s'était agi de ses pires ennemies.

— J'ai bien peur de ne pas suivre ton raisonnement, insista Jason.

— C'est juste parce qu'elles risquent de me faire grossir.

— Comment ? Il y en a tout au plus une vingtaine dans cette assiette, rétorqua-t-il, amusé. Combien crois-tu que la moitié représente de calories ?

— Au moins un million... De toute façon, tu ne peux pas comprendre, ajouta-t-elle devant son expression à la fois dubitative et moqueuse, tout en continuant à fixer les chips avec une grimace de frustration.

— Ah oui ? Et pourquoi donc ?

— Regarde-toi ! Tu as un physique d'athlète. Je suis sûre que tu peux manger n'importe quoi sans prendre un seul gramme.

Jason éclata de rire, tandis que Zoe, elle, semblait on

ne peut plus sérieuse. Il engloutit le reste de sa moitié de sandwich avant de s'aventurer à lui effleurer la joue. Elle frémit sous la caresse.

— Avec ce corps de déesse, tu n'as pas à te plaindre non plus.

Zoe ferma les yeux.

— Arrête, murmura-t-elle.

Mais, au lieu de se dérober, elle se pencha vers lui.

Levant péniblement le bras, Jason lui prit la nuque, enfouissant ses doigts dans la chevelure flamboyante et soyeuse. Il attira son visage plus près du sien et, contre toute attente, elle ne chercha pas à lui résister.

Leurs bouches se trouvaient désormais à quelques centimètres à peine l'une de l'autre.

— Tu es très belle, Zoe, chuchota Jason.

— Au bureau...

— Nous ne sommes pas au bureau, l'interrompit-il.

— Encore heureux !

Leurs lèvres se frôlèrent, et la jeune femme laissa échapper un soupir de volupté. Son regard s'adoucit.

Jason sentait ses seins fermes contre son torse nu, et la chaleur de ce corps magnifique, fait pour l'amour, s'insuffler en lui.

Zoe avait un tempérament bien trempé qui la rendait souvent inaccessible, intimidant les hommes au point de les tenir à distance. Jason l'avait constaté chez ses collègues masculins, et d'avoir cette jeune beauté tout contre lui, de la sentir ainsi fondre sous la caresse, l'emplissait d'un étrange bonheur.

— Jason ?

Il resserra son étreinte, frustré de ne pouvoir bouger assez pour l'enlacer et lui donner un vrai baiser.

— Oui ?

— N'oublie pas que je te considère comme mon ennemi.

Malgré la douleur et l'érotisme du moment, il se surprit à rire.

— Le problème, vois-tu, c'est que tu sens les chips. Comment résister à la tentation ? Ce sont mes préférées, murmura la jeune femme d'une voix légèrement voilée.

Du bout de la langue, elle traça le contour des lèvres de Jason.

— Mon Dieu, Zoe, arrête, gémit Jason. Sinon, je ne répondrai plus de rien.

— Oh ! Excuse-moi ! s'exclama-t-elle, en s'écartant brusquement. Je suis désolée. Mais, après tout, tout cela est de ta faute !

— De ma faute ? s'exclama Jason, d'une voix faussement indignée.

— Parfaitement. Tu mets tout en œuvre pour me séduire. Te voilà cloué dans ce lit, incapable d'effectuer un geste sans endurer le martyre. Or, je ne supporte pas de voir quelqu'un souffrir. Et puis, il y a ces chips au goût barbecue, auxquelles je suis absolument incapable de résister, pour couronner le tout !

Elle esquissa un mouvement pour se lever, mais Jason réussit à la retenir par le poignet et à l'attirer contre lui.

Il enfouit ses doigts dans ses cheveux, avant d'emprisonner sa nuque et d'approcher les lèvres pulpeuses des siennes. La jeune femme ne lui opposa aucune résistance, et il l'embrassa doucement, longuement, voluptueusement, explorant cette bouche qui s'offrait à lui sans retenue.

Ce baiser lui procura un plaisir fou, manifestement partagé par Zoe dont les mains, fébriles, exploraient chaque centimètre carré de sa peau nue, frustrées lorsqu'elles se heurtaient à la mince couverture qui le protégeait d'un froid qu'il ne ressentait plus le moins du monde.

— Zoe...

— Chut, murmura-t-elle, en plaquant de nouveau sa bouche contre la sienne.

A quoi bon jouer les effarouchés et vouloir sauvegarder un semblant d'apparences ?

Ils se trouvaient tous les deux seuls dans ce chalet, et Zoe était aussi adulte que lui ; elle savait ce qu'elle faisait, et semblait avoir autant envie de lui, que lui d'elle.

— C'est complètement dingue, murmura-t-elle comme pour lui donner raison.

Jason fit glisser la veste de son tailleur le long de ses épaules et, au mépris de la douleur que risquait de réveiller un tel effort, il installa la jeune femme à califourchon sur lui. La jupe en fin lainage remonta sur les hanches de Zoe, laissant apparaître, au-dessus de la limite des bas, cette bande de peau blanche et soyeuse qui nourrissait ses fantasmes les plus secrets, et plus haut, un sous-vêtement en satin bleu ciel des plus sexy qui eut pour effet de décupler son désir.

— Tu sais, j'aurais la force de te résister si je le voulais, lança-t-elle, sur le ton du défi.

— Je n'en doute pas un seul instant.

Sans la quitter du regard, il entreprit de déboutonner le chemisier de soie, dont il écarta les pans, découvrant un soutien-gorge assorti au slip, une peau claire et parfaite, un ventre plat.

Zoe avait fermé les yeux.

Il prit le temps d'admirer le spectacle merveilleusement érotique de cette belle amazone, offerte, la tête renversée vers l'arrière, auréolée par la cascade de ses cheveux aux reflets cuivrés.

Incapable de résister davantage, Jason dégrafa le soutien-gorge, libérant une poitrine ronde et ferme qu'il caressa doucement. La jeune femme poussa un soupir de volupté et se pencha vers lui. Répondant à cette invite silencieuse, il saisit, l'une après l'autre, les pointes tendues de ses seins entre ses lèvres.

Zoe émit un gémissement rauque. Elle se souleva suffisamment pour permettre à Jason de retirer la couverture et la serviette de toilette, derniers remparts à leur étreinte.

Positionnée au-dessus de lui, la jupe remontée jusqu'à la taille, Zoe écarta d'une main le mince triangle de satin qui protégeait encore la partie la plus intime de son anatomie tandis que, de l'autre, elle le guidait en elle.

Bien qu'elle lui ait intimé l'ordre de ne pas bouger, Jason ne put résister à l'envie de la caresser.

— Oui, gémit Zoe.

A la voir ainsi, le chevauchant, la tête renversée en arrière, les lèvres entrouvertes et les yeux perdus dans le vague, Jason sut qu'il ne pourrait plus se retenir très longtemps.

— Viens contre moi, murmura-t-il. Je veux sentir ta peau sur la mienne.

Elle s'allongea sur lui et enfouit délicatement son visage dans le creux de son cou.

Fermant les yeux, Jason s'enivra du parfum de ses cheveux.

Le mouvement de leurs hanches devint plus lent, plus régulier. Jason pouvait sentir le souffle de la jeune femme s'accélérer de nouveau. Soudain, elle libéra son plaisir dans un cri long et plaintif, tandis que Jason abandonnait tout contrôle de lui-même.

L'orgasme les saisit en même temps, la jouissance de l'un décuplant celle de l'autre.

6

Quand elle ouvrit les yeux, Zoe prit conscience qu'elle se trouvait blottie contre Jason, les bras et les jambes enroulés autour de lui, et le visage enfoui dans le creux de son cou.

Mon Dieu ! Qu'avait-elle fait ? Non seulement elle n'avait pas su lui résister, mais elle s'était quasiment jetée sur lui !

Se dégageant de son étreinte, elle se leva.

— Zoe ?

La voix masculine et sensuelle risquant, à elle seule, de la faire fondre de nouveau, la jeune femme ne lui répondit pas. Tournant résolument le dos à son propriétaire, elle ajusta son soutien-gorge, boutonna son chemisier, que ses récents ébats avaient fripé, et s'efforça de lisser sa jupe, tout aussi froissée. Elle se penchait pour ramasser sa veste, abandonnée en tas sur le sol, lorsqu'elle entendit un grognement sourd.

De douleur, manifestement.

Se retournant aussitôt, Zoe constata que Jason, au prix d'un violent effort, comme l'indiquait le masque de souffrance sur son visage, essayait de se redresser. Avec un soupir, elle revint s'asseoir sur le bord du lit.

— Arrête ! Cela ne fera qu'augmenter la douleur, lui intima-t-elle, plaquant la main contre son torse dans l'espoir de se faire obéir.

Ignorant l'injonction, Jason parvint à s'asseoir.

— Jason, s'il te plaît ! Reste au lit, ordonna-t-elle de nouveau.

Avec un juron, il tenta d'attraper la couverture qui se trouvait hors de sa portée, et devint soudain d'une pâleur inquiétante.

Zoe remarqua un plaid qui, dans la bataille, avait glissé à terre.

Voilà qui ferait parfaitement l'affaire.

Elle l'enroula autour des hanches de Jason, avec des gestes précautionneux, effleurant le torse puissant dès qu'elle en avait l'occasion.

— Crois-moi, il suffirait d'un seul mot de ta part pour que j'arrache cette couverture.

— Quoi ? Tu souffres le martyre, et tu ne songes qu'à recommencer ? demanda-t-elle, étonnée.

— Question de testostérone, expliqua-t-il sur le ton de la plaisanterie. Il faut avouer qu'une femme comme toi aurait le pouvoir de ressusciter la libido la plus paresseuse. Et puis, d'après la façon dont tu viens de me caresser, j'ai bien l'impression que cette perspective ne te déplairait pas.

— Question de manque ! lança-t-elle d'une voix moqueuse. Cela fait deux ans que je n'avais pas pratiqué ce genre d'exercice physique.

— Pourquoi avoir attendu si longtemps ? demanda-t-il, avec sérieux cette fois.

Feignant de ne rien avoir entendu, elle partit en quête de ses escarpins, qu'elle découvrit sous le lit. Elle n'avait nulle intention de répondre à cette question. Après avoir enfilé ses chaussures, elle se dirigea vers la porte.

— Nous ne parlerons jamais à personne de ce qui vient de se passer, décréta-t-elle.

Jason, qui lui avait emboîté le pas, ne réagit pas. Elle décida d'interpréter son mutisme comme un assentiment, mais, au lieu de poursuivre son chemin vers la salle de bains pour y récupérer son sac à main avant de partir, elle commit l'erreur monumentale de se retourner.

Avec sa chevelure en désordre et sa barbe naissante dont elle se rappelait la délicieuse brûlure sur sa peau, Jason lui parut plus sexy que jamais. La douleur lui donnait une expression presque vulnérable.

La jeune femme sentit sa résolution vaciller. Elle n'était plus si sûre de vouloir partir et le laisser seul dans cet état.

— Tu es certain que ça va aller ? lui demanda-t-elle, incapable de cacher son inquiétude.

— Si jamais je te réponds par la négative, accepteras-tu de revenir te coucher avec moi dans ce lit ?

Une rougeur intempestive envahit les joues de Zoe.

Ce type ne manquait décidément pas de culot ! Il semblait au bord de l'évanouissement, mais ne s'avouait pas vaincu pour autant. N'abandonnait-il jamais cette attitude de bravade ?

— Rends-moi ma clé USB, rétorqua-t-elle, reprenant à son tour le ton du défi.

Depuis leur première rencontre, exception faite de ce bref armistice, leurs échanges se bornaient à des rapports de force. Et elle n'avait nullement l'intention de modifier la règle du jeu au nom du moment d'intimité qu'ils venaient de partager.

— Combien de fois devrais-je te dire que je ne l'ai pas. La neige a-t-elle commencé à tomber ? demanda-t-il, changeant brusquement de sujet.

Zoe jeta un coup d'œil par la fenêtre. De petits flocons virevoltaient. Rien de grave pour l'instant, mais le bulletin météo ayant annoncé une prochaine tempête, mieux valait ne pas s'attarder.

— A peine. Elle ne tient pas encore. Les routes devraient encore être praticables, si je me dépêche.

Résignée, Zoe se dirigea vers la porte d'entrée. Après tout, tant pis pour la clé USB. Puisqu'il refusait de la lui restituer, elle se débrouillerait sans. Elle n'aurait qu'à envoyer un message à Stan pour le prier de lui adresser le cahier des charges par messagerie électronique. Une initiative certes assez peu professionnelle, mais avait-elle vraiment le choix ? Sans spécifications, impossible de rendre son projet et, donc, d'obtenir la promotion tant espérée. Par chance, elle se souvenait de la plupart des notes et des idées préliminaires qu'elle avait consignées dans un des fichiers se trouvant sur la clé.

— Au fait, je ne plaisantais pas tout à l'heure, ajouta-t-elle d'une voix menaçante. Promets-moi que tout cela restera entre nous.

— De quoi parles-tu ? Du fait que tu as égaré de précieuses informations et que tu m'accuses de te les avoir volées, ou des deux orgasmes que tu viens de vivre ?

— Parce que tu les as comptés ? s'indigna-t-elle.

Pour toute réponse, il lui adressa un sourire charmeur.

Hors de question de se faire prendre à son petit jeu de la séduction ! se dit-elle en son for intérieur.

Et pourtant, elle ne pouvait s'empêcher de remarquer que le plaid qui servait de pagne commençait à glisser...

Jason devait mourir de froid, mais elle ne se laisserait pas attendrir. Non ! Il ne l'aurait pas aussi facilement !

— Ecoute, nous ne sommes plus des adolescents, ni toi ni moi. Assumons ce qui s'est passé et oublions-le une bonne fois pour toutes. Je souhaiterais que nous n'abordions plus jamais le sujet.

— Le sujet ? Mais de quel sujet parles-tu ?

— Ne joue pas les innocents, rétorqua Zoe, agacée par cette mauvaise foi évidente. Tu sais très bien ce que je veux dire.

— Tu me demandes d'oublier le plaisir que nous nous sommes donné l'un à l'autre ?

— Exactement.

— Et la façon dont tu t'es lovée contre moi après l'amour ?

— Oui, cela aussi, répliqua-t-elle le plus calmement possible, se souvenant de la chaleur de son corps sous le sien.

— Je voudrais bien. Mais cela me paraît fort difficile. Je vais devoir faire beaucoup d'efforts !

— Eh bien, moi, je ne vois pas l'intérêt d'en informer la terre entière ! J'espère que tu n'as pas l'intention de te servir de cet épisode malheureux pour exercer une sorte de chantage contre moi.

Zoe le fixa, attendant une réponse qui ne vint pas.

Au lieu de réagir, il s'achemina à pas lents vers la cuisine. Son manège était clair : il cherchait à gagner du temps.

— Jason ? insista Zoe d'une voix impérieuse.

Toujours pas de réponse.

Furieuse, la jeune femme récupéra son sac à main, et s'apprêtait à partir quand elle entendit le vrombissement d'un téléphone portable annonçant l'arrivée d'un texto, suivi presque aussitôt d'un juron et d'un bruit de verre cassé.

N'écoutant que son bon cœur, elle se précipita dans la cuisine et découvrit Jason, pieds nus, au milieu des éclats de verre qui jonchaient le sol.

— Que se passe-t-il ? Tu t'es coupé ?

— Je ne suis pas stupide à ce point, répliqua-t-il.

Il semblait extrêmement contrarié.

— Ne bouge pas !

— Même si je le voulais, je ne le pourrais pas.

Il se tenait en effet immobile, telle une statue de marbre, les doigts crispés sur son téléphone portable.

S'approchant, Zoe entreprit de ramasser les tessons.

— Que s'est-il produit ? demanda-t-elle sans masquer son inquiétude.

— Rien de grave. J'ai juste reçu un message de Mike et j'ai lâché mon verre, déclara Jason, sans plus d'explications.

Le verre s'était brisé en six ou sept morceaux. Zoe les saisit avec précaution, l'un après l'autre, s'efforçant d'ignorer les mollets musclés de Jason. Elle n'avait jamais trouvé cette partie de l'anatomie masculine très attirante. Pourtant, ceux de cet homme lui paraissaient terriblement sexy.

— Il t'a annoncé une mauvaise nouvelle ?

— On peut dire ça comme ça. En fait, c'est Mike qui a pris ta clé USB. Il t'a envoyée ici uniquement dans le but de jouer les entremetteurs. Il ne voulait pas que je passe Noël seul.

Agenouillée à ses pieds, Zoe se figea, puis renversant la tête en arrière, elle planta un regard dubitatif dans celui, furieux, de Jason.

— Comment ?

— Eh oui, confirma-t-il d'une voix amère. Toujours prêt à rendre service, mon petit frère ! Quel idiot ! Je suis désolé. Quand je pense que tu m'accusais d'avoir volé ces fichiers ! En fait, c'est moi que tu prenais pour un minable.

Se relevant, Zoe secoua la tête, incrédule. Le sang lui martelait les tempes.

— Tu veux dire que ton frère nous a manipulés ?

— J'en ai bien peur.

— Je n'y crois pas ! s'écria-t-elle, les poings crispés. Il a manigancé tout ce petit scénario pour nous inciter à...

— Oui, et il a parfaitement réussi son coup, l'interrompit Jason.

— Je n'y crois pas ! répéta Zoe, la voix tremblant d'une rage à peine contenue.

— Je suis désolé. Je ne peux que te présenter mes excuses, en son nom. Cependant, il faut bien reconnaître que personne ne nous a obligés à...

— Ne dis pas un mot de plus ! s'écria-t-elle, plaquant ses mains sur ses oreilles.

Zoe fulminait. L'humiliation d'avoir foncé tête baissée dans le piège que lui avait tendu ce gamin irresponsable décuplait sa colère.

Mais après tout, ne devait-elle pas ne s'en prendre qu'à elle-même, à son ambition démesurée qui l'avait poussée à se précipiter ici sans réfléchir une seconde aux conséquences potentielles de ses actes ? A présent, une seule chose comptait : récupérer cette clé USB sans laquelle elle perdait toute chance de décrocher la promotion promise par Steele. Pas une minute elle n'avait douté de la culpabilité de Jason, qu'elle considérait comme un rival prêt à n'importe quelle bassesse pour remporter la compétition acharnée qu'ils se livraient depuis qu'elle travaillait chez Steele Architecture and Design.

Zoe sentit la honte l'envahir au souvenir de leurs ébats. Jason ne l'avait pas forcée à le rejoindre au lit. Il n'avait même pas tenté de la séduire, cloué dans la baignoire par ce maudit torticolis. Non, elle se devait de l'admettre : elle s'était bel et bien jetée sur lui, comme une femme sevrée de sexualité depuis deux ans, comme une...

Elle chassa l'image qui lui venait à l'esprit. Inutile de se perdre en lamentations ; il était désormais temps de reprendre la situation en main.

— Nous ne parlerons jamais à quiconque de ce qui s'est passé entre nous, n'est-ce pas ? Jamais. Nous sommes bien d'accord ? J'espère que tu n'as pas répondu à Mike en lui racontant que nous...

— Pour qui me prends-tu ? s'indigna Jason. Primo, cela ne le regarde absolument pas. Secundo, j'aurais plutôt envie de lui flanquer une bonne raclée que de lui livrer des confidences.

— Si tu as besoin d'un coup de main, n'hésite pas !

Tu peux compter sur moi, renchérit Zoe, ce qui fit naître l'ombre d'un sourire sur les lèvres de Jason.

La jeune femme jeta les tessons dans la poubelle et, avisant une balayette et une pelle, elle entreprit de nettoyer le sol afin d'éviter que Jason ne marche, pieds nus, sur un éclat de verre. Tout en se reprochant sa sollicitude, elle ne pouvait s'empêcher de songer que lui aussi avait été victime de ce coup monté et, pour couronner le tout, d'une accusation injuste de sa part.

— J'ai aperçu un conteneur à ordures en arrivant. J'y jetterai le sac avant de partir.

— Attends !

Il se dirigea aussi vite qu'il le put vers la chambre. A son retour, il lui tendit quelque chose. Une clé USB. La sienne !

— Quoi ? Non, Jason, je ne peux pas...

— Je n'y ai pas enregistré le fruit de mes cogitations. Tu y trouveras simplement les spécifications. Cela te permettra au moins d'avancer sur le projet Weller, en attendant que Mike te rende la tienne.

— Et toi ? Comment feras-tu ?

— Je me débrouillerai sans.

La jeune femme fixait la clé, hésitant sur l'attitude à tenir, tiraillée entre des sentiments contradictoires.

Pourquoi Jason se montrait-il soudain si gentil à son égard ? Parce qu'ils avaient vécu ensemble un moment d'intimité d'une rare intensité ? Parce qu'il voulait réparer le préjudice causé par son jeune frère ?

Elle connaissait son ambition, sa soif de réussite. Son talent aussi. Refusait-il tout simplement de gagner par forfait, de se mesurer à une adversaire qui ne disposait pas des mêmes atouts que lui pour remporter la partie ?

Zoe se décida enfin à prendre la clé.

Après tout, la meilleure solution consistait peut-être à travailler ensemble. Ils soumettraient leur projet commun à Steele, et ce dernier choisirait lequel de ses deux poulains méritait le plus la promotion au vu de leurs performances précédentes...

Non, impossible ! Cela ne marcherait jamais.

— Jason, promets-moi d'oublier ce fâcheux épisode sexuel entre nous.

Elle surprit dans son regard une lueur d'émotion qu'elle ne sut interpréter.

— Je te le promets, si ça peut te faire plaisir, finit-il par déclarer à voix basse.

— Parfait. Dans ce cas, il ne me reste plus qu'à partir.

En temps normal, remporter la victoire aussi facilement l'aurait fait jubiler. Alors, pourquoi avait-elle ce pincement au cœur ?

Refusant de trop y réfléchir, elle franchit la porte sans se retourner.

Après son départ, Jason regagna sa chambre et s'allongea, avec maintes précautions, entre les draps encore chauds de leurs ébats. Il s'efforça de trouver la position qui le ferait le moins souffrir. Le médicament administré par Zoe n'avait que peu atténué la douleur, mais il lui donnait envie de dormir.

Ou peut-être sa fatigue était-elle due au plaisir intense qu'il avait eu avec Zoe ?

Quoi qu'il en soit, il avait les pieds gelés et la nuque toujours aussi raide. Mieux valait essayer de dormir. Après une bonne nuit de sommeil, il y verrait certainement plus clair.

« Promets-moi d'oublier ce fâcheux épisode sexuel entre nous... »

Les dernières paroles de Zoe, avant qu'elle ne tourne les talons, revenaient en boucle dans sa mémoire.

Sa dernière pensée, avant de sombrer dans les bras de Morphée, fut que cette promesse serait difficile à tenir. Comment oublier un tel moment alors qu'il n'avait qu'une seule envie : le vivre de nouveau ?

Zoe avait parcouru à peine plus d'un kilomètre sur la route étroite et sinueuse qui la conduisait chez ses parents, lorsqu'elle se rendit compte qu'elle partait pour de mauvaises raisons. Elle n'arrêtait pas de songer à la situation.

Mike l'avait manipulée ? La belle affaire ! Il ne s'agissait en réalité que d'une farce infantile, dont Jason, lui aussi, avait été victime.

Victime ? Le mot ne lui semblait pas véritablement approprié. Mike s'était juste contenté de créer l'occasion. La responsabilité de la suite des événements lui incombait entièrement.

C'était elle qui avait pris l'initiative de masser Jason, nu dans son bain. C'était elle encore qui n'avait pu s'empêcher d'aller le border dans sa chambre, tel un bébé. Elle enfin qui l'avait embrassé sous prétexte de tester le goût des chips.

Elle chassa ces pensées d'un revers de main. Tout cela n'avait aucune importance, au fond.

Pourtant, alors qu'une partie d'elle-même regrettait ses actes, une autre s'en félicitait. Car jamais, entre les bras d'aucun homme, elle n'avait connu autant de plaisir.

Absorbée par ses réflexions, les doigts crispés sur le volant, elle négocia difficilement un virage en épingle à cheveux. La voiture dérapa sur une plaque de verglas. La jeune femme réussit à redresser la trajectoire, et jugea plus prudent de ralentir l'allure. Pas le moindre réverbère, pas une maison éclairée et aucun autre véhicule : seuls la neige alentour et le faisceau des phares trouaient l'obscurité. Le 4x4 glissa de nouveau sur le bitume luisant.

Le cœur battant la chamade, Zoe se gara sur le bas-côté de la chaussée. Dame Nature lui adressait une mise en garde dont elle devait tenir compte.

Son téléphone vibra et un message de Cindy, sa sœur aînée, s'afficha à l'écran.

Routes complètement verglacées. Si tu es encore à S.F., restes-y jusqu'à demain matin.

Durant un bon moment, Zoe demeura immobile, le regard perdu dans le vide.

A bien y réfléchir, elle n'avait guère que deux options.

Première option : elle pouvait poursuivre sa route pour rejoindre, à quelques kilomètres de là, une petite ville minière qui, elle le savait, possédait plusieurs auberges mais où, à cette période de l'année et à cette heure, elle n'était pas sûre de trouver une chambre disponible. C'est ce que lui dictait la raison.

Deuxième option : elle rebroussait chemin et retournait à Tahoe où un homme terriblement sexy l'attendait, nu dans un lit. C'est ce que lui soufflaient ses sens...

Zoe n'hésita pas longtemps. Elle fit demi-tour et reprit la direction du chalet. Avec une impression de déjà-vu, elle frappa à la porte et n'obtint aucune réponse.

Comme la première fois, elle s'introduisit à l'intérieur, où régnait toujours une température glaciale et, à pas de loup, s'aventura jusqu'à la chambre où elle découvrit Jason profondément endormi, enfoui sous la couverture, la tête bien calée contre les oreillers.

Elle n'eut pas le cœur de le réveiller et, la décence lui interdisant de se glisser entre les draps à côté de lui, elle sortit de la pièce sur la pointe des pieds et alla chercher le sac de voyage qu'elle avait laissé dans sa voiture.

Lorsqu'elle ouvrit le coffre, la jeune femme trouva les ornements de Noël qu'elle avait promis à sa mère d'apporter.

Ils n'allaient guère avoir d'utilité dans sa voiture. Or le chalet manquait cruellement d'âme en cette veille de fête.

Puisque les circonstances et la météo l'empêchaient de rejoindre les siens à temps pour participer à la séance traditionnelle de décoration de la résidence familiale, autant utiliser ces boules et ces santons afin d'égayer un peu cet endroit triste, froid et impersonnel.

Zoe entreprit d'allumer un feu dans la cheminée. Au bout de plusieurs tentatives, et d'une bonne vingtaine d'allumettes, elle parvint enfin à ses fins, et ressentit une bouffée de fierté à la vue des flammes qui crépitaient et commençaient à diffuser un peu de chaleur dans la pièce. Dehors, la neige s'était mise à tomber de plus belle, et un épais manteau blanc recouvrait désormais le paysage.

Elle avait pris la bonne décision ; elle en avait la conviction.

La jeune femme jeta un regard en direction de la chambre. Jason semblait toujours profondément endormi. Alors, pourquoi éprouvait-elle cette curieuse sensation de malaise ?

Sans doute parce qu'elle avait l'impression d'agir comme une voleuse…

Ce qui était à la fois follement excitant, et terriblement embarrassant.

Si elle avait réussi à rallier Quincy, elle se trouverait maintenant en famille, à se chamailler avec ses sœurs qui lui rappelleraient, à leur manière, que quoi qu'elle fasse, elle demeurait la petite dernière, celle qui devait encore faire ses preuves pour arriver à se hisser au niveau de ses aînées.

Elle envoya un message à ses parents afin d'expliquer la situation et de les rassurer sur son sort. Finalement, la perspective de passer cette veille de fête en tête à tête avec elle-même ne lui déplaisait pas tant que cela.

La jeune femme disposa plusieurs petites bougies blanches sur le bar et le rebord des fenêtres. Elle remarqua dans un coin un pothos en pot, plante d'intérieur au feuillage généreux et réclamant très peu d'entretien, qu'elle décida de reconvertir en sapin de Noël. Elle accrocha au feuillage luxuriant quelques boules rouges et or, ainsi que des guirlandes de couleurs identiques.

Une ou deux branches de houx sur le manteau de la cheminée, et le tour était joué : la pièce avait enfin un aspect chaleureux, voire festif.

Zoe contempla son œuvre avec satisfaction. Seule une pensée insidieuse venait jouer les trublions dans le plaisir du moment.

La jeune femme avait beau essayer de se convaincre qu'elle agissait ainsi pour occuper une soirée solitaire, au fond d'elle-même, elle savait qu'elle se mentait.

En réalité, tout ce décorum n'était destiné qu'à une seule personne : Jason.

Rêveuse, elle se remémora les instants magiques passés entre ses bras, le plaisir qu'il lui avait donné, l'expression de son visage quand il avait pris le sien et crié son nom...

« Tu es ridicule, ma pauvre fille ! s'admonesta-t-elle. Tu te comportes comme une midinette tout émoustillée par son premier baiser ! »

Furieuse contre elle-même, elle sortit son ordinateur portable de sa housse, y connecta la clé USB prêtée par Jason et lança son programme de CAO.

Et pour la première fois depuis deux semaines, son esprit parvint rapidement à se concentrer sur le sujet.

Sans doute parce que l'autre option, qui consistait à rejoindre Jason dans la chambre, se révélait bien plus intimidante que la perspective de ne pas rendre le projet Weller en temps et en heure.

7

Jason ouvrit les yeux peu après l'aube et demeura immobile dans le lit, le temps d'évaluer la situation et son état. Il régnait dans la chambre une douceur surprenante compte tenu du fait qu'il n'avait pas eu le loisir d'allumer un feu la veille. Son cou et ses épaules semblaient plus détendus, et ne le faisaient pas souffrir au moindre battement de cœur.

Il se hasarda à effectuer un mouvement. Une douleur sourde l'incita à la prudence. Plus supportable néanmoins que la veille. Il se sentait nettement plus en forme. Pas assez certes pour une expédition en VTT, mais suffisamment pour enfiler une paire de chaussettes sans craindre de se retrouver de nouveau paralysé par la souffrance.

Le bain chaud de la veille avait certainement contribué à cette amélioration.

Le massage, aussi.

Sans oublier cet orgasme extraordinaire...

L'image de Zoe le chevauchant et prenant son plaisir tout en lui donnant le sien resterait longtemps gravée dans sa mémoire. Cette seule pensée suffit à éveiller en lui un sentiment de profonde frustration.

Lui, le célibataire endurci, l'ermite en puissance, n'aspirait qu'à une chose : avoir Zoe auprès de lui ! Et pas seulement pour le sexe, bien que l'idée de renouveler l'expérience d'hier soir le tentât au plus haut point.

Il devait bien l'admettre, il aimait la compagnie de cette jeune femme vive, intelligente, dont l'esprit de repartie, le mordant n'avait d'égal que la gentillesse.

Qui aurait cru qu'un jour il aurait envie de mieux connaître celle qui ne cessait de le défier au bureau, celle qui risquait de lui ravir la promotion qu'il attendait depuis si longtemps ?

Il se leva lentement et, tel un automate, se dirigea vers la salle de bains.

Jason n'était pas du matin. D'ordinaire, une bonne douche lui permettait de retrouver pleinement ses esprits. Or, les propriétaires du chalet, estimant sans doute cette vieille baignoire à pattes de lion plus romantique, n'avaient pas jugé utile d'installer une cabine de douche. Drôle d'idée, tout de même !

Quitte à vider le ballon d'eau chaude, Jason emplit la vénérable baignoire et s'y plongea, avec maintes précautions.

Peine perdue ! Ce bain ne réussit pas à chasser les derniers limbes du sommeil.

Seul un café bien corsé lui aurait fait reprendre pied dans la réalité. Malheureusement, il avait omis d'en apporter ou d'en acheter.

Jason écarta le rideau qui masquait la petite fenêtre de la salle de bains. La neige avait enseveli le paysage et recouvert son 4x4 d'un épais manteau blanc.

C'est alors qu'il découvrit un autre véhicule garé juste à côté du sien.

De qui pouvait-il bien s'agir ?

A pas comptés, il gagna la salle de séjour et s'immobilisa sur le seuil, pétrifié. La pièce s'était totalement métamorphosée. Il y avait des bougies partout, la plante verte s'était transformée en sapin de Noël avec des boules et des guirlandes, du houx ornait la cheminée, et des bûches achevaient de se consumer dans l'âtre.

Son regard stupéfait se posa ensuite sur le sofa, où Zoe avait manifestement passé la nuit.

— Bonjour, dit-elle d'une voix encore ensommeillée tout en s'efforçant de mettre un peu d'ordre dans sa coiffure.

La cascade de cheveux roux formait comme une auréole autour de son visage, et Jason fut tenté de la supplier de ne pas chercher à la dompter.

La jeune femme aurait probablement poussé un cri d'effarement en apercevant son reflet dans un miroir, mais lui, Jason, la trouvait encore plus belle ainsi, avec ses mèches rebelles qui lui donnaient un air presque malicieux et terriblement sensuel.

Une seule chose l'agaçait, cependant : ces fichues décorations de Noël ! Pourquoi avait-elle décoré toute la pièce sans même le consulter ?

— T'arrive-t-il parfois de ne pas te promener à moitié nu ? demanda Zoe sur le ton de la plaisanterie.

Jason s'inspecta rapidement du regard. Une fois encore, il portait pour seul vêtement la serviette qu'il avait nouée autour de sa taille en sortant du bain.

— Désolé ! Je te demande juste de m'accorder une minute.

Il se rendit dans la chambre et enfila aussi vite qu'il le put caleçon, jean et polo épais à manches longues. Le torticolis le faisait encore trop souffrir pour qu'il tente de se chausser.

Lorsqu'il revint dans le séjour, la jeune femme avait déserté le sofa et la pièce. Entendant l'eau de la douchette couler, il se dirigea vers la salle de bains.

Trop tard ! Un cri fusa de l'autre côté de la porte, suivi d'un juron étouffé.

Si elle lui en avait laissé l'occasion, il lui aurait conseillé d'attendre que le ballon d'eau chaude se remplisse de nouveau !

Retournant à pas de loup dans la pièce principale, son sourire moqueur s'évanouit aussitôt. Qu'allait-il faire de toutes ces décorations ?

Quand Zoe l'y rejoignit, il était encore en train d'évaluer le temps qu'il lui faudrait pour ôter toutes ces boules, guirlandes, bougies et autres figurines.

Quittant ses pensées, il l'observa avec attention.

Elle portait un sweat-shirt à capuche dont la couleur rouge vif mettait en valeur l'éclat flamboyant de sa chevelure, retenue en queue-de-cheval, et dont la fermeture Eclair était remontée jusqu'à la poitrine, formant un décolleté discret, mais très suggestif, qui donnait envie d'en découvrir davantage. Un legging noir, moulant ses longues jambes interminables, complétait la tenue.

Jamais Jason ne l'avait vue vêtue autrement qu'en tailleur strict, et cette tenue à la fois sportive et sexy ne fit qu'accroître son désir matinal.

— Je n'ai pas réussi à aller très loin hier soir, expliqua Zoe. Il neigeait beaucoup et mes pneus...

— Que s'est-il passé ? demanda Jason, soudain inquiet. Tu as eu un accident ?

— Non, rien de si grave, rassure-toi. La voiture a dérapé à deux reprises sur des plaques de verglas. J'ai eu peur et j'ai jugé plus prudent de rebrousser chemin.

Elle marqua une pause, l'examinant à son tour de la tête aux pieds, avant d'ajouter :

— Pour être honnête, j'aurais pu poursuivre ma route jusqu'à la ville voisine et passer la nuit dans un hôtel, mais j'ai préféré revenir ici. Quand je suis arrivée, tu dormais à poings fermés, et il m'a semblé plus judicieux de ne pas te réveiller.

— Et tu as donc décidé de décorer cette pièce pour passer le temps ?

— Tu aimes ? demanda-t-elle, son ton enjoué trahissant une pointe de fierté. J'ai pensé que cette salle méritait d'être égayée. Tu ne la trouves pas plus chaleureuse ainsi ?

Il s'apprêtait à lui avouer l'aversion que lui inspiraient tous les rituels entourant Noël, à commencer par celui qui consistait à accrocher partout des décorations clinquantes et souvent de mauvais goût, mais, devant l'expression radieuse de la jeune femme, il se ravisa.

Jamais encore Zoe ne lui avait adressé un tel sourire : un sourire radieux, naturel, presque confiant ; pas celui, forcé, qu'elle affichait au bureau et qui lui servait à cacher sentiments et émotions.

Jason eut l'envie soudaine de la prendre dans ses bras et de la serrer très fort contre lui.

— Je la trouve... métamorphosée, réussit-il à dire, ne voulant pas la blesser, mais incapable de mentir.

— Tu as vu ? J'ai même transformé la plante verte en sapin ! Comme ça, l'atmosphère de cette pièce me semble plus conforme à l'esprit de Noël.

Soudain soucieux, Jason sentit sa gorge se serrer. En ce matin de Noël, Zoe aurait dû être parmi les siens, en train de célébrer cette fête familiale, au lieu de se retrouver coincée avec lui. Certes, il ne se sentait pas responsable de la situation, du moins pas directement, mais cette pensée l'embarrassait.

— Je suis désolé que tu ne puisses pas fêter Noël avec ta famille, dit-il, vraiment désolé.

Zoe s'approcha de lui. Contrairement à la plupart des autres femmes, elle lui arrivait au-dessus de l'épaule. Il aurait suffi qu'il se penche à peine pour l'embrasser.

— Ne t'excuse pas, tu n'y es pour rien. Et puis nous

aurons tout le temps de nous rattraper au nouvel an. Alors, que penses-tu de mes décorations ?

Jason soupira.

Impossible de se dérober cette fois ! Que devait-il faire : mentir ou prendre le parti de la franchise ? Dans les deux cas, cela risquait de tourner au vinaigre.

— Elles sont superbes, murmura-t-il sans grande conviction, en évitant de la regarder.

Elle le fixa un moment, une expression de déception ayant remplacé le sourire radieux qui, l'instant d'avant, illuminait son beau visage.

— Ne mens pas. Tu ne les aimes pas, n'est-ce pas ?

— Non, non, protesta-t-il, sentant l'orage monter. Elles sont vraiment jolies.

— Jason, dis-moi la vérité.

— Ecoute, en fait, je suis venu dans ce chalet pour me retrouver seul et, surtout, pour échapper aux festivités de fin d'année, avoua-t-il sans ambages.

La jeune femme resta immobile et muette, puis se dirigeant vers le sofa, elle ramassa un grand sac en papier dans lequel elle commença à rassembler bougies, boules et guirlandes.

— Zoe, arrête ! parvint à dire Jason dans un soupir.

Elle se tourna vers lui. Son visage était dépourvu de maquillage, ce qui lui donnait un air d'une incroyable jeunesse. Jason en éprouva presque un élan de tendresse.

— Je te présente mes excuses, déclara-t-elle enfin. Je n'aurais pas dû faire irruption ici et t'imposer toute cette mise en scène sans t'avoir consulté auparavant.

Elle reprit son rangement.

— Zoe, s'il te plaît ! Laisse tout ça !

Ne sachant plus que faire pour la convaincre, Jason chercha une diversion. C'est alors que son regard tomba sur l'ordinateur portable de la jeune femme et le carnet à dessins, ouvert juste à côté. Ce dernier présentait l'ébauche de ce que Jason devinait comme étant le futur complexe Weller. Du moins s'agissait-il vraisemblablement du tribunal et de la bibliothèque.

Incapable de résister à la curiosité, Jason pressa une touche du clavier de l'ordinateur dont l'écran se ralluma instantanément. Il vit apparaître la modélisation parfaite en 3D de ce que la jeune femme avait dessiné. Les lignes étaient épurées, à la fois élégantes et puissantes, modernes et classiques.

Pas de doute, Zoe Anders avait un talent fou.

— J'ai un peu travaillé hier soir, expliqua-t-elle d'un ton las, elle qui d'ordinaire aurait bondi pour rabattre l'écran de l'ordinateur et lui arracher le carnet des mains. Je ne parvenais pas à m'endormir. J'ai réussi sans problème les ébauches. Et pour être tout à fait honnête, je coince sur le reste.

Médusé, Jason partit chercher son ordinateur où se trouvait sa propre vision du projet. Pour sa part, il avait ce fameux *reste*, et ce qu'il s'évertuait à conceptualiser depuis deux semaines, c'était justement la bibliothèque et le tribunal.

Ebahie, Zoe contempla les deux écrans placés côte à côte ; elle avait du mal à en croire ses yeux.

— Tu as vu ? chuchota-t-elle.

— Oui. C'est sidérant, non ? En fait, nous avons chacun de notre côté créé la partie du complexe sur laquelle l'autre bute. Et nos travaux respectifs se complètent à merveille. Incroyable ! Imagine ce qu'il adviendrait si nous unissions nos forces au lieu de nous battre l'un contre l'autre, conclut-il, songeant en son for intérieur qu'une collaboration lui permettrait d'avoir une chance de décrocher la promotion tant convoitée.

Zoe le fixa sans rien dire. A priori, l'idée ne semblait pas la tenter plus que la première fois qu'il l'avait suggérée.

Eh bien tant pis ! Puisqu'elle refusait son offre, il poursuivrait seul. Après tout, il n'avait jamais eu besoin de personne pour atteindre ses objectifs.

En revanche, il commençait à se demander lequel des deux avait le plus besoin de ce poste d'architecte en chef.

— Je paierais cher pour avoir ma dose de caféine, lança-t-il, désireux de détendre l'atmosphère.

— J'ai justement dans mes bagages du café moulu que je comptais offrir à ma mère. Compte tenu des circonstances, je suis sûre qu'elle me pardonnera d'avoir pioché dans le paquet. Tu veux que je nous prépare un café ?

— Oh oui, s'il te plaît !

Zoe disparut dans la cuisine. Cinq minutes plus tard, une merveilleuse odeur s'en échappait.

Jason en profita pour se détendre, en s'asseyant dans le sofa.

Unir leurs forces...

Après tout, son idée n'avait rien de saugrenu. Zoe et lui étaient en réalité très complémentaires. Ils en avaient eu la preuve en comparant leurs travaux respectifs.

Et n'en avaient-ils pas également eu la confirmation la veille au soir lorsqu'ils avaient fait l'amour ?

Sans doute, mais c'était une chose que de s'entendre sexuellement, et une tout autre que de travailler ensemble.

8

Jason trouva deux mugs que Zoe remplit de café. Il but une longue gorgée et ressentit aussitôt les effets bienfaisants de la caféine sur son corps et son cerveau.

Ensemble, ils regagnèrent la pièce de séjour et s'assirent devant la fenêtre, tandis que l'aube chassait les derniers lambeaux d'obscurité.

La neige, fine au départ, tombait de plus en plus dru.

— Ce n'est probablement pas une bonne idée de prendre la route par un temps pareil, fit Zoe en regardant le monticule blanc sous lequel disparaissait sa voiture.

Il ne s'agissait pas d'une question, mais plutôt d'une constatation. La voix de la jeune femme ne trahissait pas d'émotion particulière, mais lorsque Jason examina à la dérobée le profil parfait de son invitée, il y découvrit une expression de tristesse. La mèche rebelle qui s'obstinait à s'échapper de sa queue-de-cheval lui barrait la joue, et Jason se surprit à la remettre derrière son oreille, effleurant au passage la peau fine de sa tempe.

— Tes parents te manquent, murmura-t-il, d'un ton compatissant.

— C'est Noël, répondit Zoe comme si cela suffisait à tout expliquer. Mike et toi ne le célébrez pas en famille ?

— Mike passe les fêtes de fin d'année avec sa petite amie, cette année.

— C'est ce qu'il m'a dit. Et cela ne te dérange pas ?

— Oh ! Tu sais, nous vivons ensemble et nous travaillons dans le même cabinet. Alors nous avons maintes occasions de nous voir !

— En ce qui me concerne, je ne vois les miens que deux fois par an. Tout le monde est si occupé que trouver une date qui convienne à tous tient du miracle. A part Noël, bien entendu.

Jason reconnut sans peine de la nostalgie dans sa voix. Il comprenait sa tristesse. Si ses parents avaient toujours été de ce monde, il ne fait aucun doute qu'il aurait passé les fêtes avec eux.

— Etes-vous proches ?

— Si, par ce qualificatif, tu entends toujours prêtes à se mesurer les unes aux autres, alors oui, nous sommes proches effectivement, même très proches ! confia Zoe, avec une pointe d'ironie amère. Nous nous réunissons à Quincy tous les ans, loin des jobs et des responsabilités de chacun. Mon père prépare du lait de poule tandis que ma mère nous mitonne un repas de gala. Mes sœurs retombent dans l'adolescence, oubliant maris et progéniture ; elles ne cessent de se chamailler et d'échanger des vêtements ou des produits de beauté et du maquillage. Et puis, bien sûr, nous décorons la maison tous ensemble, ce qui donne encore l'occasion de gamineries ; c'est à qui reviendra l'honneur d'accrocher l'étoile au sommet du sapin. Curieusement, cette mission ne m'échoit jamais. Sans doute parce que je suis la petite dernière, et que je ne suis pas de taille à lutter contre une neurochirurgienne, une chercheuse dans l'aérospatial et un procureur.

— Je vois ! Belle brochette de matière grise ! s'exclama Jason.

— Oui. Et puis, il y a moi, le bébé de la famille, conclut Zoe sur un ton désabusé.

— Mais tu es architecte, fit-il observer, comprenant à demi-mot le sens de sa phrase. C'est aussi un beau métier.

— Oui, mais qui ne nécessite pas d'être titulaire d'un doctorat ou d'être élue par ses pairs.

— Ah, parce que tu estimes devoir leur prouver quelque chose ?

— Oui, je sais, cela peut paraître stupide. C'est pour cette raison que j'ai tellement envie de décrocher la promotion promise par Stan. Je veux devenir quelqu'un à leurs yeux, lire du respect et de la reconnaissance dans leurs regards, pas seulement de l'amour possessif.

— Tu sais, j'étais sincère au sujet de ma proposition de collaboration, déclara Jason avec le plus grand sérieux.

— Et tu serais prêt à en partager le crédit ? demanda Zoe, dont la voix dénotait un doute profond.

Vexé par sa question, Jason n'en laissa toutefois rien paraître.

Comment l'en blâmer d'ailleurs ? Jason Monroe n'avait pas la réputation de partager quoi que ce soit.

— Oui. Je pense d'ailleurs que nous ferions une équipe de choc !

La jeune femme l'examina un long moment sans dire un mot.

— Cela ne te ressemble pas. Toi aussi, tu le veux, ce poste.

Jason acquiesça.

Bien sûr qu'il le voulait ! Cette nomination pourrait régler quasiment tous ses problèmes. Elle lui permettrait de combler son découvert à la banque et de rembourser l'emprunt sur la maison sans se retrouver à sec à chaque fin de mois. Et pourtant…

Cette demeure pour laquelle il se saignait aux quatre veines n'avait été une demeure familiale que parce que ses parents y avaient élevé, et entouré d'amour, leurs deux fils. A quoi bon la garder si cela supposait pour lui de passer le plus clair de son temps à travailler ? Et si cet avancement se faisait au détriment du bonheur de Zoe, en valait-il vraiment la peine ?

— Qu'en penserait Steele, à ton avis ? Tu sais qu'il adore attiser l'esprit de compétition entre nous afin de tirer le meilleur de ses deux poulains.

— C'est peut-être le moment justement de lui démontrer que sa tactique a fait long feu, qu'elle ne répond plus à ses attentes.

— J'ai consacré des années à essayer de répondre aux attentes des autres, soupira la jeune femme. Aujourd'hui, une seule chose m'importe : être moi-même.

— Et qui es-tu réellement ? demanda Jason avec un sourire.

— Une sœur, une fille, une amie… et une super-architecte, répliqua-t-elle, en lui adressant une grimace espiègle. Sans doute aussi…

Elle s'interrompit.

— Continue.

Zoe planta son beau regard dans le sien. Il y lut une douceur et un abandon inhabituels chez elle, d'ordinaire si forte et toujours sur la défensive.

— La nuit dernière, du moins durant quelques instants, j'ai été une amante.

— Une merveilleuse amante, confirma Jason, que le souvenir de leurs ébats rendait plein de nostalgie. Crois-moi, Zoe, tu réussis tout ce que tu entreprends. Absolument tout.

— Sauf la décoration d'intérieur apparemment, se moqua-t-elle.

— Ma réaction en la matière n'a rien à voir avec tes

talents de décoratrice, murmura-t-il, le regard sombre. En fait, je n'ai plus fêté Noël depuis que mes parents sont décédés dans un accident de voiture, il y a dix ans, très précisément un 20 décembre.

9

A ces mots, Zoe sentit son cœur se serrer affreusement dans sa poitrine.

— Désolée, je l'ignorais.

— Cela s'est passé il y a longtemps, maintenant. Un chauffard complètement ivre a percuté leur voiture de plein fouet ; ils sont morts sur le coup.

— Quelle horreur ! soupira-t-elle d'une voix étranglée par l'émotion, mesurant à grand-peine l'épreuve qu'avaient traversée les deux frères. Quel âge aviez-vous ?

— Moi, vingt ans, et Mike, quinze.

Jason haussa les épaules, comme s'il voulait signifier que leur jeunesse n'avait rien changé à l'affaire.

— Depuis, reprit-il, je m'efforce d'échapper aux fêtes de Noël ou je m'arrange de façon à crouler sous le travail et avoir ainsi un bon prétexte pour ne pas participer aux festivités. Mike, lui, réagit à l'inverse. J'irais même jusqu'à dire qu'il en fait des tonnes !

— Du style accrocher des boules multicolores et des guirlandes lumineuses partout ? demanda Zoe, en jetant un regard fautif aux décorations qu'elle avait disposées un peu partout, croyant faire plaisir à Jason.

— Pire que cela. L'année dernière, il n'a rien trouvé de mieux que de louer un mini-canon à neige et d'ensevelir le jardin sous quinze centimètres de poudreuse. Tous les gamins du quartier sonnaient chez nous pour demander la permission de venir se livrer à des batailles rangées de boules de neige auxquelles, bien sûr, ce gamin de Mike participait.

— Cela n'a pas dû être facile pour toi.

— En fait, j'ai mieux supporté cette invasion que je ne le pensais, répondit Jason, regardant fixement par la fenêtre, les yeux perdus dans le vague, comme s'il revivait la scène. En réalité, cela m'apaisait d'entendre résonner des rires d'enfants autour de cette demeure désespérément vide. En revanche, l'absence de mon père et de ma mère ne m'en paraissait que plus pesante.

— Et tu n'as pas d'autres parents ? demanda la jeune femme, la gorge serrée.

— Non, je n'ai que mon frère. Mais, il faut bien l'avouer, vivre avec Mike me donne souvent l'impression d'avoir une famille nombreuse. Avec lui, je ne suis jamais au bout de mes surprises. Impossible de se sentir seul et abandonné : il passe son temps à inviter du monde !

— Difficile à supporter quand on préfère la solitude !

— Tu te trompes ! J'aime bien aussi la compagnie. Enfin, du moins, celle d'une certaine personne…

Zoe posa la main sur la sienne.

C'était la première fois, depuis la veille au soir, qu'elle le touchait, et elle ne savait pas à quelle réaction s'attendre de sa part. Jason Monroe avait une personnalité parfois difficile à cerner.

Cependant, son beau regard reflétait une douceur inhabituelle. Jason mêla ses doigts aux siens tandis qu'il glissait l'autre main derrière la nuque de la jeune femme pour attirer son visage tout près du sien.

— Alors, que penses-tu de ma proposition de collaborer, demanda-t-il d'une voix terriblement sexy.

Tout bien réfléchi, l'idée paraissait plutôt tentante.

Zoe avait découvert un autre Jason, un homme dont l'ambition était une sorte de façade, d'armure derrière laquelle il dissimulait une vraie sensibilité et une immense blessure. Elle savait désormais qu'elle pouvait lui accorder sa confiance, qu'il ne chercherait pas à tirer profit de la situation.

— D'accord, murmura-t-elle, se fiant à son intuition.

Les heures qui suivirent lui donnèrent raison. Travailler avec Jason avait quelque chose de stimulant intellectuellement.

Ils planchèrent durant toute la matinée, ne s'accordant qu'une courte pause le temps de déjeuner sur le pouce, avant de se remettre à l'ouvrage. Les idées fusaient et, soudain, tout devenait plus simple, se mettait en place sans heurts. Zoe n'aurait jamais imaginé qu'ils parviendraient aussi facilement à s'entendre sur l'objectif, à fusionner leurs visions afin de créer un seul et même projet. Un projet qui touchait à la perfection.

— Quelle est la suite du programme ? demanda Zoe, en constatant que la lumière du jour commençait à décliner. Dégager la neige qui recouvre ma voiture, finir d'ôter les décorations de Noël, ou se préoccuper du menu du dîner ?

— J'aurais bien une autre suggestion, murmura Jason, son regard prenant soudain une intensité que la jeune femme avait appris à reconnaître. Une envie qui ne m'a pas quitté de la journée.

Joignant le geste à la parole, il l'attira sur ses genoux et, avant qu'elle ait eu le temps de protester, l'embrassa avec la fougue d'un désir trop longtemps contenu.

Zoe serait volontiers restée là, blottie au creux de ses bras, si, émergeant du fin fond de son sac à main, la sonnerie de son téléphone portable ne l'avait rappelée à la réalité. Une seconde plus tard, un autre téléphone — celui de Jason — y faisait écho, quelque part dans le chalet. Ces deux appels conjugués suffirent à la tirer de cet état de langueur auquel elle s'apprêtait à s'abandonner avec délice.

L'univers du réel faisait irruption dans cette bulle d'intimité qu'ils s'étaient créée, s'invitait dans ce refuge où la vraie vie n'avait pas sa place.

Or, la vraie vie, c'était sa famille qui l'attendait à Quincy, et cette compétition qui l'opposait à Jason dans le monde professionnel…

Tandis que Zoe s'était isolée dans la cuisine, et discutait avec son interlocutrice, Jason partit à la recherche de son propre téléphone, qu'il finit par dénicher dans une poche de pantalon.

Mike avait tenté de le joindre à deux reprises déjà. Malgré la colère qu'il ressentait toujours à son égard, Jason composa le numéro de son frère.

— Joyeux Noël ! lança le jeune homme d'un ton joyeux. Cette année, en matière de cadeau, avoue que je me suis surpassé : je t'offre la grande et belle rousse dont tu rêvais secrètement. Non, ne me remercie pas, c'est tout naturel !

— A vrai dire, ce n'est pas l'envie qui me manque de te sauter au cou… mais pour t'étrangler et te faire passer le goût des plaisanteries douteuses, rétorqua Jason à voix basse, craignant que Zoe ne l'entende. Tu ne perds rien pour attendre. La vengeance est un plat qui se mange froid.

— Je n'y crois pas ! s'exclama Mike, manifestement peu impressionné par les propos de son frère. Si tu chuchotes ainsi, c'est qu'elle est encore avec toi. Bravo, frérot, je te savais doué, mais pas à ce point-là !

— Mes talents n'ont rien à voir dans tout cela, espèce d'idiot. Au cas où tu l'ignorerais, nous avons une tempête de neige, ici, et Zoe se retrouve coincée au chalet, par ta faute, alors qu'elle devait fêter Noël avec ses parents.

— Hum, hum...

— Quoi « hum hum » ?

— Fais gaffe, mon vieux, tu commences à t'investir émotionnellement !

— Tu racontes vraiment n'importe quoi.

— Que nenni ! Ce que tu viens de m'expliquer prouve que vous avez eu au moins une conversation d'ordre personnel. Ce qui, reconnais-le, ne s'était encore jamais produit. Et d'après ton ton, j'en conclus que la belle architecte et néanmoins concurrente a su toucher la corde sensible.

« Il a raison », songea Jason, prenant soudain conscience que son faible pour Zoe dépassait largement le cadre de l'attirance physique.

— Avant que tu ne me raccroches au nez, ajouta Mike d'une voix plus grave, je voulais t'informer que nous avons reçu une autre lettre de relance de la banque au sujet de l'hypothèque. Bon sang, Jason, tu ne crois pas que nous ferions mieux de laisser tomber ? A force de t'obstiner à garder la maison, tu vas finir par passer à côté de l'essentiel : le bonheur ! Je ne pense pas que ça en vaille le coup !

— Joyeux Noël, se contenta de répondre Jason, avant de couper la communication.

Une nouvelle fois, Mike, de cinq ans son cadet, se montrait plus clairvoyant que lui. Il avait beau se livrer à toutes sortes de farces plus ou moins facétieuses, il n'en demeurait pas moins doué d'un solide bon sens et d'une intuition étonnante chez quelqu'un de son âge.

A quoi bon, en effet, s'échiner à conserver la demeure familiale ? Certes, elle était la gardienne de tous leurs bons souvenirs d'enfants, mais elle représentait actuellement une énorme contrainte financière.

Jason sentit la colère s'estomper pour laisser place à une sorte de découragement et de doute.

Inutile de se mentir à lui-même : il éprouvait des sentiments pour Zoe, et pas seulement du désir. Devait-il continuer à se battre pour obtenir cette promotion à laquelle elle aspirait elle aussi, peut-être plus encore que lui, cette reconnaissance professionnelle qui la positionnerait différemment aux yeux de ses sœurs ? Cependant, s'il baissait les bras, il ne parviendrait jamais à rembourser l'emprunt immobilier et se verrait contraint de renoncer à ce lieu qui, pour lui, représentait ses racines, son unique repère à présent.

Il poussa un soupir de lassitude au moment même où Zoe le rejoignait dans le séjour.

— Tout va bien ? demanda-t-elle d'une voix inquiète. Tu as l'air soucieux.

— Oui, ça va, se surprit à répondre Jason en lui adressant un large sourire. Si ce n'est que mon frère te doit toujours des excuses. Et de ton côté ?

— La routine ! Ma mère m'en veut d'avoir raté la fenêtre météo qui m'aurait permis de les rejoindre. Il semble que, en mon absence, mes sœurs qui, d'ordinaire, se liguent contre moi, ne cessent de se chamailler. Et mon père s'est réfugié dans le grenier, sous prétexte de faire du tri dans ses vieux papiers. Tu imagines ? Le jour de Noël ! Finalement, je commence à croire que je fais partie des membres les plus raisonnables de cette famille de fous, que j'adore au demeurant.

— Sincèrement désolé que tu ne puisses pas participer à cette réunion familiale.

— Tu n'as rien à te reprocher.

Soudain hésitante, Zoe marqua une pause.

— J'en ai profité pour consulter ma messagerie, déclara-t-elle enfin. J'ai reçu une offre d'un cabinet d'architectes réputé, de Los Angeles. Même poste que celui que j'occupe actuellement chez Steele, mais avec des perspectives d'évolution de carrière plus intéressantes.

— Et tu vas l'accepter ? demanda-t-il avec un soupçon d'inquiétude dans la voix.

— Sans doute, si Stan ne se décide pas à me promouvoir.

Jason se figea. Il n'avait encore jamais songé à cette possibilité. Il s'efforça d'imaginer sa vie au bureau, sans elle, sa vie tout court, et il n'y parvint pas.

— Jason...

Lequel des deux fit le premier pas ? Il n'aurait su le dire. Pourtant, ils se retrouvèrent au milieu de la pièce, à s'étreindre et s'embrasser avec passion.

— Je ne sais vraiment pas ce qui me prend, murmura la jeune femme, lorsqu'elle s'écarta de son étreinte.

Jason, pour sa part, ne se posait pas la question ; il ressentait pour elle un désir insatiable, un besoin de la toucher, de se fondre en elle pour ne plus faire qu'un.

Les doigts agrippés à son polo, comme si elle voulait le retenir plus longtemps, Zoe partageait manifestement son trouble.

— Quand je t'ai dit, hier soir, que je te considérais comme mon ennemi, je n'en pensais pas un mot, avoua-t-elle. En réalité, je m'en voulais de ne pas te résister. Et après que nous avons...

Elle laissa sa phrase en suspens.

Jason se garda bien de voler à sa rescousse, trop heureux de voir apparaître sur ses joues une rougeur adorable.

— Après notre rapport sexuel, finit-elle par ajouter, semblant choisir à dessein des termes factuels, j'étais bien décidée à oublier cet... intermède.

Jason se mit à rire.

— Mission impossible ! conclut-elle, sur le ton de l'autodérision. Ce moment a été absolument...

— Magique ? suggéra-t-il.

— Oui, magique, soupira-t-elle, le regard perdu dans le vague, comme si elle se remémorait la scène. Entre tes bras, je me suis sentie belle, sexy, désirée, presque invincible. Il y avait longtemps que cela ne m'était pas arrivé.

Jason, lui aussi, éprouvait des sensations qu'il croyait oubliées depuis longtemps : la façon qu'a le cœur de s'arrêter de battre, puis de se mettre à tambouriner dans la poitrine quand la femme de vos rêves vous sourit ; le nœud qui se forme au creux de l'estomac lorsque vous l'apercevez ; les frissons qui vous parcourent le dos quand elle s'approche.

— Toi aussi tu as le don de susciter des émotions en moi, avoua-t-il.

La jeune femme éclata d'un rire moqueur en s'éloignant.

— Laisse-moi deviner. De la frustration, ou de l'exaspération, peut-être ?

— Il s'agit d'un émoi bien plus naturel ! rétorqua-t-il sur le ton de la plaisanterie, tout en admirant la rondeur de ses courbes féminines tandis qu'elle se penchait pour fermer son sac de voyage.

Lorsqu'elle se redressa, elle surprit son regard et rougit de plus belle, mais ne détourna pas les yeux.

— Encore un point commun entre nous.

— Vraiment ? insista-t-il, sa voix se faisant plus grave.

— Je sais que je t'ai fait promettre de ne plus jamais évoquer ce qui s'est passé hier soir, mais je veux quand même te dire une chose : je n'en ai pas honte, et je ne regrette rien. Simplement...

Elle eut l'air si désemparé que Jason s'approcha et la prit dans ses bras.

— Rien ne t'oblige à mettre des mots sur ce qui nous arrive, lui chuchota-t-il à l'oreille.

— Tu as raison. Alors appelons cela un cadeau de Noël.

10

— Oui, mais un cadeau de Noël inespéré, surenchérit Jason.

La plaquant contre la porte, les mains contre le chambranle, de chaque côté de son visage, il se pressa contre elle.

Prisonnière, Zoe ne chercha pourtant pas à s'échapper. Elle aimait le contact de ce corps aux muscles aussi durs que le panneau de bois contre lequel son dos s'appuyait. L'érotisme de la scène éveillait en elle un désir sourd, et les lèvres chaudes de Jason, au creux de son cou, faisaient naître de délicieux frissons.

— Où tout cela va-t-il nous mener ? murmura la jeune femme d'une voix mal assurée.

— Je l'ignore, chuchota-t-il entre deux baisers, mais je sais qu'il y a bien longtemps que je n'ai pas eu autant envie de la compagnie de quelqu'un. Je suis heureux que tu sois là, Zoe.

Surprise par cette confidence chez un homme aussi pudique, Zoe sentit l'émotion l'envahir.

— Tu as d'ailleurs bien du mal à le cacher, répondit-elle d'un ton malicieux, sentant son membre viril durcir davantage contre elle.

— Vraiment ?

— Vraiment ! A propos, comment va ton cou ?

— Beaucoup mieux, et je ne demande qu'à te le prouver.

La prenant par la main, il l'entraîna vers la chambre. Le lit était encore défait, et les draps froissés par leurs précédents ébats.

Il voulut lui ôter son sweat-shirt, mais elle le devança et, d'un geste décidé, fit glisser la fermeture Eclair du fin lainage en cachemire dont les pans s'écartèrent, révélant une poitrine fière et généreuse, à peine dissimulée par le soutien-gorge pigeonnant.

Jason dégrafa le sous-vêtement, qui partit rejoindre le sweat, sur le parquet. Il enveloppa de ses mains ces seins magnifiques dont il s'amusa à hérisser la pointe d'un rose délicat.

— J'ai rêvé de toi cette nuit, avoua-t-il.

— De moi ?

La jeune femme s'assit sur le bord du lit pour se déchausser et enlever son leggin.

— Oui, de toi. Ou plus exactement du goût de ta peau.

D'une main, il la fit basculer sur le matelas et, avant qu'elle ait eu le temps de protester, il s'agenouilla devant elle, au pied du lit, et entreprit de retirer le triangle de dentelle qui cachait encore sa nudité.

Zoe poussa un soupir de volupté lorsque Jason, toujours à genoux, lui écarta doucement les jambes et se mit à effleurer la peau fine de l'intérieur de ses cuisses. Ses doigts experts s'aventurèrent sur la fine toison, puis plus bas...

Sous l'aiguillon du désir, elle se cambra, l'invitant à prolonger la caresse. Un long gémissement s'échappa de ses lèvres entrouvertes, et quand les doigts de Jason la pénétrèrent, sa plainte se mua en un cri de plaisir d'une folle intensité.

Il lui fallut plusieurs minutes pour revenir à la réalité. Lorsqu'elle ouvrit les yeux, elle s'aperçut que Jason l'avait rejointe sur le lit et qu'il contemplait son visage avec, dans le regard, une expression d'une étrange tendresse.

Elle lui sourit et se pelotonna contre ce corps si viril qu'elle sentait vibrer d'un désir inassouvi.

— D'habitude, c'est moi qui suis habillée, et toi nu, murmura-t-elle d'une voix encore haletante, cherchant à maîtriser les battements désordonnés de son cœur.

— Qu'à cela ne tienne !

Soulevant son polo, elle laissa glisser ses doigts puis sa bouche sur son torse, dont les muscles semblaient palpiter sous la caresse. Avec maintes précautions, elle ôta délicatement le vêtement.

Jason poussa un soupir qu'elle interpréta comme un grognement de douleur.

— Tu as mal ? demanda-t-elle, soudain inquiète.

Pour toute réponse, il déboutonna son jean et se débarrassa de son caleçon, libérant son sexe en érection.

— Viens, chuchota-t-il d'une voix rauque, l'attirant sur lui.

Sans chercher à résister, elle obéit à son injonction.

De ses mains puissantes, il lui emprisonna les fesses et, doucement, s'introduisit en elle. Zoe se cambra. Elle commença à se mouvoir en un lent va-et-vient qu'elle n'interrompit que pour se pencher vers lui et l'embrasser langoureusement, sa chevelure rousse formant un rideau flamboyant autour de leurs visages.

— Continue, supplia-t-il contre ses lèvres, leurs haleines se mêlant l'une à l'autre.

Elle se redressa et, les yeux mi-clos, reprit le mouvement voluptueux qui devait les mener à l'extase.

Regarde-moi... S'il te plaît ! insista-t-il, comme elle hésitait.

Ainsi mise en confiance, Zoe ouvrit les paupières et rencontra le regard enfiévré de Jason. Elle crut y lire autre chose que du désir. Une sorte d'émotion qui aurait pu naître d'un sentiment plus profond...

Mais elle s'empressa de chasser cette idée.

Non, il ne s'agissait que de sexe, et uniquement de sexe ! Pourquoi tomberait-il amoureux d'elle ?

Incapable de supporter l'éclat des yeux verts qui la fixaient avec une intensité dévorante, elle rejeta la tête en arrière.

Leurs hanches se mirent à bouger à l'unisson en une danse érotique où leurs deux corps, soudés l'un à l'autre, ne faisaient plus qu'un.

Très vite, la crispation annonçant l'imminence du plaisir lui noua le ventre, avant de se propager dans la moindre parcelle de son être. Elle voulut résister, prolonger ces instants précieux où plus rien ne compte que de prendre et de donner, mais la jouissance déferla en elle, tel un raz-de-marée.

Zoe cria et, dans les limbes de l'orgasme, elle perçut en écho le râle rauque de Jason.

Jason s'assit, prenant soin de ne pas réveiller Zoe qui dormait profondément, pelotonnée contre lui. Dans son sommeil, elle tendit la main vers lui, comme pour le retenir. Du doigt, il lui caressa l'épaule, la clavicule, avant d'effleurer un sein dont la pointe se hérissa sous la caresse. La peau de la jeune femme était chaude et soyeuse, et la vue de ce mamelon adorable, tendu vers lui, fit renaître un désir impérieux.

Il avait une faim insatiable de son corps, de son esprit, de sa présence... Il venait juste de faire l'amour avec elle et, déjà, l'envie de la prendre dans ses bras, de la posséder et de se laisser posséder par elle le saisissait de nouveau.

Parviendrait-il à s'en rassasier ? Une petite voix, tout au fond de lui, lui soufflait que non.

Si Mike n'avait pas fomenté ce coup monté, Jason n'aurait sans doute jamais connu un tel bonheur, une telle plénitude.

Or, maintenant qu'il y avait goûté, il ne se sentait pas prêt à y renoncer. Pour garder Zoe auprès de lui, il savait ce qu'il devait faire : veiller à ce qu'elle remporte le projet Weller.

Le prix à payer était certes élevé, mais elle le méritait, elle y aspirait, et de son côté, il avait besoin d'elle.

Tant pis s'il lui fallait, pour vivre cette merveilleuse aventure, tirer un trait momentané sur ses ambitions professionnelles et cette promotion dont il rêvait tant. Il trouverait d'autres occasions de prouver son talent, chez Steele ou ailleurs.

Aucune somme d'argent, aussi importante soit-elle, ne pourrait compenser l'absence de celle qui avait réussi à bouleverser non seulement ses sens, mais aussi son cœur. C'était décidé ! Il vendrait la maison familiale, obligerait Mike à participer au remboursement des dettes léguées par leurs parents... Enfin, il ferait tout ce qui était en son pouvoir pour ne pas perdre Zoe.

— Tu vas bien ? murmura celle-ci, la voix encore embrumée de sommeil.

— Je l'ignore, répondit-il, en la regardant fixement.

Le sourire langoureux de la jeune femme s'évanouit, laissant place à une mine soucieuse.

— Tu as toujours mal ?

Il saisit ses mains fines dans les siennes.

— Zoe, je souhaite avoir une relation avec toi.

— N'est-ce pas ce que nous venons tout juste d'avoir ? fit-elle observer avec une grimace espiègle.

— Non. Je veux parler d'une relation sérieuse, durable. Accordons-nous la chance de la vivre pleinement, et nous verrons bien où elle nous mènera.

— Certainement tout droit au lit, commenta Zoe, non sans humour.

— Oui, je l'espère, mais j'aimerais bien qu'elle aille au-delà.

Il surprit, dans les magnifiques prunelles vertes, une lueur qu'il interpréta comme de l'espoir, et une sourde émotion s'empara de lui.

— J'éprouve des... des sentiments pour toi. Je sais que je me suis engagé à garder le secret sur ce qui vient de se passer entre nous, mais nous n'avons de toute manière pas à officialiser notre liaison. Même si je me moque pas mal de ce que les gens, à commencer par nos collègues, pourraient en penser. Je ne veux pas d'une liaison sans lendemain, je veux vivre quelque chose de fort avec toi.

Elle resta silencieuse si longtemps qu'il crut avoir perdu la partie et, en la voyant se redresser, il craignit qu'elle n'ait décidé de sortir de son lit... et de son univers.

Mais elle n'en fit rien, et vint, au contraire, s'asseoir sur ses genoux, se blottissant tout contre lui, avant d'effleurer sa joue de ses lèvres douces et pulpeuses.

— Je me dois d'être honnête avec toi, Jason, chuchota-t-elle.

Jason sentit sa gorge se serrer affreusement. Que s'apprêtait-elle donc à lui avouer ? Qu'elle ne partageait pas la même vision des choses ? Il eut soudain l'impression que son cœur cessait de battre. Comment réagir si tel était le cas ? Son cerveau se mit à réfléchir à toute vitesse pour échafauder un plan susceptible de la convaincre de changer d'avis.

— Mesure bien tes paroles, ajouta-t-elle, parce qu'il y a un vrai risque que je tombe amoureuse, et j'ai trop peur de souffrir.

Elle leva vers lui un regard brillant.

A ces mots, Jason éprouva une bouffée d'allégresse.

— Ne t'inquiète pas. En ce qui me concerne, il n'y a plus aucun doute possible. Je suis amoureux de toi depuis longtemps, Zoe. Ta seule présence suffit à me combler de bonheur, et cela ne date pas d'hier. Avec toi, je me sens tellement vivant.

— Vraiment ? Tu caches bien ton jeu alors. Car ton attitude à mon égard ne permettait pas de le deviner. Je croyais qu'au contraire je t'inspirais une certaine animosité, que je t'exaspérais. Pourquoi n'en avoir jamais rien dit ?

— Tu ne m'en as jamais vraiment donné l'occasion, lui rappela-t-il avec un sourire plein de tendresse. L'inaccessible Zoe Anders ne se laisse pas approcher si facilement. Elle sait tenir les autres à distance. A peine j'entrais dans la pièce où tu te trouvais que tu inventais un prétexte pour fuir. Je pensais également que je ne t'inspirais que de l'aversion. J'ignorais quels étaient tes vrais sentiments pour moi. Même aujourd'hui, je doute encore.

— Eh bien je vais te prouver que tu as tort, murmura-t-elle, tandis que sa bouche déposait une pluie de doux baisers sur son torse, cherchant à s'aventurer plus bas.

Jason emprisonna son beau visage entre ses mains.

— Non, attends. Avant d'aller plus loin, promettons-nous d'abord de tout faire pour bâtir une relation durable, fondée sur la confiance.

— Tu as l'air bien déterminé. Veux-tu que nous signions un contrat ? plaisanta la jeune femme.

Jason réprima son envie de lui répondre par l'affirmative. Après tout, de quel droit exigerait-il d'elle qu'elle s'engage à ne pas le quitter, à ne pas partir à Los Angeles ? Ce serait se comporter comme un égoïste monstrueux.

Non ! Il saurait se contenter de ce qu'elle accepterait de lui donner.

— Un simple accord verbal me paraît suffisant, murmura-t-il. Scellé par un baiser, bien sûr.

Zoe planta son regard dans le sien.

— Je te le promets, Jason. Je suis sûre que nous allons

réussir à construire une histoire merveilleuse. Toi et moi, ensemble.

— Marché conclu ! Ça me convient parfaitement !

— Bon, et maintenant, tais-toi et embrasse-moi !

Il s'exécuta, et la passion avec laquelle Zoe répondit à son baiser le conforta dans sa résolution de tout mettre en œuvre pour l'empêcher de partir loin de lui.

Il avait besoin de cette femme à ses côtés. Au bureau, dans son lit... dans sa vie. Et il était fermement décidé à ne pas laisser passer sa chance de connaître le bonheur, quoi qu'il en coûte.

Epilogue

Deux semaines plus tard, l'équipe de Steele Architecture and Design se trouvait réunie au grand complet autour de l'immense table de la salle de conférences. Comme à son habitude, Stan Steele présidait.

— Bien, Weller a fait son choix et je vais vous en faire part, annonça-t-il d'une voix solennelle.

Chacun se figea, attendant la suite.

Zoe jeta un coup d'œil discret en direction de Jason qui lui retourna un regard impénétrable.

La jeune femme avait finalement réussi à rejoindre sa famille, le lendemain de Noël, et avait séjourné quelque temps à Quincy. Le lendemain de son retour à San Francisco, Jason l'avait invitée au restaurant. Incapables de se séparer, ils avaient ensuite passé le week-end ensemble, chez lui, Mike ayant eu l'excellente idée d'emmener sa petite amie quelque part en montagne durant ces deux jours. Ayant bien du mal à le quitter, Zoe n'avait regagné son appartement que le dimanche soir.

Ils avaient eu tellement de travail au cours de la semaine suivante qu'ils avaient décidé, d'un commun accord, de ne pas se voir en dehors du bureau. En revanche, ils s'étaient retrouvés, chez Zoe cette fois, dès le vendredi, et n'avaient guère mis le nez dehors, si ce n'est pour calmer une fringale décuplée par de longues heures consacrées à se découvrir l'un l'autre, le plus souvent sous la couette.

Aussi, en ce lundi matin, jour du point hebdomadaire de Stan, Zoe se sentait-elle fatiguée, mais comblée.

Il y avait déjà une quinzaine de jours que Jason avait soumis leur projet à Stan, ainsi qu'ils en étaient convenus à Tahoe. Zoe s'attendait, à son retour, à être convoquée dans le bureau du patron pour s'expliquer sur cette collaboration impromptue mais, curieusement, Steele n'avait pas réagi. Plus étrange encore de la part d'un homme aussi autoritaire, il n'avait absolument pas changé de comportement à son égard. D'après Jason qu'elle avait interrogé à ce sujet, il n'avait fait aucun commentaire particulier ; à peine avait-il froncé les sourcils.

Le cabinet d'architecture de Los Angeles avait rappelé Zoe, la pressant de se décider, à tel point qu'elle avait fini par décliner leur offre.

Ces derniers temps, elle n'avait plus trop envie de quitter San Francisco...

— Je vous annonce que nous avons été retenus pour mener à bien le projet Weller, proclama Stan d'un ton triomphal.

Tous les regards se tournèrent d'abord vers Jason, puis vers Zoe.

Elle supportait très bien la pression. Aussi afficha-t-elle un sourire serein, même si, à l'intérieur de sa poitrine, son cœur se mit à battre furieusement.

De toute façon, personne ne savait au sujet d'elle et de Jason. Pas même Mike.

Du moins, pas encore.

Ils avaient décidé de garder le secret sur leur histoire jusqu'à ce qu'ils aient une vision plus claire de là où elle les mènerait. Pour sa part, Zoe en avait maintenant une idée très précise.

Elle était tombée amoureuse de Jason, éperdument amoureuse. Tous les signes concouraient à le lui prouver : la façon dont son pouls s'accélérait lorsqu'elle le voyait, le manque qu'elle éprouvait lors de ses soirées solitaires, la douceur qui atténuait désormais son caractère d'ordinaire bien trempé, le bonheur qu'elle ressentait au réveil quand elle pensait à lui. Sans compter cette envie insatiable de faire l'amour avec lui, de lui donner du plaisir et d'en prendre sans retenue.

Avec Jason, elle se sentait femme jusqu'au bout des ongles.

Ce dernier arborait, quant à lui, une expression sérieuse, indéchiffrable.

— Et l'architecte nous ayant valu ce succès n'est autre que…

Désireux de ménager ses effets, Stan Steele s'interrompit.

Dans la pièce, le suspense était tel que l'on aurait pu entendre une mouche voler.

— Zoe Anders ! proclama-t-il. Bravo Zoe ! La direction de Weller a été littéralement enthousiasmée par votre interprétation de leurs besoins. Ils ont qualifié votre œuvre de novatrice, impressionnante et, en un mot, ils l'ont trouvée parfaite. Aussi, permettez-moi, par la même occasion, de vous annoncer votre nomination au poste d'architecte en chef de notre cabinet.

Stupéfaite, la jeune femme eut l'impression de manquer d'oxygène. Elle fixa Jason sans comprendre, et vit que les magnifiques yeux verts avaient pris une intensité particulière, comme s'ils voulaient lui délivrer un message muet.

Steele actionna la télécommande et, sur l'écran géant de la salle de conférences, le complexe imaginé par Zoe *et* Jason apparut.

La jeune femme comprit soudain ce que lui signifiait le regard de son amant. Sans cette collaboration, cette idée n'aurait jamais vu le jour.

Jason n'avait donc pas suivi leur plan. Il avait délibérément effacé son nom du dossier, afin que le mérite et la gloire ne reviennent qu'à elle, afin qu'elle obtienne la promotion. Il avait renoncé à ses ambitions par amour, pour elle...

Avant qu'elle ait le temps de réagir, elle se trouva entourée par tous ses collègues, les uns la félicitant pour son exploit, les autres pour ses futures responsabilités.

Elle chercha Jason du regard, mais celui-ci avait dû profiter de la liesse générale pour s'éclipser. Elle s'approcha de Stan qui rangeait ses dossiers.

— Pourriez-vous me consacrer une minute ?

— La journée entière, si vous le souhaitez ! Avec ce que vous venez de faire pour Steele Architecture and Design, je ne peux rien vous refuser.

— J'ai un aveu à vous faire. En fait, ce concept, c'est Jason et moi qui l'avons imaginé, ensemble.

— Vraiment ? lança Steele, manifestement interloqué par la nouvelle.

— Oui. Il mérite les félicitations autant que moi.

— Ainsi, vous souhaitez partager le devant de la scène ?

— Nous formons une équipe avec Jason, répondit-elle, songeant en son for intérieur que leur solidarité dépassait largement le cadre professionnel. Et cette victoire nous revient autant à l'un qu'à l'autre.

— Je vous remercie de votre honnêteté, Zoe. Je me suis d'ailleurs posé quelques questions. Mais je comprends mieux maintenant pourquoi Monroe, d'habitude si brillant, m'a avoué avoir complètement séché sur le projet. Vous me prenez un peu au dépourvu avec ce scoop, mais je vais aviser en conséquence.

Quittant Stan avec empressement, Zoe finit par découvrir Jason. Il s'était isolé sur la terrasse et semblait contempler la ville.

— Pourquoi ? demanda-t-elle simplement.

Il se retourna brusquement et, pour toute réponse, la saisit par la taille avant de l'embrasser.

S'abandonnant à son étreinte, elle lui rendit son baiser avec la même passion. Puis, plaquant ses deux mains sur le torse puissant contre lequel elle aimait tant se blottir, elle le repoussa doucement, mais fermement.

— Pourquoi ? répéta-t-elle, en le regardant droit dans les yeux.

— J'ai considéré que cette œuvre était avant tout la tienne, et j'ai jugé juste que le mérite t'en revienne.

— Et dans la foulée, tu as fait une croix sur ton évolution de carrière chez Steele ? demanda-t-elle, redoutant soudain les conséquences potentielles d'une telle initiative.

Jason n'allait-il pas le regretter par la suite ? Lui en tenir rigueur et tirer un trait sur leur relation ? Car comment envisager leur collaboration si elle devenait son supérieur hiérarchique ? Cette décision risquait de l'inciter à chercher un job ailleurs, peut-être même loin de San Francisco.

C'était impossible ! Cette perspective la terrifiait.

— Pour quelle raison as-tu agi ainsi ? insista-t-elle, devant le mutisme de Jason.

— Je viens de te l'expliquer.

— Non. Je veux parler de la raison profonde qui a motivé ton désistement. Est-ce pour t'assurer que nous continuerions à passer nos week-ends ensemble ? Par crainte de me voir déménager à Los Angeles ? Par pitié pour moi ?

Cette dernière suggestion le fit réagir.

— Rien de tout cela ! protesta-t-il, en l'attirant de nouveau dans ses bras. Tu m'inspires bien autre chose que de la pitié, crois-moi ! J'admire ton talent professionnel ; tu es une excellente architecte, Zoe, et une sacrée battante. La reconnaissance que tu viens d'obtenir me paraît justifiée.

Tu la mérites amplement, tout autant que cette promotion. D'ailleurs, tu peux même aller tenter ta chance à L.A. si tu l'estimes nécessaire pour la poursuite de ta carrière.

— Quoi ? Tu me conseilles de partir ? murmura-t-elle, la gorge nouée.

— Non, je te conseille juste d'agir comme bon te semble. Si ce job te rend heureuse, vas-y, accepte-le. Ce qui m'importe plus que tout, c'est *ton* bonheur... je veux que tu sois heureuse, parce que, vois-tu ma chérie, je crois bien que je t'aime.

— Tu... m'aimes ? répéta Zoe, émue aux larmes.

— Oui, et je continuerai à t'aimer même à un millier de kilomètres de distance. S'il le faut, bien sûr, car pour ne rien te cacher, je préférerais nettement te garder près de moi.

— Jason, mon amour... Moi aussi, je t'aime. Oh ! Et puis j'oubliais ! ajouta-t-elle avec un clin d'œil malicieux. Stan connaît la vérité au sujet du projet ; je lui ai tout raconté... Enfin, tout ce qu'il avait besoin de savoir !

Jason ne parut pas surpris. Il la connaissait déjà si bien.

— Alors ? Quelle est la suite des événements, mademoiselle Anders ?

— Si nous concluions un nouveau contrat ? proposa-t-elle.

— O.K., mais à mes conditions ; c'est-à-dire : pas de contraintes, pas de compétition entre nous, pas de rapports de force, beaucoup de confiance et de douceur. Tu te livres entièrement à moi, et moi à toi. Qu'en penses-tu ?

— Très bien. Cet accord me semble parfait. Et durant combien de temps ?

— Aussi longtemps que tu voudras de moi.

— Cela risque de se compter en années, je te préviens ! s'exclama Zoe d'un ton joyeux.

— Mais je l'espère de tout mon cœur.

Il l'attira à lui, et leurs lèvres s'unirent en un baiser doux, intime, qui scella leur contrat.

Peu importait que les autres les surprennent ainsi. Désormais, ils s'en moquaient éperdument, ils n'avaient qu'une seule envie : proclamer leur amour au monde entier.

BARBARA WALLACE

Romance sous le gui

Traduction française de
CAROLE MASSEAUT

HARLEQUIN

Titre original :
MAGIC UNDER THE MISTLETOE

Ce roman a déjà été publié en 2019.

1

Les silhouettes d'enfants aux couleurs vives, peintes sur les murs du McNabb Community Center, ne parvenaient pas à masquer la pauvreté du quartier. Les carreaux cassés et les devantures baissées parlaient d'eux-mêmes. De l'autre côté de la rue, un groupe de jeunes garçons dont la place aurait dû être à l'école à cette heure-ci discutaient devant l'entrée d'un magasin. Gill McKenzie sentit leur regard sur elle comme elle descendait du taxi. Une femme âgée, tirant derrière elle un Caddie rempli de courses, la dévisagea à son tour lorsqu'elles se croisèrent.

Bienvenue du mauvais côté de la barrière ! songea Gill, peu rassurée.

Après avoir payé la course, elle sortit son téléphone portable pour vérifier une nouvelle fois l'heure du rendez-vous sur l'agenda. Satisfaite, elle esquissa un sourire. Comme d'habitude, elle était en avance. Elle était très fière de sa ponctualité. Une façon pour elle de montrer aux clients que l'on accordait la plus haute importance à leurs projets.

Sauf que le projet dont elle s'occupait aujourd'hui n'aurait pas dû être le sien. Elle, elle avait demandé à prendre en charge le lancement de la gamme d'après-rasage Remaillard, le plus gros client de Rosenthal Public Relations, sachant qu'offrir une prestation de qualité pour cet événement était la porte ouverte au poste de vice-présidente qui venait de se libérer… et qu'elle convoitait.

Mais elle avait une adversaire de taille : Stephanie DeWitt, qui désirait cette promotion tout autant qu'elle. L'explication donnée par celle-ci lors de la réunion qui avait eu lieu le matin même et à laquelle assistait aussi leur patron résonnait encore aux oreilles de Gill.

— J'ai immédiatement suggéré ton nom à Elliot pour ce projet, avait annoncé Stephanie, avec un large sourire. Etant donné que ta famille est propriétaire d'une plantation de sapins de Noël, il m'a semblé que tu étais la mieux placée…

« Non ! » avait eu envie de crier Gill. Ce n'était pas sa famille directe, mais son beau-frère ! Toutefois, comme Elliot Rosenthal attendait sa réaction, elle avait offert son plus beau sourire malgré la colère qui grondait en elle.

Et c'était donc la raison pour laquelle, alors que Stephanie avait récupéré le lancement de l'après-rasage, avec son énorme budget et tout le luxe qui allait avec, elle se trouvait là, dans le pire endroit de Boston, avec pour mission d'organiser une fête de Noël pour les enfants du quartier. Et pas n'importe quelle fête. Non, une fête étonnante, magique, une fête qui devait attirer les médias… Or elle n'avait même pas un mois pour la préparer avec, pour seule aide, le directeur du centre. Elle ne l'avait pas encore rencontré. Elle connaissait seulement son nom : Oliver Harrington.

De l'autre côté de la rue, le propriétaire du magasin chassa le groupe de jeunes de son entrée, à grand renfort d'insultes en espagnol. Ceux-ci répliquèrent sur le même ton et l'un d'entre eux lança une canette vide sur la route. Le bruit de la ferraille rebondissant sur le sol résonna longtemps dans l'air glacé du début d'après-midi.

Gill poussa un profond soupir.

« Arrête de t'apitoyer sur ton sort, Gillian McKenzie »,

s'ordonna-t-elle, en se reprenant. Ok ! Stephanie avait réussi à décrocher le budget Remaillard, et alors ? Depuis quand allait-elle laisser un simple contretemps se transformer en obstacle à sa carrière ? Ce n'était pas pour rien qu'elle était devenue la plus jeune responsable de communication de toute l'histoire de Rosenthal Public Relations. Elle avait un sérieux atout : la détermination ! Lorsqu'elle voulait quelque chose, elle mettait tout en œuvre pour y arriver... et elle y arrivait. Que Stephanie s'occupe donc du lancement de la gamme d'après-rasage ! Elle, Gill, allait organiser la fête de charité la plus incroyable que Boston ait jamais connue et Elliot Rosenthal n'allait pas pouvoir faire autrement que la nommer vice-présidente.

Ayant repris confiance, elle ouvrit la porte du centre. « Attention, Oliver Harrington ! Gill McKenzie est là pour rendre ce Noël magique. »

Une tache d'eau que l'on surveille ne grossit pas.

Oliver Harrington avait les yeux rivés sur celle qui se trouvait au plafond de son bureau et qui était indéniablement plus étendue que lorsqu'il était parti, la veille. Le doute n'était plus possible : il y avait une fuite, quelque part dans les canalisations du centre.

Il laissa s'échapper un soupir. Encore une dépense en prévision ! Comment allait-il bien pouvoir faire ? Il n'avait déjà pas d'argent pour l'achat d'une nouvelle camionnette, ou pour le remplacement du carreau cassé de la fenêtre de derrière. Décidément, la liste de tout ce qu'il ne pouvait payer s'allongeait aussi vite que s'étendait la tache au plafond.

Certes, il pouvait une fois encore utiliser sa propre carte bleue pour régler le plombier et se faire rembourser plus tard, quand le centre aurait de l'argent. Mais à ce rythme-là, sa liste des « dépenses-à-se faire-rembourser-plus-tard » risquait de devenir la plus longue de toutes.

Sauver le monde n'était pas censé coûter si cher !

Il prit une gorgée de son café froid — tout semblait devenir froid dans ce centre, ces derniers temps — et détourna son regard du plafond pour le poser sur l'amas de factures, de reçus et de formulaires qui l'attendaient sur son bureau.

Et sur Julia, son ex, dont la photo en troisième page du journal lui souriait. Elle semblait s'être parfaitement remise de leur séparation à en juger par la façon dont elle se tenait au bras de son actuel fiancé, l'héritier d'un empire pharmaceutique ou quelque chose comme ça. C'était un homme fortuné, à la tête d'une entreprise cotée en bourse, socialement très en vue... et visiblement très satisfait de lui. Exactement tout ce que refusait d'être Oliver.

« Je n'ai jamais été assez bien pour toi, n'est-ce pas ? » songea-t-il, avec un sourire amer, tout en se demandant, une fois encore, ce qu'aurait été sa vie s'il avait accédé à la demande de la jeune femme et accepté de travailler pour son père. Il serait probablement aujourd'hui vice-président, conduirait une berline de luxe au lieu d'un pick-up tout déglingué... et n'aurait en tout cas pas à se préoccuper de fuites dans les conduites.

Il arracha d'un geste rageur la page du journal. Puis après l'avoir transformée en boule, il visa la corbeille et la manqua de quelques centimètres.

— Monsieur, votre petite copine est ici.

— Ma quoi ? demanda-t-il, interloqué.

Après son désastre avec Julia, la seule relation dans laquelle il s'était impliqué avait été avec son travail.

Maria Carrerra croisa les bras sur sa poitrine. Ce bout de femme d'à peine un mètre soixante et mère de six enfants était, de loin, la bénévole la plus redoutable que le centre ait jamais connue. Le premier jour de son arrivée, elle avait fait plier l'un des jeunes les plus difficiles d'un simple regard. Or ce jour-là, son regard n'avait pas été très éloigné de celui qu'elle posait sur Oliver en ce moment. Un regard qui disait qu'il aurait *dû* savoir de qui elle parlait.

— Mais oui, vous savez bien ! Cette femme de l'agence de relations publiques.

— Ah oui ! se souvint-il. Vous devez parler de l'organisatrice de la fête.

Peter McNabb, fondateur de la McNabb Foundation et principal donateur d'Oliver, avait eu la malchance de se faire photographier, via un téléphone portable, *in flagrante delicto* avec la jeune fille au pair qui travaillait chez lui. Et l'organisation de cette gigantesque fête de Noël pour les enfants défavorisés avait été le seul moyen qu'il avait trouvé pour redorer son image. Personnellement, Oliver détestait l'idée qu'il se serve du centre pour se faire un coup de publicité. Mais d'un autre côté, il n'avait guère le choix s'il voulait voir son budget maintenu pour l'année prochaine. L'image de la tache d'eau qui devait continuer de s'étendre au plafond pendant qu'il discutait avec Maria dansa devant ses yeux.

Cette dernière, toujours debout dans l'embrasure de la porte, l'observait sans bouger. Comme bénévole, elle était parfaite… mais comme secrétaire, elle avait encore des progrès à faire.

— Bon ! Qu'est-ce que vous attendez ? Allez-y, faites entrer « l'amélioratrice d'image » de McNabb.

— Je ne peux pas. Elle n'est pas là.

— Attendez ! Je ne comprends plus rien. Vous venez juste de dire que…

— J'ai effectivement dit qu'elle était *ici*, c'est-à-dire au centre. En fait, elle est directement allée dans la grande salle commune, après m'avoir chargée de vous demander d'apporter un mètre ruban avec vous. Elle a l'air un peu autoritaire d'ailleurs, ajouta-t-elle, en fronçant les sourcils. J'espère que nous n'allons pas passer notre temps à courir dans tous les sens pour satisfaire le moindre de ses désirs.

— Ne vous inquiétez pas, la rassura-t-il immédiatement. Je vais clairement lui expliquer que nous avons d'autres choses à gérer, que la fête n'est pas notre unique préoccupation.

S'il n'avait peut-être pas le choix sur le lieu d'organisation de l'événement, il n'allait pas laisser cette histoire de relations publiques prendre totalement le contrôle du centre.

— Tant mieux, dit Maria. Parce que pour le moment, je ne suis pas sûre qu'elle s'en rende bien compte.

La salle commune, qui était une ancienne cantine rénovée datant des années 1950, à l'époque où le bâtiment était une école primaire, n'était pas si grande que ça. Une estrade était dressée tout au fond de la pièce, à côté d'un piano qu'Oliver avait fait raccorder sur ses fonds propres un mois auparavant. Plusieurs grandes tables étaient poussées contre les murs, tout comme de nombreuses caisses remplies de jouets et de ballons de tailles diverses. Deux des carreaux de fenêtres étaient en carton et les murs, défraîchis, auraient nécessité un bon coup de peinture.

Pour le moment, la salle servait de garderie pour les tout-petits et, pendant que les mères assises sur des chaises pliantes discutaient entre elles ou nourrissaient les plus jeunes, les enfants, au milieu des jouets, s'amusaient à grand renfort de cris stridents.

Oliver repéra immédiatement son rendez-vous. Blonde et élancée, elle semblait autant à sa place qu'une violoncelliste dans une compétition de rap.

Il prit le temps de l'observer. Son manteau à la capuche bordée de fausse fourrure battait en rythme contre ses cuisses comme elle faisait les cent pas, un téléphone portable collé à son oreille. Elle portait une écharpe en cashmere et des chaussures à talons qui devaient coûter plus cher que ce qu'il gagnait à la fin de chaque mois. Des images de femmes de la haute société qu'il connaissait si bien surgirent devant ses yeux. Aucun doute possible, elle était l'une d'entre elles.

Son inspection terminée, il décida d'aller à sa rencontre. Il était pratiquement arrivé à sa hauteur lorsqu'un petit garçon à peine plus âgé que les autres se précipita sur lui, une boîte dans les mains et la bouche pleine de gâteau.

— M. Oliver ! Regardez ! On a des biscuits en forme d'animaux ! s'écria-t-il, en les lui tendant pour qu'il les voie.

— Jamarcus, reviens ici ! ordonna alors la mère, une jeune femme enceinte. Laisse donc M. Oliver tranquille !

— Tu devrais écouter ta maman, Jamarcus, confirma ce dernier, en souriant.

Comprenant qu'il ne pouvait lutter contre tout le monde, le petit garçon repartit à toute vitesse de l'autre côté de la pièce, manquant renverser au passage la chargée des relations publiques, qui leur tournait le dos.

— Waouh ! Jeune homme, garde ton énergie pour les JO ! s'exclama Gill en riant. On dirait que quelqu'un devrait ralentir un peu la caféine.

Puis elle se retourna et vit Oliver. Elle lui tendit la main en souriant.

— Oliver Harrington ? Enchantée ! Je suis Gill McKenzie, de Rosenthal Public Relations.

Oliver resta sans voix. Qu'elle soit de la haute société ou pas, cette femme était tout simplement magnifique. Ses cheveux blonds entouraient un visage d'ange particulièrement sexy, avec des yeux verts pétillants et une bouche… une bouche qu'un homme pouvait passer des heures à découvrir !

— Avez-vous apporté un mètre-ruban ? l'entendit-il demander, dans une sorte de brouillard. Je ne peux pas rester longtemps et je voudrais prendre des mesures de cette salle. Certes, elle est un peu miteuse… mais avec quelques ornements, nous devrions la rendre tout à fait convenable. C'est bien à cela d'ailleurs que servent les décorations !

Stupéfait, Oliver la fixa. Avait-il bien entendu ? Venait-elle de dire *miteuse* ? Brusquement, il fut ramené à la réalité. Tout ce qu'il avait appris à détester de la haute société se tenait devant lui. L'incarnation du mépris. Peu importait qu'elle fût superbe, de quel droit se permettait-elle de venir ainsi l'insulter dans *son* centre ?

— Et puisqu'on parle de l'espace, il va falloir songer à enlever le piano et les tables. Et aussi les jouets. Les enfants sont-ils là toute la journée ? Parce que je vais avoir besoin d'un peu de temps pour…

— Hola, Angélique ! l'interrompit-il, ayant enfin retrouvé sa voix. Du calme ! Je ne déplacerai rien pour l'instant.

Elle cligna des yeux. Mais elle le fit lentement, d'une manière qui devait amener la plupart des hommes à fondre immédiatement. Le fait que ce clignement d'yeux ne le laisse pas, lui non plus, indifférent ne fit que l'agacer un peu plus.

— Gill, dit-elle, d'un ton sans chaleur. Je m'appelle Gill, pas Angélique.

Oliver toussota. Pourquoi l'avait-il appelée ainsi ? Il est vrai que sous ses airs méprisants, elle ressemblait peut-être un peu plus à une *Gill*. D'ailleurs, n'était-ce pas un prénom masculin ?

— Pardon, *Gill*, répliqua-t-il.

Son exaspération grandissait de minute en minute. Cette femme trop sexy, trop belle, trop élégante le mettait mal à l'aise.

— Mais il n'empêche que je ne bougerai rien tant que je ne saurai pas ce que vous avez l'intention de faire.

Elle l'observa un instant puis finit par hocher la tête.

— Désolée, mais j'ai parfois tendance à m'emballer, reconnut-elle, avec un accent du sud qui ne correspondait pas à son apparence. Je pense en fait que cette pièce sera le meilleur endroit pour organiser la fête de Noël de M. McNabb.

— Vous voulez dire la fête du centre.

Elle lui refit son langoureux clignement d'yeux.

— Pardonnez-moi, mais j'avais cru comprendre que vous étiez ici pour organiser une fête au bénéfice du centre, insista-t-il.

— Absolument. M. McNabb souhaite que les médias s'intéressent à son centre car il considère, entre autres, que celui-ci le mérite.

— *Entre autres*? Qu'est-ce que cela signifie? Est-ce le langage relations publiques pour dire « faire une diversion »?

— Pas tout à fait. Si nous trouvons le bon message, nous pouvons transformer cette fête en réservoir à donations, répliqua Gill, d'un ton impassible. Les gens sont toujours plus enclins à se montrer généreux avec les démunis quand approchent les vacances.

Oliver soupira. Elle avait raison, c'était d'ailleurs la raison pour laquelle il ne s'était pas opposé au projet lorsque McNabb lui en avait parlé. Il détestait les événements caritatifs et encore plus les organiser, mais il était prêt à vendre son âme au diable si cela supposait avoir un plus gros budget. Et dans l'instant présent, le diable semblait avoir pris les traits d'un ange.

— Mais revenons à l'organisation de la fête, si vous le voulez bien, reprit Gill, l'arrachant à ses pensées. Comme je vous le disais, même si cette pièce me semble être la plus adaptée, il va falloir libérer de l'espace. Pensez-vous pouvoir demander à votre personnel de retirer les meubles?

— Je ne sais pas. Il va falloir que je me renseigne auprès de mon *personnel*.

Le fait que Gill prenne sur elle pour ne pas rouler des yeux n'échappa pas à Oliver. Il se rendait bien compte qu'il n'était pas particulièrement agréable avec elle, mais il ne parvenait pas à faire autrement. Elle réveillait beaucoup de choses en lui. Il connaissait ce genre de personnes — même très bien. Pour elles, tout n'était qu'une question d'image et de succès et cette femme ne dérogeait pas à la règle. Elle ne voyait en ce centre qu'un bâtiment qu'elle pouvait utiliser, sans se préoccuper des êtres humains qui le composaient. Et lorsqu'elle aurait ce qu'elle voulait, elle partirait, sans un regard derrière elle.

Cependant, si lui faciliter la tâche pouvait permettre d'avoir des dons, il allait le faire. Mais cela ne signifiait pas qu'il répondrait à tous ses souhaits et satisferait ses moindres désirs. Les gens du centre étaient sa famille, et il n'était pas question qu'il laisse qui que ce soit profiter de sa famille.

Il était temps d'expliquer les règles de base à l'ange aux yeux verts.

2

— Des règles ?

Stupéfaite, Gill prit sur elle pour garder son calme. Décidément, ce directeur ne lui rendait vraiment pas les choses faciles. Non seulement ils se rencontraient dans cet endroit plein d'enfants et de cris où il était difficile de s'entendre, mais maintenant, il voulait lui imposer des règles ?

Depuis le début, de toute façon, il avait adopté une attitude méfiante et s'était adressé à elle sur un ton dédaigneux. Mais pourquoi agissait-il comme si elle était son ennemie ? Ce n'était quand même pas elle qui avait demandé à être là !

« Bon, ce n'est pas grave. N'y prête pas attention. Ne pense qu'à l'organisation », s'ordonna-t-elle, avant de prendre une profonde inspiration.

— De quel genre de règles voulez-vous donc parler ?

— D'abord, je vous rappelle qu'il s'agit d'un centre social, pas de la salle de bal d'un quelconque hôtel, ce qui signifie que nous sommes au service du public. Alors, pour répondre à votre question, oui, les enfants utiliseront cette pièce jusqu'au jour de la fête. Vous allez donc devoir adapter votre emploi du temps. Ensuite, je ne travaille pas avec du *personnel* mais avec des volontaires, qui viennent ici sur leur temps libre parce qu'ils veulent servir leur communauté.

Ils ne sont donc pas là pour obéir à vos ordres. Si vous avez un service à leur demander, vous devez alors passer d'abord par moi et nous verrons s'ils sont disponibles.

Gill soupira. Le message était clair : en d'autres mots, elle n'avait aucune aide à attendre de la part d'Oliver. Bon sang ! Elle allait *tuer* Stephanie en rentrant au bureau.

— Rien d'autre ?

— Si. Je veux que les enfants participent à la fête.

Ça, ce n'était pas compliqué, songea Gill, soulagée.

— C'est déjà prévu. Cela me semble difficile de valoriser le travail du centre sans la présence des enfants.

— Oui, mais je crois que vous n'avez pas très bien compris. Je ne veux pas qu'ils soient *invités*, je veux qu'ils soient *impliqués* dans la préparation, ce n'est pas pareil. Ce sera, pour la plupart d'entre eux, la seule occasion de fêter Noël, ajouta-t-il en désignant d'un large geste les enfants qui jouaient dans la pièce. Il n'est pas question que ce moment leur soit retiré pour le seul confort de quelques donateurs. De toute façon, si les enfants sont laissés de côté, je ne coopérerai pas.

Gill le fixa. Décidément, cet homme avait un certain culot ! Comment osait-il employer ce ton avec elle ? Parce qu'il s'imaginait qu'il coopérait en ce moment ? Elle décida néanmoins d'adopter un ton calme.

— Ne vous inquiétez pas. Les enfants seront impliqués, promit-elle.

Il l'observa, sans rien dire, sans doute pour mesurer sa sincérité. Elle soutint son regard sans ciller.

Au bout d'un long moment, il finit par hocher la tête.

— Très bien, dit-il. Bon. Et si nous procédions à la visite des locaux ?

— Officiellement, notre mission est de fournir une alternative à la vie dans la rue, déclara Oliver, comme ils remontaient l'un des couloirs du bâtiment.

— Et officieusement ? demanda Gill, qui avait compris, au son de sa voix, qu'il devait y avoir beaucoup de choses « officieuses ».

— Officieusement, nous sommes tout ce que les gens attendent de nous. Chaque jour est un nouveau défi.

— Cela ressemble beaucoup au métier de chargé de relations publiques, constata Gill.

Sa tentative pour créer une sorte de complicité tomba à plat, ne provoquant pas même un semblant de sourire.

— Sauf qu'ici, les gens n'attendent pas un résultat, mais cherchent seulement à trouver un moyen de survivre.

— Vous savez, pour certains de mes clients, leur survie dépend du résultat.

— Croyez-moi, ce n'est pas la même chose, rétorqua-t-il sèchement.

Gill ne répondit rien. Discuter était inutile et lui ferait perdre encore un peu plus de ce temps précieux dont elle manquait. N'empêche, elle n'appréciait guère l'image qu'il semblait avoir d'elle. Elle s'était donné autant de mal que n'importe qui pour y arriver, peut-être même plus, et ce n'était pas parce que Rosenthal Public Relations n'était pas une œuvre de charité que son travail n'était pas important. Il l'était pour elle ; grâce à lui, elle était devenue Gill McKenzie, la plus jeune responsable de communication de l'histoire de Rosenthal Public Relations. Elle avait travaillé dur pour obtenir ce titre, pour *devenir quelqu'un que l'on remarquait.*

Ils étaient presque arrivés au bout du couloir lorsque Oliver s'arrêta devant une double porte, qu'il ouvrit.

— Ici, c'est le gymnase, annonça-t-il.

Curieuse, Gill glissa un œil à l'intérieur. Les murs étaient couverts de posters faits maison à la gloire d'une équipe nommée « Les Panthers ».

— Les Panthers ? Qui est-ce ?

— C'est l'équipe de basket du centre, expliqua Oliver. Certains des joueurs sont d'ailleurs vraiment excellents.

Gill l'observa. La fierté faisait briller ses yeux bruns. C'était d'ailleurs la première fois que son visage exprimait un peu d'enthousiasme et le changement était surprenant. Si elle l'avait trouvé séduisant dès l'instant où ils s'étaient rencontrés, cette beauté ne se limitait pas, dans le moment présent, à la seule régularité de ses traits. L'enthousiasme qui semblait venir du plus profond de lui-même illuminait son visage, l'adoucissait, lui donnait une expression plus jeune.

— On dirait que vous prenez très au sérieux l'aspect « communauté » contenu dans le nom du centre, dit-elle.

Voilà une remarque qui était judicieuse. Elle pouvait d'ailleurs faire pas mal de choses avec cette idée. Sans même qu'elle s'en rende compte, son esprit commençait déjà à imaginer des slogans.

Mais Oliver ne parut pas particulièrement impressionné par sa remarque.

— Nous faisons simplement ce que nous pouvons, laissa-t-il tomber. Tout en sachant que nous pouvons toujours faire mieux.

— Alors, on peut dire que la mésaventure de McNabb est tombée au bon moment. Au moins, vous allez hériter de cette fête.

— Je suis sûr que Mme McNabb partage votre avis.

A dire vrai, Gill doutait du fait que l'épouse de McNabb fut aussi catastrophée que l'était le conseil d'administration de son mari, mais elle préféra s'abstenir de tout commentaire.

— Sérieusement, si *nous* organisons bien les choses, le centre va crouler sous les dons.

Elle avait bien pris soin de mettre l'accent sur le « nous », dans l'espoir d'un minimum de coopération.

— Qu'entendez-vous par « bien » ? demanda Oliver, en refermant les portes du gymnase.

— Il faut absolument tout donner. Créer un événement si grandiose que ni les médias, ni le public ne pourront l'ignorer. Donner aux potentiels gros donateurs une raison de venir.

— En d'autres mots, vous voulez faire figurer cette fête dans les pages mondaines des journaux.

Gill acquiesça. C'était exactement cela. Même si la façon dont il avait prononcé « mondaines » aurait presque pu lui faire regretter sa proposition.

— La générosité des gens s'accroît toujours après quelques verres, fit-elle remarquer, avec un sourire.

Brusquement, une idée jaillit dans son esprit.

— Nous pourrions transformer le centre en Winter Wonderland ! s'exclama-t-elle. Avec de la neige, des sapins, et tout ce qui fait penser à Noël !

Elle voyait déjà la scène.

— Chaque pièce pourrait reprendre un thème et proposerait une boisson associée à ce thème, continua-t-elle, comme tout se mettait en place dans sa tête. Martinis-pain d'épice pour le gymnase, cocktails au sucre d'orge pour la salle commune... Le slogan serait « Le McNabb Community Center — La magie partout. Chaque jour ». Les médias vont adorer !

— Oh ! je vois ! Et quel sera le rôle des enfants dans ce Winter Wonderland ?

— Les enfants ?

— Oui, les enfants. Vous avez promis qu'ils seraient

impliqués dans tout ça, vous vous rappelez ? Que vont-ils faire ? Servir les martinis ?

Gênée, Gill rougit. Dans son excitation, elle les avait complètement oubliés, l'esprit tout accaparé par la décoration.

Le problème n'était pas qu'elle n'avait *pas envie* de les impliquer, elle ne savait tout simplement *pas* comment faire. Les enfants étaient le territoire de sa sœur Gwen, c'était elle qui avait la fibre maternelle. Gill avait toujours été trop absorbée par son travail.

Elle aurait voulu pouvoir expliquer cela à Oliver, mais l'expression qu'il y avait sur son visage, comme il attendait sa réponse, lui fit très vite comprendre qu'aucune excuse ne serait entendue.

— Je vous promets qu'ils joueront un vrai rôle dans cet événement, affirma-t-elle.

— J'espère. Vous savez, je suis sérieux. Je ne vous laisserai pas écarter mes enfants de cette fête pour faire la place belle à quelques personnalités qui ne cherchent qu'à avoir leur photo dans les journaux. Si c'est ce qu'ils souhaitent, ils ont plein d'autres occasions pour le faire.

Stupéfaite, Gill le fixa. *Ses* enfants ? N'était-il pas un peu possessif ?

— Ok ! Vous avez l'ai réticent. Mais si ces personnalités vous signent un gros chèque à la fin de la soirée ?

— Cela ne changera rien. Je préférerais qu'ils me donnent ce chèque après avoir passé une heure dans la peau de ces gamins, pas après avoir siroté quelques cocktails. S'ils avaient ne serait-ce qu'une idée de ce qu'endurent ces jeunes, peut-être alors accorderaient-ils moins d'importance à leur propre publicité.

Et peut-être lui-même recevrait-il plus de dons s'il était un peu plus agréable ! Au départ elle s'était dit que, vêtu d'un costume, cet homme séduisant ferait un malheur parmi les donatrices. Mais dans l'instant présent, elle n'en était plus aussi certaine, et craignait au contraire qu'il fasse fuir tout le monde avec ce genre d'attitude !

Jetant un coup d'œil rapide à son téléphone portable, elle constata que l'entretien touchait à sa fin. Tant mieux ! Elle n'était pas sûre qu'elle aurait pu supporter Oliver Harrington beaucoup plus longtemps.

— Bien. Avant de partir, est-ce que je peux voir la cuisine, s'il vous plaît ?

— Bien sûr. Suivez-moi.

Ils repassèrent par la salle commune où se trouvaient toujours les enfants. Ils la traversèrent et s'arrêtèrent devant une double porte battante située à son extrémité.

— La cuisine est attenante à la grande salle, expliqua-t-il, en ouvrant un des battants. C'est un vestige de l'époque où celle-ci servait de cantine. Mais nous ne l'utilisons que très peu, nous organisons surtout des pots de départ ou des soirées pizzas. Nous nous en servons aussi comme garde-manger.

Gill pénétra dans la cuisine. Pas besoin de toutes ces explications ! Elle aurait pu le deviner toute seule. La pièce n'était pas défraîchie, elle était carrément laissée à l'abandon ! Les peintures s'écaillaient des placards auxquels il manquait parfois des gonds. Ouvrant l'un d'entre eux, elle découvrit des bouteilles de jus de fruits et des paquets de biscuits apéritifs.

— Je suis sûr que vos gros donateurs se satisferont parfaitement de jus de pommes et de chips, dit Oliver d'un ton ironique. J'ai entendu dire que c'était très en vogue, en ce moment, dans le circuit caritatif.

— Tout comme le sont les traiteurs, répliqua-t-elle, en refermant d'un geste sec la porte du placard.

Elle commençait à en avoir sérieusement assez de ses commentaires. Pour qui se prenait-il à la fin ? De nombreux centres sociaux seraient ravis qu'elle organise un tel événement chez eux, il pouvait quand même y mettre un peu du sien !

— Je vais appeler quelques-unes des entreprises avec lesquelles j'ai déjà travaillé. Si cela vous convient, bien sûr.

Oliver haussa les épaules.

— Tant que mon *personnel* n'est pas dérangé dans sa tâche, vous pouvez faire ce que vous voulez.

Pour la première fois depuis qu'ils s'étaient rencontrés, Gill ne fit aucun effort pour s'empêcher de rouler des yeux.

Il était plus de vingt et une heures lorsqu'elle passa enfin la porte de son appartement. Elle posa ses clés sur la console de l'entrée et poussa un profond soupir. Elle était épuisée. Jamais une journée ne lui avait paru si longue.

Cela avait commencé par l'attaque surprise de Stephanie ce matin, suivie d'une succession de réunions.

Puis il y avait eu Oliver Harrington et ses règles. Comment était-elle censée organiser la plus spectaculaire des fêtes de Noël s'il faisait tout pour lui mettre des bâtons dans les roues ?

Trop fatiguée pour préparer quoi que ce soit à manger, elle mit un paquet de pop-corn à réchauffer au micro-ondes et entreprit de vider le contenu de sa mallette sur la table. Etre à la maison ne voulait pas dire que la journée était terminée. En tout cas, pas si elle voulait cette place de vice-présidente.

Dehors, les lumières du Boston Common, le grand parc de la ville, scintillaient comme des centaines de petites étoiles tandis qu'un halo orangé montait de la patinoire du Frog Pond Pavilion. En descendant du taxi, tout à l'heure, elle avait entendu de la musique s'en élever.

Elle adorait cette vue, c'était l'une des plus belles de

Boston. La première fois qu'elle avait mis les pieds dans cette ville, elle était allée à pied de la State House au Central Burial Ground, en longeant le parc. Elle avait adoré chaque mètre de cette promenade. Puis elle avait découvert la rangée de maisons en briques rouges sur Beacon Street — dans lesquelles avaient habité quelques-unes des premières familles de Boston — et avait immédiatement su que c'était là qu'elle voulait vivre. Il lui avait fallu dix-huit mois de travail acharné, d'économies et de privations pour se payer ce luxe. Mais, depuis six mois, elle avait pu réaliser son rêve.

« Tu as parcouru un sacré chemin depuis Towering Pines et la petite maison de Jensen Street », se félicita-t-elle, intérieurement. Elle n'était plus la pauvre petite Gill McKenzie abandonnée. Elle réussissait. Le monde ne pouvait plus prétendre qu'elle n'existait pas. Et une fois qu'elle aurait cette promotion... alors plus rien ne pourrait l'arrêter.

Bien sûr, tout cela dépendait du bon vouloir de M. Harrington.

Le « bip » du micro-ondes retentit. Tout en se demandant comment faire pour rallier Oliver à sa cause, elle sortit le sachet. Il y avait, chez cet homme, quelque chose qu'elle n'arrivait pas à cerner — en dehors de sa mauvaise humeur. A priori, il semblait buté et arrogant mais il était aussi dévoué. Elle l'avait vu à la manière dont son visage s'était éclairé lorsqu'il avait mentionné l'équipe de basket, à la lueur qui avait brillé dans ses yeux.

Si seulement elle pouvait trouver un moyen de susciter chez lui la même lueur d'intérêt pour son projet !

Il y avait une solution : elle devait réussir à le convaincre de tout le bénéfice qu'apporterait aux enfants une fête parfaitement réussie.

Machinalement, son regard se posa sur le sapin miniature

trônant sur sa table. Gwen avait beaucoup ri lorsqu'elle lui en avait envoyé une photo.

— Mais c'est un bébé ! s'était exclamée sa sœur jumelle. Comment as-tu osé le séparer de sa mère ?

Puis elle lui avait proposé de lui envoyer ce qu'elle appelait un « vrai » sapin.

Bon sang ! C'était ça l'idée ! Un sapin ! Gill faillit en renverser son sachet de pop-corn. Pourquoi n'y avait-elle pas songé plus tôt ? Un sapin était parfait pour montrer sa bonne volonté. Les enfants allaient être ravis et Oliver, réalisant combien elle souhaitait que tout se passe le mieux possible pour son centre, allait peut-être enfin lui accorder la coopération dont elle avait tant besoin.

Elle attrapa son téléphone portable et composa le numéro de sa sœur, en espérant qu'il n'était pas trop tard.

— Teaberry Farm, déclara, après la troisième sonnerie, une voix qu'elle connaissait bien et qui lui fit chaud au cœur.

— Salut, Gwen ! Je ne veux pas te déranger, mais aurais-tu une idée de l'endroit où je pourrai trouver un vrai arbre de Noël ?

— Gill !

Le ton enjoué de sa sœur la fit sourire. Gwen semblait toujours surprise de l'entendre alors qu'il ne se passait jamais plus de trois jours sans qu'elles ne se parlent au téléphone.

— Je pensais justement à t'appeler, reprit-elle.

— Ah bon ? A cette heure-ci ? Moi qui avais peur de vous déranger, Drew et toi. Ne me dis pas que la lune de miel est terminée ?

— Non, ne t'inquiète pas pour ça, répondit sa sœur d'un ton joyeux. Brody vient passer les fêtes de Noël avec nous et Drew est parti le chercher à l'aéroport.

— Je n'arrive pas encore à croire que tu es la belle-mère d'un garçon en âge d'aller à la fac ! s'esclaffa Gill, en versant le pop-corn dans un bol. Comment va le futur étudiant de l'université de Californie-Los Angeles ? Il a toujours l'intention de devenir le prochain Spielberg ?

— Ça dépend à qui tu le demandes. Si lui n'a aucun doute là-dessus, son père est plus réservé : il trouve qu'il passe trop de temps à s'amuser et pas assez à la bibliothèque.

— Il ne faut pas trop s'inquiéter. Il fait comme tous les étudiants. C'est classique.

— Et il parle beaucoup d'une certaine Susan.

— Oh ! Il a une petite amie ! Et c'est du sérieux ?

— Pas sûr. Tu sais, le mois dernier, il sortait avec une certaine Jessica.

— Ne t'inquiète pas, c'est de son âge. Il va bien finir par s'assagir. Comme son papa.

Drew n'avait guère été stable jusqu'à ce qu'il rencontre Gwen, qui l'avait transformé en père et mari dévoué.

— Tu as raison. Il faut juste espérer que ça ne prenne pas trop longtemps. Bon, et toi ? Rien de neuf ?

Gill éclata de rire. Elle savait exactement ce qu'entendait Gwen par « neuf ». Elles avaient cette conversation au moins une fois par mois. Le problème était que sa sœur avait toujours été une incorrigible romantique et que le fait de se marier avec l'homme de ses rêves n'avait fait qu'accentuer ce trait de caractère.

— Quand veux-tu que je rencontre quelqu'un ? Entre deux réunions ? Je n'arrête pas de travailler.

— Oui, mais c'est Noël.

— Et alors ? Tu crois que cela a une incidence sur le monde des relations publiques ?

— C'est une fête tellement magique... N'as-tu pas envie de quelqu'un contre qui te blottir sous le sapin ? Ou qui t'embrassera sous le gui ?

— Pour l'instant, tout ce que je veux, c'est ce poste de vice-présidente, répliqua Gill, en lançant en l'air un pop-corn qui retomba dans sa bouche. Ce qui devient un peu plus compliqué que prévu, grâce à Stephanie DeWitt.

Brièvement, elle expliqua alors la manière dont elle avait perdu le budget Remaillard au profit de l'organisation d'une fête de Noël supposée restaurer une réputation.

— Je n'arrive pas à croire que ton patron se soit ainsi laissé manipuler, commenta sa sœur, lorsqu'elle eut fini.

— Et le pire, c'est que je dois travailler avec le directeur du centre, un certain Oliver Harrington, qui me prend de haut. Il déteste l'idée de cette fête et refuse catégoriquement de m'aider.

— Oh ! je vois ! Il m'a l'air bien sympathique !

— Ne m'en parle pas, répondit Gill, en s'enfonçant sur le canapé. Mais le plus triste, c'est que je suis sûre que se cache quelqu'un de bien derrière ce complexe de supériorité. Il est visiblement sincèrement attaché à ce centre, j'ai même l'impression qu'il y vit.

— Je vois... Tu as rencontré un bourreau du travail ? On dirait que lui et toi avez déjà quelque chose en commun.

— Ah, ah, très drôle, répliqua Gill, qui ne se considérait pas comme un bourreau du travail mais comme quelqu'un ayant des objectifs précis. J'aimerais juste savoir ce qui le rend si agressif. J'imagine combien il doit être difficile de s'occuper d'un centre social, mais j'ai l'impression que c'est plus profond que ça.

— Qui sait, peut-être a-t-il eu des déconvenues avec un gros donateur ?

— J'ai cru comprendre qu'il avait surtout des problèmes de budget et je sais que Peter McNabb n'a pas été très généreux avec le centre ces dernières années, admit-elle, en lançant un autre pop-corn dans les airs. Sauf qu'à un moment, il m'a donné l'impression de m'en vouloir à moi, *personnellement*... et je ne sais absolument pas pourquoi !

— C'est étrange en effet. Peut-être ressembles-tu à son ex-femme ?

— Tu as vraiment beaucoup d'humour ce soir, chère sœur. Pourquoi ne songes-tu pas à laisser ton affaire d'arbres de Noël pour te lancer dans un one woman show ?

— Et *toi*, pourquoi ne songes-tu pas à dormir un peu plus ? Tu deviens toujours très susceptible quand tu es fatiguée. On dirait que cet Oliver t'est rentré sous la peau.

— Je dirais plutôt *sur* la peau, comme une espèce de rougeur. Je sais déjà qu'il va me mener la vie dure.

— Tu sais, tu peux toujours tout plaquer et venir nous rejoindre pour vendre des sapins de Noël.

— Quelle bonne idée ! Je suis sûre que Drew va adorer !

— Sérieusement, pourquoi ne viens-tu pas passer le week-end à la maison ? Claire serait ravie de voir sa tante Gilly et tu pourrais nous donner un petit coup de main : cette année semble être la meilleure que nous ayons jamais eue.

— Tout le monde veut un peu de la magie Teaberry, la taquina Gill. Ils espèrent voir leurs vœux se réaliser pour Noël.

— Pourquoi pas ? Ça a bien marché pour Drew et moi, répliqua sa sœur.

Non, répondit Gill en son for intérieur. C'était l'amour, le moment où ils s'étaient rencontrés et leurs efforts qui avaient fait le travail. Jamais elle n'avait vu un couple plus amoureux et heureux qu'eux, c'était comme s'ils avaient passé leur vie à s'attendre. Et la magie qu'ils avaient créée, ils ne la devaient qu'à eux-mêmes.

Soudain, sans trop savoir pourquoi, elle ressentit comme un lourd poids sur l'estomac. Le pop-corn en guise de dîner n'était peut-être pas une si bonne idée que ça.

— J'aimerais beaucoup venir vous voir, mais avec ce projet de dernière minute, je suis submergée de travail. Et si je veux avoir ma promotion...

— N'en dis pas plus, je comprends, la coupa Gwen. Je suppose que c'est le prix à payer pour avoir une sœur au conseil d'administration.

— Ne t'emballe pas trop ! Je n'y suis pas encore.

— Mais tu vas y être. Tu finis toujours par avoir ce que tu t'es mis en tête d'avoir. Tu te souviens de M. Delphino, qui affirmait que tu ne pourrais jamais faire d'études en chimie ?

— Oui. Il était tellement sûr de lui. Comme cela m'avait contrariée, je me rappelle avoir travaillé nuit et jour.

— Et tu as fini ton année avec la meilleure moyenne de la classe. Tu fais toujours en sorte que les choses arrivent, Gill.

C'était vrai. Et il en avait toujours été ainsi. Gwen était celle qui rêvait, elle était celle qui agissait. En même temps, elle n'avait pas eu vraiment le choix, avec leur mère qui travaillait du matin au soir et leur père qui... Elle secoua la tête pour ne plus y penser. Le poids sur son estomac se fit un peu plus lourd.

— C'est dommage que tu ne te décides pas à faire en sorte que quelque chose t'arrive dans ta vie personnelle, reprit sa jumelle.

Gill soupira. Pourquoi sa sœur revenait-elle encore à cette discussion ? Elle savait pourtant combien cela pouvait la contrarier. Gwen pouvait parfois ressembler à un disque rayé, et Gill le lui fit remarquer.

— Je suis sincèrement désolée, mais je ne peux pas m'en empêcher, s'excusa sa sœur. Je voudrais que tu sois aussi heureuse que nous le sommes, Drew et moi.

— Mais je *suis* heureuse ! Pourquoi penses-tu le contraire ? J'ai la carrière que j'ai toujours souhaitée, un bel appartement, je vous ai... Que pourrais-je demander de plus ?

— Tu veux la liste en entier, ou juste un résumé ?

— Rien de tout ça, je te remercie. En fait, je t'appelais car je voudrais juste que tu me rendes un service, dit-elle, en s'éclaircissant la gorge tout en se redressant sur le canapé. J'ai besoin que tu envoies un peu de la magie Teaberry dans le nord.

— Oh ! je vois. Tu veux un sapin ?

— Pas *un* sapin. Je veux le sapin le plus incroyable que tu puisses avoir.

Elle fit alors part de son projet à sa sœur qui comprit immédiatement ce qu'elle attendait et, lorsqu'elles raccrochèrent, elle savait que l'arbre qu'elle allait recevoir allait être tout simplement fantastique.

Elle se sentait un peu mieux après ce coup de fil, parler avec Gwen était toujours un moment de plaisir.

Mais lorsqu'elle s'enfonça dans son canapé et regarda les lumières de son mini-sapin, ce n'était pas à sa sœur qu'elle songeait, c'était à Oliver Harrington.

Il ne pouvait qu'être impressionné par son idée. Et elle avait hâte de voir ce moment.

3

— Il ne va pas y avoir beaucoup de lumières. Vous êtes sûre que l'on ne peut pas en installer plus ?

Gill leva la tête vers le décorateur qui se tenait sur l'échafaudage.

— Absolument, confirma-t-elle. Dieu sait quand a été vérifiée l'installation électrique pour la dernière fois et je ne veux pas courir le risque de faire sauter le moindre circuit.

Et surtout de s'exposer à la colère d'Oliver...

Elle avait été déçue de ne pas le voir en arrivant ce matin, elle qui attendait tant sa réaction. Mais Maria lui avait expliqué qu'il venait de passer les deux derniers jours à régler un problème de plomberie et qu'il était resté chez lui, pour se reposer.

La manière dont le centre semblait vide sans lui l'étonna elle-même. Il ne lui manquait pas vraiment, elle ressentait juste son absence.

D'un autre côté, le fait qu'il ne soit pas là rendait l'installation de l'arbre beaucoup plus simple. Il aurait la surprise de trouver un sapin tout décoré à son retour. Elle ne savait pas pourquoi il lui était si important d'impressionner Oliver — en dehors du fait que sa coopération lui faciliterait grandement la tâche. Ce qu'elle savait en revanche, c'était qu'elle trouvait terriblement injuste la résistance dont il faisait preuve et la façon dont il la regardait, comme si elle était une ennemie en talons.

— Terminé ! s'écria à ce moment-là le décorateur. Mais je continue à dire que nous allons être courts en lumières...

— Non, ne vous inquiétez pas. C'est vraiment parfait.

Gwen et Drew s'étaient littéralement surpassés. Couvert du pied à la cime de rubans et de poinsettias, le sapin n'était que rouge et or. Et même sans guirlandes clignotantes, il brillait de mille feux, la lumière se reflétant dans les décorations en cristal. Il était magnifique et Gill était impatiente de le faire découvrir au reste du centre. *Mais surtout à Oliver.*

Elle avait glissé dans sa poche le mot que sa sœur avait joint à son envoi.

« Voici ton arbre, sœurette. Puisse-t-il t'apporter la magie de Noël que tu mérites. »

Elle n'était pas certaine de ce qu'entendait sa sœur par « magie », mais si cela sous-entendait une plus grande collaboration de la part d'Oliver, alors elle était preneuse.

— Superbe ! entendit-elle Maria s'écrier derrière elle. C'est donc pour cela que vous vouliez être ici à l'aube. Ce sapin est vraiment magnifique ! Il est encore plus haut que celui du City Hall !

— C'est parce que nous sommes à l'intérieur qu'il paraît si grand, répondit-elle, en se retournant.

— Peut-être. En tout cas, il a l'air immense. Et il sent délicieusement bon.

— N'est-ce pas ?

Un parfum de pin frais emplissait la salle commune et, fermant les yeux, Gill put tout à fait imaginer à quoi allait ressembler le matin de Noël chez sa sœur. Sa nièce Carrie déchirant les papiers d'emballage avec l'impatience des enfants. Brody plongé dans le dernier jeu vidéo. Drew et Gwen enlacés sur le canapé. Et elle assise à côté du feu. Seule.

Elle ressentit une étrange sensation de vide et secoua la tête. Que se passait-il ? C'était certainement Gwen et son mot romantique qui lui avait mis d'étranges pensées en tête !

— Je pense que ce sera fini avant qu'Oliver ne revienne. Vous croyez qu'il va apprécier ?

L'association de ses pensées la surprit — Noël, puis Oliver. En même temps, qu'y avait-il d'étrange ? Après tout, c'était pour lui qu'elle avait fait venir cet arbre. Pour gagner sa confiance.

— En tout cas, il ne va pas rester indifférent, ça c'est sûr, répondit la bénévole.

— Et il y a des décorations pour tout le foyer.

— Génial !

Maria semblait sincèrement époustouflée. Exactement comme l'avait espéré Gill. Il n'y avait plus qu'à prier pour qu'Oliver ait la même réaction. Distraitement, elle joua avec le bout d'une des branches du sapin. « Magie de Noël, opère », murmura-t-elle.

— Mais qu'est-ce que... ?

Au son de sa voix, elle se retourna vivement vers le directeur, un large sourire aux lèvres.

— Surprise ! s'exclama-t-elle.

Il se tenait, dans l'encadrement de la porte, tel une sentinelle. Le centre parut soudainement beaucoup moins vide.

— Pouvez-vous m'expliquer ce qui se passe ici ? Qu'est-ce que c'est que *ça* ? demanda Oliver.

Le sourire de Gill se fit encore plus large.

— Ça se voit, non ? C'est le sapin de Noël du centre. Qu'est-ce que vous pensiez que c'était ?

Satisfaite de sa surprise, elle le fixa. Il posa sur le sol le sac rempli de provisions qu'il tenait dans ses bras et s'approcha. Il n'était pas vêtu d'un pull en laine et d'un pantalon en velours comme lors de leur première rencontre.

Non, cette fois-ci il portait un vieux jean usé et taché de peinture, un sweat dans le même état et une vieille casquette des Red Sox de Boston. Gill n'avait jamais été particulièrement attirée par le look « ouvrier du bâtiment » mais, en voyant Oliver, elle comprit brusquement beaucoup mieux comment certaines femmes pouvaient l'être.

— Que faites-vous ici ? Je croyais que vous restiez chez vous pour vous reposer ? demanda Maria.

— Je l'ai fait. Puis je suis allé acheter de la peinture et je me suis dit que, puisque j'étais dehors, je ferai aussi bien de profiter du fait que le centre soit calme pour m'occuper de la cuisine.

Tout en parlant, il avait promené son regard sur les échelles, puis sur les décorateurs, qui n'avaient pas encore accroché les guirlandes. Gill bouillait d'impatience d'entendre son verdict.

— On dirait que cet arbre sort tout droit d'un magazine de décoration, dit-il, simplement.

— C'est vrai ! Ne le trouvez-vous pas merveilleux ? demanda-t-elle alors joyeusement, incapable de contenir plus longtemps son enthousiasme. Les décorateurs ici présents se sont aussi occupés du sapin du gouverneur. Ils font un travail vraiment admirable. Regardez ! C'est du Lalique.

Elle effleura du bout des doigts l'une des boules qui ornaient l'arbre.

— Vous êtes sérieuse ? Il s'agit de cristal Lalique ?

— Oui. Bon, je sais très bien ce que vous pensez, s'empressa-t-elle de le rassurer, devinant déjà le reproche. Mais cela n'a aucune incidence sur le budget. Tout ce que vous voyez ici nous a été offert par Teaberry Farm — les plus beaux sapins de la Virginie-Occidentale. Au départ,

Gwen et moi avions convenu d'un arbre tout simple, mais Drew s'en est mêlé et a absolument tenu à fournir aussi les décorations.

— Drew ? répéta Oliver. Comme Drew Teaberry ? De Teaberry Industries ?

— Absolument, il est marié à ma sœur. Ils m'ont fait parvenir ce sapin en début de semaine et, avant que vous ne disiez quoi que ce soit, sachez que j'ai tous les permis nécessaires. Tout est absolument en règle.

— Oh ! j'en suis certain.

— Alors, qu'est-ce que vous en pensez ?

Oliver n'avait jusque-là montré aucune réaction particulière, se contentant de fixer ce qui l'entourait, et Gill avait beau essayer de déchiffrer une quelconque expression sur son visage, celui-ci restait impassible. Elle se tourna alors vers Maria, espérant qu'elle pourrait l'aider. Mais celle-ci haussa les épaules dans un geste d'impuissance.

— Six mètres d'épicéa bleu, reprit-elle, pour combler le silence. Je ne connaissais pas la hauteur exacte du plafond, alors j'ai préféré être prudente. Mais je me rends compte que cet arbre aurait pu faire un bon mètre de plus.

Gill soupira. Toujours rien. Elle se sentait désarmée. Elle lui offrait un sapin digne d'un conte de fées et il ne montrait aucun enthousiasme. Aucun signe de gratitude. Qu'est-ce qui n'allait pas chez cet homme ? Pourquoi ne partageait-il pas sa joie ?

— D'habitude, nous achetons notre sapin dans le magasin au bout de la rue, finit-il par laisser tomber.

— Oh ! je vois. Ecoutez, si vous êtes inquiet de ne pas faire marcher le commerce local, nous pouvons toujours faire un don.

— Et les enfants ? Ils étaient censés faire les décorations aujourd'hui. Avez-vous déjà oublié votre promesse ? Je croyais qu'ils étaient impliqués dans l'histoire ?

— Je m'en souviens. Mais ils peuvent faire autre chose. Croyez-moi, je suis sûre qu'ils ne regretteront rien lorsqu'ils découvriront cet arbre.

— Il y a autre chose. Comment vais-je leur expliquer d'où vient tout ceci ? demanda-t-il, en désignant la pièce d'un large geste. Ils risquent de ne pas tout comprendre.

— Et si vous leur disiez que tout cela provient de l'atelier du Père Noël ? proposa-t-elle.

— Arrêtez ! Je suis sérieux.

Exaspérée, Gill soupira. Elle aussi l'était. Sans parler du sentiment de frustration qui commençait à sérieusement monter en elle.

— Pour l'amour du ciel, quel est le problème ? Je ne comprends pas. C'est juste un sapin, je n'ai rien fait de mal !

Le visage qu'il tourna alors vers elle n'exprimait rien d'autre que de la contrariété.

— Je crois que vous ne comprenez pas bien le problème. Beaucoup de ces gosses ne se verront offrir que quelques cadeaux, dont la plupart seront des dons. Que vont-ils penser lorsqu'ils verront un arbre dont, à elles seules, les décorations coûtent plus cher que ce que gagnent leurs parents en un an ?

Décontenancée, Gill se mordit la lèvre. Certes, elle n'avait pas pensé à ça, mais il y avait une solution très simple.

— Dites-leur simplement la vérité. A savoir que l'arbre vous a été offert par un généreux donateur.

— Bonne idée ! Et juste après ça, je leur annonce que l'argent prévu pour une nouvelle table de ping-pong a dû être dépensé dans du matériel de plomberie. Je suis sûr que leur déception de ne pas pouvoir jouer au ping-pong sera compensée par le fait d'avoir un beau sapin.

Exaspérée, Gill le fixa. Mais que fallait-il faire pour que cet homme soit satisfait ?

— Vous savez, dit-elle en croisant les bras sur sa poitrine, beaucoup de gens à votre place seraient ravis de se voir offrir un tel cadeau.

— Vraiment ? Et que savez-vous des gens à *ma place* ?

Beaucoup plus que vous ne le croyez, eut-elle envie de répliquer. Mais elle préféra se taire. Elle connaissait parfaitement le sentiment que l'on éprouvait lorsque l'on voyait, à travers les fenêtres des maisons, les préparatifs d'un Noël que l'on n'avait pas les moyens de célébrer.

— J'essaie seulement d'offrir un moment un peu unique aux enfants. Je ne pense rien faire de mal.

— N'essayez-vous pas plutôt de vous mettre en valeur ? N'est-ce pas ce que font les gens *à votre place* ?

Furieuse, Gill se figea. Comment osait-il ? Elle qui avait tout mis en œuvre pour lui faire une surprise !

Elle détourna le visage afin qu'il ne puisse y voir à quel point elle était blessée… et en colère. Depuis leur première rencontre, il la prenait pour son adversaire alors que son seul désir était de faire du bon travail. Qu'avait-elle fait pour qu'il lui en veuille ainsi ?

En tout cas, elle allait cesser de tenter de l'amadouer. L'arbre était magnifique et s'il était trop borné pour apprécier ses efforts, ou même montrer un semblant de gratitude, eh bien, tant pis pour lui ! Ce n'était plus son problème.

— On a fini ! intervint à ce moment-là le décorateur. Est-ce que vous voulez allumer les lampes pour voir à quoi ça ressemble ?

— Demandez à M. Harrington, rétorqua-t-elle. C'est *son* circuit électrique.

Puis Gill récupéra son manteau et toutes ses affaires, incapable de supporter plus longtemps cette atmosphère hostile.

— Je vais vous dire un truc, ajouta-t-elle sèchement avant de partir. Si vous n'aimez pas ce sapin, pourquoi ne le défaites-vous pas ? Mieux même, pourquoi ne vous l'enfoncez-vous pas dans...

Sa voix se brisa, l'empêchant de finir sa phrase.

Mais ce n'était pas grave. Elle était certaine qu'il avait compris le message.

— Il tiendra compagnie au bâton qui s'y trouve déjà.

4

« Suffisant, buté, détestable... ! »

Gill n'était toujours pas à court d'adjectifs lorsqu'elle ouvrit la porte d'entrée. Qu'est-ce qui n'allait pas chez cet homme ? Elle lui avait trouvé un arbre pour lequel la moitié de la ville serait prête à tuer et il se sentait insulté ? Détestait-il Noël ?

Ou était-ce *elle* qu'il détestait ?

Elle descendit d'un pas lourd les marches du perron, reprochant à l'air froid de décembre de faire monter des larmes à ses yeux. Elle avait tellement cru qu'Oliver allait aimer le sapin, elle était tellement excitée à l'idée de le lui montrer...

— Maudite fête de Noël, murmura-t-elle, en essuyant sa joue d'un geste rageur.

Et maudit Oliver Harrington ! Avec ses maudits yeux bruns et sa maudite carrure ! Elle aurait aimé ne jamais le rencontrer !

Oliver et Maria restèrent un long moment silencieux après le départ fracassant de Gill.

— Vous savez que, parfois, vous pouvez être un véritable imbécile, finit par laisser tomber la bénévole.

Elle n'avait pas besoin de lui dire, c'était exactement ce qu'il ressentait en cet instant.

— Elle voulait faire quelque chose de beau et vous agissez comme si elle vous avait dérobé tout votre argent, reprit-elle. C'est quoi votre problème à la fin ?

Oliver soupira. Il aurait aimé pouvoir lui répondre. Il savait pertinemment qu'il avait agi de manière excessive. Mais lorsqu'il avait vu cet arbre, grand, magnifique, qu'il aurait été incapable d'offrir aux enfants et Gill à ses côtés, avec son visage d'ange radieux comme dans une photo de magazine, il avait brusquement perdu contrôle. *Tout* contrôle.

Il revit la déception de la jeune femme face à sa réaction. On aurait dit une enfant de cinq ans à qui l'on venait de révéler que le Père Noël n'existait pas. Elle avait essayé de lui cacher sa déception, mais les larmes qui brillaient dans ses yeux ne lui avaient pas échappé, tout comme la manière dont ses lèvres avaient tremblé.

Maria avait raison. Il n'était qu'un imbécile !

Gill pouvait dire au revoir à sa promotion. Si elle n'était même pas capable d'organiser une simple fête de Noël, comment Elliot pourrait-il voir en elle une potentielle vice-présidente ? Non seulement la magie de Teaberry n'avait pas opéré, mais en plus, elle lui avait explosé au visage.

L'expression qu'il y avait sur celui d'Oliver... Elle ne parvenait pas à chasser cette image. Il semblait si... irrité. Non ! Pas irrité. Scandalisé !

« Admets-le, Gillian, même si ce n'est pas facile. Cet homme ne t'apprécie pas *du tout*. »

De la buée s'échappa de sa bouche lorsqu'elle soupira. Elle avait tout organisé, elle avait créé ce magnifique sapin, un sapin plus beau que ce qu'avaient jamais pu voir les enfants. Elle avait cru qu'Oliver comprendrait à quel point elle avait à cœur d'aider le centre et, qu'impressionné, il serait content de l'aider dans sa tâche. Au lieu de cela, il la méprisait plus que jamais.

D'accord, peut-être en avait-elle fait un peu trop, comme il le lui avait si gentiment fait remarquer. Et alors ? L'arbre était superbe. Tant pis pour lui si Oliver préférait les guirlandes en papier et les décorations en bâtons de glace au cristal Lalique.

Mais pourquoi avait-elle à ce point besoin de son soutien ? Parce qu'en définitive, qu'il aime l'arbre ou non avait peu d'importance, comme le fait qu'il coopère ou non. L'important était que le nom de McNabb soit dans les journaux.

Alors, pourquoi l'approbation d'Oliver lui importait-elle tant ?

« Tu es jaloux d'un arbre. »

C'était vrai. Depuis qu'il était là, jamais Oliver n'avait pu offrir un tel sapin aux enfants et Gill McKenzie l'avait fait sur un simple coup de fil à son beau-frère millionnaire.

— Alors, qu'avez-vous l'intention de faire ? demanda Maria avec insistance.

— Je ne sais pas encore.

— Dans ce cas, j'ai une suggestion. Et si vous commenciez par vous excuser ?

Oliver hocha la tête. Elle avait raison. Sa réaction était démesurée. Comment Gill aurait-elle pu deviner que cet arbre réveillerait tant de choses en lui ?

Et que sa seule apparence jouait en sa défaveur ?

Car c'était là que résidait tout le problème. Gill McKenzie était chic, elle venait des quartiers résidentiels, elle était tout ce qu'il n'était pas... et ne serait jamais.

« Elle n'est pas Julia », se raisonna-t-il.

Non, elle ne l'était pas, mais elle était comme un rappel de tout ce pourquoi Julia avait choisi de le quitter.

Ce n'était pourtant pas une raison pour lui en vouloir.

D'un autre côté, ce qu'elle pouvait ressentir n'avait pas grande importance. Une fois cette histoire de fête terminée, elle retournerait dans ses quartiers et il ne la verrait plus jamais.

N'empêche... Les lèvres tremblantes de la jeune femme apparurent devant ses yeux. Il s'était vraiment comporté comme un imbécile.

Il devait absolument s'excuser.

Gill était si en colère qu'elle décida de marcher pour tenter de l'évacuer. Lentement, le paysage urbain commença à changer autour d'elle et passa de bâtiments plus ou moins délabrés à ceux, blancs et uniformes, des cités. On était un jour de la semaine, au milieu de la journée, et le quartier était calme. Deux femmes emmitouflées dans leur manteau attendaient à un arrêt de bus. L'une d'elles tenait la main d'un petit garçon dont le visage était caché par une imposante capuche. Il avait un jouet en plastique dans son autre main.

Machinalement, Gill leva les yeux vers les fenêtres des habitations. Elles étaient toutes décorées. L'une d'entre elles, située à l'extrémité du bâtiment, était couverte de flocons de neige en papier et, malgré sa mauvaise humeur, elle ne put s'empêcher de sourire, songeant à tous ceux qu'elle avait découpés avec sa sœur Gwen. Si sa famille n'avait peut-être pas été aussi démunie que certaines de celles qui vivaient ici, on ne pouvait cependant pas dire qu'elles avaient eu une enfance privilégiée. C'était la raison pour laquelle, à chaque Noël, elles confectionnaient les mêmes flocons de neige que ceux qui se trouvaient sur la fenêtre, flocons que leur mère accrochait religieusement, comme si elle avait affaire à une œuvre d'art. Elle faisait de même avec les affreuses décorations fabriquées à l'école et leur sapin finissait couvert de morceaux de carton et de boules en papier mâché. Certes, l'arbre n'aurait gagné aucun prix, mais il était confectionné avec amour.

Son sourire s'éteignit.

Comme le sapin qu'avait prévu de faire Oliver pour les enfants du centre.

— Waouh !

— Il fait au moins dix mètres !

— C'est un vrai sapin ?

— On peut le toucher ?

L'école était terminée et les enfants qui suivaient le programme périscolaire bombardaient Oliver de questions, sans même lui laisser le temps de répondre. Ils adoraient l'arbre, ne cessant de répéter combien il était « génial » et « trop cool ». Chacun de leurs commentaires était un nouveau petit coup dans l'estomac du directeur.

— On dirait que Gill avait raison, dit alors Maria, comme pour en rajouter une couche. Les enfants sont enchantés.

— J'ai remarqué, répondit-il sèchement, tandis que la culpabilité rendait son estomac encore un peu plus douloureux.

— Vous l'avez appelée pour vous excuser ?

— Oui, j'ai essayé. Mais son bureau m'a répondu qu'elle n'était pas là.

Il avait alors tenté de la joindre sur son portable. Sans plus de succès.

— J'essaierai de nouveau tout à l'heure, ajouta-t-il,

la boule dans son estomac semblant s'être maintenant installée sans aucune intention d'en bouger.

— C'est le Père Noël qui a amené l'arbre ? demanda une petite voix à ce moment-là.

Baissant le regard, il découvrit Becky, l'une des plus jeunes fillettes du programme. Elle le fixait, ses yeux noisette écarquillés d'émerveillement.

— Comment est-il rentré dans le traîneau ? continua-t-elle, sans même lui laisser le temps de répondre.

— Tu serais surprise de savoir tout ce que peuvent faire ses lutins, dit alors une voix qu'il connaissait.

Un sapin miniature dans les mains, Gill venait d'entrer dans la pièce. Ses joues étaient roses, ses cheveux en bataille. Mais le sourire qu'elle avait aux lèvres était si éclatant qu'il éclipsa toutes les décorations de la pièce.

— Tu sais, continua la jeune femme en s'approchant d'eux, ils doivent distribuer tous les cadeaux en une seule nuit. Alors ils ont largement la place de mettre un sapin, même grand, sur leur traîneau.

— Et ça, qu'est-ce que c'est ? demanda Becky, en désignant l'arbre qu'elle avait dans les mains.

— Ça ? C'est un mini-sapin. On ne peut avoir une forêt enchantée avec un seul arbre, tu ne crois pas ?

— Ça veut dire quoi « enchantée » ?

— Ça veut dire magique.

Carlos De Garza, le garçon qui les avait entre-temps rejoints, eut un haussement d'épaule dédaigneux.

— Ça n'existe pas, un sapin magique, affirma-t-il d'un ton très assuré.

— Tu en es bien sûr ? demanda Gill.

— Oui. Je n'en ai jamais vu.

— Tu n'as jamais vu d'éléphants non plus dans ton jardin. Cela ne veut pourtant pas dire qu'ils n'existent pas.

— Moi, j'ai vu un éléphant, au zoo ! s'écria joyeusement Becky.

— Ce sapin vient de la région où j'ai grandi, expliqua alors Gill. Et là-bas, les gens croient en la magie des arbres.

— Vraiment ?

Le petit garçon semblait beaucoup moins assuré soudainement.

— Hum, hum.

Gill jeta vers Oliver un regard interrogatif, ne sachant pas si elle pouvait continuer ou non. Gêné, il ressentit une nouvelle pointe de culpabilité. C'était son attitude qui la faisait ainsi hésiter. D'un hochement de tête, il l'invita à poursuivre, aussi impatient que les enfants d'entendre la suite de l'histoire.

La femme qui se tenait devant lui et parlait de sapins magiques n'avait rien à voir avec la Gill McKenzie tout droit sortie des magazines qu'il avait rencontrée le matin même.

S'approchant alors du grand sapin, elle en arracha quelques épines.

— Ce sapin n'est pas n'importe quel arbre, expliqua-t-elle en se retournant vers les enfants. C'est un arbre de Teaberry.

— Et alors ? demanda Carlos.

— Alors, les gens croient que si l'on touche une branche d'un de ces arbres en faisant un vœu, il se réalisera.

Sceptique, le petit garçon fronça les sourcils.

— Je n'y crois pas. Ce n'est pas possible, déclara-t-il.

Becky, en revanche, buvait les paroles de Gill.

— Et ils se réalisent ? demanda-t-elle, les yeux plus écarquillés que jamais.

— Parfois, répondit Gill en jetant un furtif regard vers Oliver. Mais seulement si la personne désire *vraiment* que son vœu devienne réalité.

Elle s'accroupit alors pour se mettre au niveau des enfants et leur tendit les épines.

— Vous savez, j'ai une théorie. En fait, je crois que la vraie magie est à l'intérieur de chacun de nous et que les arbres *savent* quand une personne croit très fort en son vœu et fait tout pour qu'il se réalise. Et lorsqu'ils voient tous les efforts faits par cette personne pour y arriver, alors ils la récompensent.

— Comme quand on fait ses devoirs et qu'après, on a une bonne note ? demanda Becky.

— Exactement. Ou comme quand on travaille son tir en suspension pour pouvoir entrer dans l'équipe de basket de la faculté.

— Mais à quoi sert le petit arbre ?

— Eh bien, comme je l'ai dit, il fait partie de la forêt enchantée.

— Mais il n'a même pas de décoration, s'éleva une voix qu'Oliver reconnut comme étant celle de Dontrell, l'un des garçons les plus âgés.

Gill sourit, ses yeux s'écarquillèrent pour devenir presque aussi grands que ceux de Becky.

— Alors, je suppose qu'il va falloir y remédier. Oliver m'a dit que vous alliez confectionner les décorations aujourd'hui, c'est ça ?

Becky leva les yeux vers celui-ci, qui confirma d'un hochement de tête.

— Si vous le voulez, bien sûr, s'empressa-t-il d'ajouter.

— Alors, les enfants, je crois qu'il va falloir en fabriquer beaucoup, parce qu'il y a des dizaines de mini-sapins qui ne devraient pas tarder à arriver. Suffisamment pour que vous puissiez avoir chacun le vôtre.

Elle aurait annoncé l'arrivée imminente du Père Noël qu'elle n'aurait pas provoqué plus d'euphorie. Les enfants explosèrent en cris de joie.

— Est-ce qu'on pourra les garder ? demanda l'un d'entre eux.

— Bien sûr, répondit Gill, un large sourire aux lèvres. Vous pouvez même les ramener chez vous pour le réveillon.

— Est-ce qu'ils vont être magiques, eux aussi ? se renseigna Becky.

— Peut-être, répondit la jeune femme d'un ton mystérieux. Peut-être...

Oliver observa les enfants qui, entourant Gill, la bombardaient de questions un peu comme ils l'avaient fait avec lui quelques instants auparavant. Elle répondait à leur enthousiasme avec la même exaltation et il ne put s'empêcher d'être impressionné. Pour une femme des quartiers chic, elle se sentait beaucoup plus à l'aise avec ces enfants défavorisés qu'il ne l'aurait imaginé.

— On dirait que vous lui devez plus que des excuses, murmura alors Maria à son oreille.

Il approuva d'un hochement de tête, incapable de détacher son regard du visage radieux de Gill.

— Oui, reconnut-il. Je le crois aussi.

5

Comme promis, les nouveaux arbres arrivèrent très vite et les enfants se bousculèrent pour aller choisir celui qui serait *leur* sapin. Gill observait la cohue, particulièrement satisfaite de ses talents pour résoudre les problèmes. Les petits étaient heureux, Peter allait l'être… et Oliver l'était aussi.

Elle jeta un regard vers lui. La façon dont il souriait lui fit éprouver un profond sentiment de fierté.

Il dut sentir son regard car il se tourna vers elle. Un frisson la parcourut. Elle ne l'avait jamais remarqué auparavant, mais ses yeux avaient des reflets verts. Et il avait des fossettes. Y avait-il beaucoup d'autres choses qui lui avaient échappé ?

Après avoir pris un des mini-sapins, elle se dirigea vers lui.

— C'est une offrande de paix ? demanda-t-il, acceptant l'arbre qu'elle lui tendait.

— En fait, il restait de la place dans le traîneau. Mais je pense que ce n'est pas le plus beau…

— Il n'est pourtant pas mal.

Un frisson la parcourut de nouveau. Peut-être n'était-il pas si bourru, après tout.

— On dirait que les enfants aiment mon idée, dit-elle

en regardant dans leur direction. Tout comme ils semblent apprécier mon sapin.

Elle n'avait pu résister au plaisir d'ajouter ces derniers mots.

— A propos de ça, je...

Il passa sa main libre derrière sa nuque et se la massa lentement. A son air gêné et la façon dont il évitait son regard, Gill devina rapidement que reconnaître une erreur n'était pas quelque chose qu'il avait l'habitude de faire.

— Je... je pense que j'ai réagi de façon un peu excessive.

— Un peu ? ne put s'empêcher de souligner Gill.

— Oui... enfin, peut-être plus qu'un peu. J'ai vu l'arbre, les décorations et... c'est compliqué.

— Je comprends.

— Vraiment ?

— Oui. Ça m'a pris quelques minutes, ou plutôt quelques centaines de mètres, mais oui, je comprends. Vous vouliez protéger les enfants. Vous ne vouliez pas qu'ils se fassent une mauvaise idée. Et peut-être... peut-être me suis-je moi-même un peu emballée.

Elle prit une profonde inspiration. Admettre qu'elle pouvait avoir eu tort n'était pas particulièrement facile pour elle non plus.

— Un peu ?

— D'accord, un point pour vous. Mais vous ne pouvez qu'admettre que ce sapin *est* magnifique.

— Il est vraiment à couper le souffle, reconnut-il, en plantant son regard dans le sien.

Soudainement, l'atmosphère devint étouffante et, l'espace d'un instant, Gill eut l'impression que c'était d'elle dont il parlait, non de l'arbre. Une bouffée de chaleur monta en elle, prenant sa source dans le bas de son ventre et se propageant dans ses membres, sa poitrine, jusqu'à totalement la submerger.

Oliver reporta son attention sur les enfants et la sensation de chaleur disparut immédiatement.

— Donc, reprit-il en s'éclaircissant la gorge, vous avez ramené aux enfants les arbres magiques de Teaberry, hein ?

Gill sourit. Elle qui n'était généralement pas très douée pour raconter les histoires avait été la première surprise de la facilité avec laquelle les mots étaient sortis de sa bouche.

— Que voulez-vous, je viens du Sud et c'est une terre de légendes. J'ai toujours entendu celle-ci et, quand elle était petite, ma sœur Gwen y croyait dur comme fer... peut-être même un peu trop, ajouta-t-elle, songeant au mot se trouvant dans sa poche.

— Mais pas vous.

C'était une affirmation, pas une question, et elle apprécia que ce fait lui parût évident.

— Mais je crois ce que j'ai dit aux enfants — ce sont les gens qui créent leur propre magie. Si vous voulez quelque chose dans la vie, c'est à vous de faire ce qu'il faut pour que cette chose arrive.

Oliver l'observait, une lueur étrange dans le regard.

— Est-ce la voix de l'expérience qui parle ?

— A votre avis ?

Pour toute réponse, il lui offrit un sourire malicieux.

— N'empêche que vous vous retrouvez ici, à parler magie, entourée de sapins de Teaberry. C'est toujours amusant de voir le pouvoir de Noël sur les gens. Ils ont vite tendance à replonger dans leur passé et à songer à leur ancien foyer.

— C'est exceptionnel, je vous assure, protesta-t-elle.

Peut-être était-ce la façon dont il avait prononcé le mot *foyer*, mais l'entendre dans sa bouche avait provoqué en elle une sorte d'agitation qu'elle n'arrivait pas à expliquer, comme si quelque chose commençait à grignoter ses projets. Et elle avait déjà éprouvé ce sentiment un peu plus tôt dans la journée, pendant qu'elle s'occupait de la décoration de l'arbre.

— J'ai pris, il y a très longtemps, la décision de m'éloigner le plus possible de Towering Pines, expliqua-t-elle. Et si Gwen n'y vivait pas, jamais je n'y serai retournée.

— Un pas en avant, trois pas en arrière, c'est ça ?

Il y avait, dans sa voix, une certaine dureté qui la surprit.

— Quelque chose comme ça, oui.

Carlos, Becky et quelques autres jouaient, au milieu des cris et des éclats de rire, avec les branchages et les décorations laissés à terre. Gill ne put s'empêcher de sourire devant tant de gaieté et cette capacité qu'avaient les enfants à s'amuser avec un rien.

— Visiblement, vous n'avez pas laissé les décorateurs s'occuper d'autre chose que du sapin, remarqua-t-elle, après que ses yeux se furent posés sur les murs. C'est parce que vous ne voulez pas de décorations dans la pièce ?

— Si, bien sûr, mais je leur ai dit que je m'en occuperai moi-même. Après notre petite discussion, j'ai bien compris qu'ils n'avaient pas particulièrement envie de rester avec un homme ayant un bâton dans...

Il détourna le regard et le rouge monta à ses joues. Gill sentit ses propres joues s'empourprer à leur tour.

— Je tiens sincèrement à m'excuser. Je suis peut-être allée un peu loin, mais avouez que vous êtes un peu...

— Coincé ?

— J'allais plutôt dire grincheux.

Leurs yeux se croisèrent. Il y avait un sourire dans ceux d'Oliver.

— Bon, maintenant que nous arrivons à nous parler calmement, vous croyez qu'on pourrait essayer de repartir de zéro ? demanda-t-elle. Faire une trêve, en quelque sorte ?

Oliver tourna le visage en direction des enfants, toujours en train de jouer en riant.

— Il faut voir. Nous pourrions au moins essayer.

Sur ces mots, il prit la main de Gill dans la sienne, comme pour sceller leur accord. Leurs deux paumes s'accordaient parfaitement et la sensation de chaleur monta de nouveau en elle.

— Qu'est-ce que c'est que ça ? entendit-elle Carlos s'exclamer à ce moment-là.

Se tournant vers lui, elle le vit brandir une branche pleine de petites boules blanches perdues dans de nombreuses feuilles vertes et ornée d'un gros ruban rouge. Visiblement, il l'avait trouvée dans le sapin. Gill sentit ses joues s'enflammer de nouveau. *Gwen, je vais te tuer !*

— Est-ce qu'on peut manger ces fruits ? demanda le garçon, en s'approchant d'eux.

Oliver lâcha alors la main de Gill, qui en éprouva un petit pincement au cœur. Puis il prit la branche des mains de Carlos.

— Surtout pas ! Si tu le fais, tu risques d'être malade. C'est du gui.

— Mais si on ne le mange pas, alors qu'est-ce qu'on fait avec ?

— On l'accroche généralement au-dessus d'une porte, expliqua Gill. Et si tu te trouves dessous en même temps qu'une fille, le soir de Noël, alors tu peux l'embrasser.

— Et elle ne peut pas me gifler ?

— Non, répondit Oliver, avec un sourire. Elle ne peut pas.

— Super ! Où est-ce que vous allez l'accrocher ?

Visiblement, cette tradition éveillait particulièrement l'intérêt de l'enfant.

— Nous verrons, Carlos. Mais j'ai l'impression que Maria est en train de distribuer le matériel pour faire les décorations. Tu ferais mieux de te dépêcher d'aller la rejoindre.

Il attendit que le garçon se fût éloigné avant de lever la branche pour mieux l'examiner.

— Du gui ? Laissez-moi deviner. Votre sœur croit aussi en ses pouvoirs magiques ou c'est une idée à vous ?

Gill secoua la tête, les joues brûlantes... mais cela n'avait rien à voir avec le fait qu'elle s'était imaginée, un très court instant, sous le gui avec Oliver !

— Elle a dû le glisser avec le sapin pour rendre Noël encore plus magique. Je ne l'avais même pas remarqué.

— En tout cas, c'est une magie qui semble beaucoup plaire à Carlos.

— Effectivement. Allez-vous l'accrocher ?

— Je ne sais pas, répondit-il en haussant les épaules. Qu'en pensez-vous ?

Gill frissonna. Encore cette sensation de chaleur. Mais qu'est-ce qu'il lui arrivait ? Depuis qu'elle était revenue au centre, elle agissait de manière parfaitement inhabituelle. Depuis quand la proximité d'un collègue masculin la troublait-elle ? Il était évident qu'un homme n'avait aucune place au milieu de ses quatre-vingts heures hebdomadaires, alors pourquoi un simple regard d'Oliver lui faisait-il cet effet-là ?

— Je vais finir la décoration, déclara-t-elle, décidant qu'il était temps de mettre un peu de distance entre eux.

Elle passa les heures suivantes à accrocher verdure et drapeaux, jusqu'à ce que sa conscience lui souffle qu'elle devait peut-être songer à retourner au bureau s'occuper de ses autres clients. Sauf qu'elle était habillée pour faire du travail manuel et qu'il était aussi simple de tout faire en une fois plutôt que d'avoir à revenir. Sans compter qu'elle savait exactement ce qu'elle voulait comme forêt enchantée et qu'elle ne voulait en confier la réalisation à personne d'autre.

Ce fut ce dernier argument qui l'emporta. Après tout, le but n'était-il pas d'avoir une fête réussie ?

Et cela n'avait rien à voir avec l'homme qui était, en ce moment, à côté, en train de finir de repeindre la cuisine.

Les enfants étaient maintenant partis et elle accrochait la dernière guirlande autour de la porte de la pièce commune lorsque la sonnerie spéciale de son téléphone lui indiquant qu'il était l'heure de son cours de Pilates retentit. Il ne pouvait quand même pas déjà être dix-huit heures, si ? Un coup d'œil à l'écran lui confirma l'horaire.

— Le temps semble passer beaucoup plus vite ici, vous ne trouvez pas ? fit alors remarquer Oliver, qui s'essuyait les mains, adossé contre le chambranle de la porte.

Gill le fixa. Sa casquette et le haut de sa chemise étaient parsemés d'éclaboussures blanches tandis que son visage paraissait hâlé — sans doute à cause du temps passé dans un endroit fermé. On pouvait dire que le travail manuel lui allait bien. Vraiment bien.

Visiblement, la prise de distance n'avait pas eu les effets escomptés !

— Ça m'arrive tout le temps, continua-t-il, inconscient de ce qu'il provoquait chez elle. J'en suis même venu à me demander si je n'aurais pas plus vite fait d'installer un lit directement dans mon bureau.

— Et moi, je me demande pourquoi vous ne le faites pas, commenta Maria en enfilant son manteau. Excusez-moi, mais je dois rentrer à la maison, histoire de voir si mes enfants se souviennent encore de moi. Gill, je voulais vous dire que votre sapin était magnifique. Et je voulais aussi ajouter, même si cela n'a pas beaucoup d'importance, que c'est exactement ce que j'ai dit à M. Grincheux, ici présent.

Le rouge monta immédiatement aux joues d'Oliver.

— Je me suis déjà excusé pour mon comportement, protesta-t-il d'une voix sourde.

— Eh bien, ça ne vous ferait pas de mal de vous excuser une fois encore, lança Maria par-dessus son épaule.

Puis le bruit de ses pas s'éloigna et la porte d'entrée claqua. Gill et Oliver étaient seuls.

6

Oliver passa une nouvelle fois la main derrière sa nuque pour la masser.

— Elle ne me laisse pas passer grand-chose, remarqua-t-il.

— Au moins, elle dit ce qu'elle pense.

— Là-dessus, il n'y a aucun doute !

Ils restèrent un moment face à face dans un silence gêné, se souriant l'un, l'autre. Gill soupira. Quelque chose avait changé dans sa perception d'Oliver depuis l'éclat de voix de ce matin. Certes, il s'était excusé mais il n'y avait pas que ça. Elle le voyait maintenant sous un jour différent et avait compris, après l'avoir observé toute la journée avec les enfants, à quel point dans ce centre, parmi eux, il était dans son élément.

Mais les enfants n'étaient plus là. Et l'atmosphère entre eux était brusquement devenue chargée.

— Il est temps que j'y aille, dit-elle pour briser le silence, consciente qu'elle avait déclaré exactement la même chose trois heures auparavant.

— Vous retournez au boulot ?

— Je crois qu'il est trop tard. Non, je vais plutôt rentrer chez moi, je pourrai toujours consulter mes e-mails de là-bas.

Elle se dirigea vers le piano sur lequel étaient posés ses

affaires et son portfolio. Le gui se trouvait juste à côté. Elle le prit avec un petit rire.

— Vous avez finalement décidé de décevoir Carlos ?

— Non, je vais l'accrocher. Je voulais juste attendre que tout le monde soit parti, afin que la séance du baiser ne commence pas trop tôt. J'ai comme l'impression qu'il va falloir le surveiller de près.

— Les garçons seront toujours des garçons, rétorqua-t-elle en faisant tourner la surprise de sa sœur entre ses doigts.

— Certes. Mais rien ne m'interdit de rendre ses projets un peu plus difficiles que prévu, dit-il.

Après avoir traversé la pièce, il se dirigea vers un grand panneau couvert d'affiches et de prospectus situé près de l'estrade. Décrochant l'un d'entre eux, il en prit la punaise.

— Venez avec moi, ordonna-t-il ensuite.

Gill obéit et le suivit jusqu'à l'entrée principale. Sans un mot, il prit la branche de gui de sa main, planta la punaise dans le ruban rouge et fixa le tout au chambranle de la porte.

— Voilà, dit-il d'un ton satisfait. Maintenant, je peux voir ce qu'il se passe, quel que soit l'endroit où je me trouve dans cette pièce.

— Bien joué, reconnut-elle, les yeux fixés sur la branche verte. Si l'Opération Gui venait à déraper…

— Je pourrais immédiatement intervenir.

Ils baissèrent le visage au même moment et leurs regards se croisèrent.

L'air se figea. A moins que ce ne fût la respiration de Gill. Le regard d'Oliver glissa sur sa bouche avant de revenir à ses yeux. Le tissu de sa chemise frôla le bord de sa veste. Jamais ils n'avaient été si proches l'un de l'autre.

Mais aucun ne bougeait. Il y avait de la peinture sur les cheveux et le visage d'Oliver, des petits points blancs entouraient les ailes de son nez. Gill eut une irrépressible envie de les essuyer d'une caresse, puis de glisser ses doigts dans ses cheveux bruns...

Brusquement, il rompit le silence.

— J'en ai pour quelques minutes à fermer le centre puis je vous raccompagne à votre voiture, dit-il. Ce n'est pas très prudent de marcher seule dans les rues une fois la nuit tombée.

— Ne vous inquiétez pas, le rassura-t-elle, tout en songeant qu'il n'avait pas hésité à laisser Maria partir seule. Je vais appeler un taxi.

— Un taxi va mettre une éternité pour arriver jusqu'ici à cette heure. Il n'est d'ailleurs pas certain qu'il accepte de venir dans ce quartier. Je vais vous reconduire moi-même.

— Je... je...

Avec Oliver si près d'elle, son cerveau semblait incapable de fonctionner. Bien sûr, elle aurait pu reculer, mais même ses pieds refusaient de bouger.

— Je ne veux pas vous retarder, finit-elle par pouvoir articuler.

— Considérez cela comme une manière de m'excuser de nouveau.

Si elle n'avait été proche de lui au point de sentir son souffle sur sa peau, elle lui aurait répondu qu'elle n'avait pas besoin d'être raccompagnée. Mais elle *était* proche de lui et l'idée de troquer cette proximité pour un trajet dans un taxi sombre et froid lui parut brusquement ridicule.

— Dans ce cas, si cela ne vous gêne pas...

Il sourit.

— Attendez-moi là. Je vais chercher mes clés et mon blouson.

— Pendant ce temps, et tandis que je faisais tout mon possible pour essayer de convaincre ce magazine de faire un article sur elle, ma cliente avait décidé de « moderniser » son image. Et lorsque les photographes sont arrivés chez elle, elle était vêtue d'un tailleur en cuir et d'un bustier en dentelle !

— Attendez... vous ne m'aviez pas dit qu'elle avait soixante ans ?

— Si.

— Waw !

— Comme vous dites, confirma Gill. Et le pire, c'est que l'article devait porter sur les valeurs de sa famille conservatrice.

Oliver éclata de rire.

— Eh bien après ça, Peter McNabb doit vous paraître du gâteau !

— Ça l'est, en effet.

Elle le regarda par-dessus la tasse de son thé vert. Qu'était-elle en train de faire ? Il était censé la ramener chez elle, comment avait-elle fini dans ce restaurant discret d'un quartier de Chinatown qu'elle ne connaissait même pas ?

Tout avait commencé lorsqu'ils étaient montés dans la camionnette d'Oliver — la dernière fois qu'elle était entrée dans un tel engin, c'était quand Bill Travers l'avait emmenée à la fête des anciens élèves, en dernière année de lycée. Elle s'était glissée sur le siège passager et avait été étonnée par l'étroitesse et la pénombre de l'habitacle. Elle n'avait pas souvenir d'avoir éprouvé cette sensation d'intimité dans la camionnette de Bill. Elle était en train de boucler sa ceinture, espérant que le froid allait mettre un terme à cet étrange sentiment, quand son estomac s'était soudainement manifesté. Bruyamment.

Oliver, qui n'avait pas eu d'autre choix que d'entendre, lui avait alors demandé à quand remontait son dernier repas.

— A ce matin, avait-elle avoué.

— Moi aussi, avait-il répondu en faisant démarrer le

moteur. J'avais l'intention de déjeuner à midi mais je n'ai pas cessé d'être dérangé.

Par elle et ses arbres...

Gill avait cru que cet échange marquerait la fin de la conversation, mais son estomac avait continué de gargouiller, sans relâche. Au carrefour suivant, Oliver s'était tourné vers elle.

— Vous aimez la nourriture chinoise ? avait-il demandé.

Elle avait hoché la tête en signe d'acquiescement. C'était d'ailleurs sa nourriture préférée.

— Il y a un restaurant, pas très loin d'ici, qui sert un délicieux poulet Kung Pao. Ça vous dirait d'aller y faire un tour ?

Gill avait hésité. Sa raison lui avait conseillé de refuser : son téléphone était plein d'e-mails attendant une réponse et elle devait appeler Gwen pour lui faire part du succès qu'avait eu son arbre auprès des enfants.

Mais elle était assise tout à côté d'Oliver, dans sa camionnette faiblement éclairée et elle avait accepté. « C'est une sorte de réunion de travail », s'était-elle convaincue. Ils auraient ainsi l'occasion de parler de la fête et de la manière dont elle allait en faire la publicité.

Et maintenant, une heure plus tard, ils étaient assis à l'arrière de ce restaurant à moitié vide et avaient parlé de tout sauf de la fête de Peter McNabb — dont c'était la première fois qu'ils évoquaient le nom. Gill ne put s'empêcher de se demander une fois encore quand et pourquoi la relation entre eux avait évolué de manière si spectaculaire.

Elle prit une gorgée de thé, remarquant les yeux d'Oliver posés sur sa bouche. Elle songea au moment passé sous le gui et s'interrogea : depuis combien de temps n'avait-elle pas été ainsi attirée par un homme ? En même temps, comment aurait-elle eu le temps de se rendre à des rendez-vous quand elle était en train de construire sa carrière ?

Etre seule était un choix à faire pour réussir. D'ailleurs, les rendez-vous ne lui manquaient pas particulièrement et ce dîner n'en était certainement pas un, même si la lumière tamisée et la musique douce lui donnaient un petit caractère romantique.

— Hé, vous êtes avec moi ? demanda alors Oliver, de l'autre côté de la table, la sortant brusquement de ses pensées.

— Excusez-moi, je pensais au travail, répondit-elle, ce qui était à moitié vrai. Je vais avoir beaucoup à faire demain !

— Est-ce une manière de me dire que vous voulez partir ?

— Non, pas déjà. Pour être sincère, je passe un agréable moment.

Mais qu'était-elle en train de faire ? Il venait de lui tendre une perche et elle ne la saisissait pas ?

— Moi aussi, répondit-il, en plantant sa fourchette dans un brocoli. Et je trouve très appréciable de manger de la nourriture chinoise qui ne soit pas dans une boîte en carton.

— Ne m'en parlez pas. Le traiteur à côté de chez moi me connaît par mon prénom.

— J'ai entendu dire que c'était un des dangers qui guettaient les acharnés du travail.

— Dixit l'homme qui est resté jusque très tard le soir, pour réparer une fuite, rétorqua-t-elle, tout en prenant l'assiette de porc grillé qu'il lui tendait.

— Un point pour vous. Sauf que dans mon cas, je n'ai guère le choix. Le budget du centre ne permet pas de déléguer, soit, dans le cas présent, de faire venir un plombier. Et vous, quelle est votre excuse ? demanda-t-il, tout en piquant maintenant dans du poulet à la citronnelle.

— J'aime travailler. J'aime mon travail. J'aime faire en sorte que les choses arrivent.

— Et vous y parvenez ? A faire en sorte que les choses arrivent ?

— Tout le temps, répondit-elle, avec un sourire.

A ce moment-là, la serveuse arriva pour leur apporter l'addition, accompagnée des classiques petits gâteaux divinatoires. Oliver porta la main à la poche arrière de son pantalon.

— Laissez-moi vous inviter, dit-elle. Considérons cela comme une note de frais.

Il l'observa, la tête légèrement penchée de côté.

— C'est tout ce que c'était ? Un dîner professionnel ?

— Tout est professionnel dans ma vie, répliqua-t-elle.

Sa réponse lui valut un regard étrange qu'elle ne parvint pas à déchiffrer. Il n'était quand même pas déçu ? Pensait-il vraiment que ce dîner signifiait autre chose ou était-ce elle qui souhaitait comprendre ça... ?

Non, il n'y avait aucun souhait de sa part, se reprit-elle. Elle ne voulait rien de plus dans sa vie que ce qu'elle avait déjà.

Coupant court à ses pensées, elle prit l'assiette de gâteaux.

— Allez-y, choisissez, dit-elle en la lui tendant. Mais vous devez dire tout haut ce que vous réserve le futur.

— Très bien.

Il déchira précautionneusement l'emballage et en sortit la fine feuille blanche.

— « Ce après quoi vous courez sera bientôt à vous », lut-il. J'espère que cela signifie que je vais bientôt avoir une nouvelle camionnette.

— Ou un crédit pour la plomberie, fit remarquer Gill.

— Ça, ce serait une bonne nouvelle ! A votre tour. A moins que vous n'ayez peur de rendre jaloux l'arbre magique ?

— Très drôle mais je pense qu'il comprendra, riposta-t-elle en déchirant le papier. Oh ! C'est le même que vous. Ce n'est pas drôle.

— Peut-être sont-ils arrivés au fond de la boîte. Soit c'est ça, soit cela signifie que nous recherchons la même chose.

— Ce qui n'est pas complètement faux.

— Ah bon ?

Elle croisa les yeux d'Oliver. Comment pouvait-il y avoir tant de nuances dans la couleur d'un iris ? Sous la lumière du restaurant, le vert et le doré s'étaient mêlés pour créer une teinte ambrée. Elle aurait pu jurer que son regard dansait, comme la flamme d'une bougie.

— N'est-ce pas évident ? Nous voulons tous les deux que la fête soit réussie.

— Evidemment. La fête.

— Et si c'est un succès, nous aurons tous deux « ce après quoi nous courons ».

— J'espère que vous avez raison.

S'adossant à son siège, il baissa les yeux. Bien qu'elle ne fût plus capable de les voir, Gill eut l'impression que la flamme dansante en avait disparu et, sans savoir pourquoi, l'idée la contraria.

Décidant de l'écarter, elle leva sa tasse de thé à moitié vide.

— Et si l'on portait un toast à notre bonne fortune ? proposa-t-elle. A un événement réussi !

— Et à l'obtention de ce après quoi nous courons, ajouta-t-il, en levant à son tour sa tasse.

7

Il neigeait lorsqu'ils quittèrent le restaurant. Les flocons tombaient sur le visage et les cheveux de Gill, les maculant de cristaux blancs. Oliver observait leur éclat. Lorsqu'elle sourit, la lumière des réverbères fit scintiller l'eau qui couvrait ses joues et ses cils.

— Regardez ! La première neige de l'hiver, dit-elle. C'est joli, n'est-ce pas ?

— Superbe, répondit-il.

Oliver frissonna. Elle parlait de la neige. Pas lui. L'humidité faisait briller les lèvres parfaitement dessinées de Gill et il n'avait qu'une envie : en suivre le contour de sa langue pour voir si elles étaient aussi douces qu'elles en avaient l'air.

Il avait été assailli toute la soirée par ce genre de pensées. Très exactement depuis l'instant où ils s'étaient tous deux trouvés sous le gui. Son corps entier se raidit lorsqu'il songea à ce moment-là. Ils étaient si proches qu'il avait eu l'impression que les fibres du pull de la jeune femme touchaient sa chemise lorsqu'elle respirait. Si proches qu'il aurait pu, en avançant la tête de seulement quelques centimètres, s'emparer de sa bouche...

Enfonçant les mains dans les poches de sa veste, il secoua la tête pour effacer cette image et se concentra sur un sujet de conversation parfaitement neutre.

— J'espère que mon ticket de stationnement est encore valable, dit-il au bout d'un moment.

— Pourquoi ? Vous pensez que nous sommes restés si longtemps au restaurant ?

— Difficile à dire. Je ne me souviens pas de l'heure à laquelle nous sommes arrivés.

Oliver soupira. Qu'est-ce qu'il lui avait pris de proposer ce dîner ? Un homme sensé aurait reculé d'au moins un pas lorsqu'ils s'étaient trouvés sous le gui. Puis il aurait commandé un taxi à la jeune femme et lui aurait dit au revoir. Mais pas lui. Il lui avait proposé de la reconduire chez elle, mais aussi d'aller au restaurant. Qu'est-ce qu'il lui avait pris ? Certes, l'estomac de Gill avait gargouillé, et alors ?

La vérité était qu'il n'avait tout simplement pas réfléchi. Il faisait sombre et il régnait une odeur de verdure dans la camionnette. Il s'était cru un instant encore sous le gui et les mots étaient sortis de sa bouche sans qu'il ne puisse rien y faire.

Ils étaient maintenant arrivés à son pick-up. Il en ouvrit la portière et Gill se glissa aussi prestement que la première fois sur son siège. Il ne s'était pas attendu à ce qu'elle se sente si à l'aise dans un tel véhicule. Puis elle posa son manteau en cashmere sur ses longues jambes fines, parfaitement mises en valeur par un jean moulant.

Il referma rapidement la portière pour mettre un terme à cette vision, mais cela ne suffit pas. A peine fut-il installé derrière le volant, dans cet espace sombre et exigu, que ses pensées reprirent leur cours. Il fallait que ça cesse ! Qu'allait-il s'imaginer ? Gill ne pensait qu'à son travail, qu'à « réussir à avoir ce qu'elle voulait ». Elle le lui avait clairement dit. Quand lui avait des pensées déplacées sur la manière de lécher les flocons de neige sur son visage, elle ne faisait que penser au prochain échelon qu'elle allait gravir.

Les types comme lui, portés par d'autres motivations que la seule réussite professionnelle, n'apparaissaient même pas sur les écrans radar des femmes comme elle. Ou s'ils le faisaient, cela ne durait pas longtemps. C'était une des leçons que lui avait apprises Julia.

— Bien. Où va-t-on à présent ? demanda-t-il en faisant démarrer le moteur.

— A Beacon and River, répondit-elle. C'est de l'autre côté du Comm...

— Je sais où c'est, la coupa-t-il d'une manière beaucoup plus brusque qu'il n'en avait eu l'intention.

— Cela vous pose un problème ?

— Non, pas du tout.

C'était juste que ces trois mots venaient de lui faire l'effet d'une douche glacée. Tout était décidément fait pour qu'il n'oublie pas la leçon !

— Oh ! Excusez-moi, je me trompe peut-être, mais vous avez vraiment l'air contrarié. Si c'est à cause de la circulation à cette heure-ci...

— Cela n'a rien à voir avec la circulation.

Il fallait qu'il se reprenne. Elle ne lui avait rien fait. Il ne pouvait pas lui en vouloir pour l'endroit où elle vivait. Ni pour son mode de vie.

— C'est juste que j'avais une amie qui habitait dans le quartier, expliqua-t-il. C'est tout.

— Oh ! Je vois...

Elle n'ajouta rien, mais il sentait son regard posé sur lui.

— D'après le ton de votre voix, je devine que la nature de votre relation a changé, mais pas l'adresse, reprit-elle au bout d'un moment.

— On peut dire ça effectivement.

Le reste du trajet se poursuivit sans qu'ils échangent un autre mot. Lentement, les parkings et les magasins de proximité avaient laissé la place aux gratte-ciel de verre des compagnies d'assurances et ils étaient maintenant arrivés dans le quartier luxueux de Back Bay, dont les immeubles majestueux étaient rénovés dans le plus pur respect historique — Black Bay interdisait les constructions modernes. Les gens se pressaient vers les stations de métro, nombre d'entre eux portant des sacs remplis de courses en plus de leurs serviettes.

Oliver sentit Gill bouger à côté de lui. S'en voulant d'avoir coupé court à toute conversation par la sécheresse de son ton, il chercha un sujet pour renouer le dialogue.

— Il y a beaucoup de monde dans les rues aujourd'hui, remarqua-t-il. Vous avez déjà fait vos achats de Noël ?

Ce n'était pas extraordinaire comme sujet mais visiblement, il convint à Gill car elle s'empressa de répondre à sa question.

— Je n'ai pas encore commencé. Je cours après le temps. Mais heureusement, je n'ai que Gwen et sa famille à m'occuper.

Oliver remarqua que sa voix avait changé lorsqu'elle avait évoqué sa sœur. Elle était devenue plus douce, plus sereine. C'était une intonation qu'elle avait déjà eue lorsqu'elle avait parlé des arbres de Teaberry. Elle devait avoir une relation très forte avec sa sœur. Mais pourquoi ne mentionnait-elle à aucun moment ses parents ?

— A vrai dire, je vais probablement faire ce que je fais chaque année : attendre la dernière minute et ne plus savoir m'arrêter quand je commencerai à acheter, poursuivit-elle. Et vous, avez-vous déjà fait vos emplettes ?

— J'ai déjà quelques cadeaux pour les enfants du centre... et pour Maria, bien sûr.

— Bien sûr.

Il sentit de nouveau son regard sur lui.

— Vous n'avez pas de famille ? demanda-t-elle. Ou vous n'avez pas encore fait leurs cadeaux ?

— Mon père et moi ne nous... enfin, nous ne fêtons pas Noël ensemble.

— Oh ! Je suis sincèrement désolée d'avoir été aussi indiscrète.

— Ne le soyez pas. En fait, cette situation nous satisfait tous les deux. Il est ainsi libre de boire toute la journée, et moi je n'assiste pas à ce sordide spectacle.

— Oh !

— Excusez-moi, je ne sais pas pourquoi je vous dis ça.

Les mots étaient sortis de sa bouche malgré lui. Jamais il n'avait parlé de son père. Pourquoi avait-il fallu qu'il le fasse *maintenant* ?

— Eh bien, si c'est comme ça que ça se passe...

— *C'est* comme ça que ça se passe. S'il n'y avait pas le centre... J'ai grandi à quelques rues de celui-ci.

— Je comprends mieux pourquoi vous lui êtes si dévoué.

Dévoué n'était pas un mot assez fort, songea-t-elle.

— Cet endroit m'a sauvé, expliqua-t-il. Il m'a montré que ma vie pouvait être autre chose qu'une succession de beuveries et de chômage. En fait, c'est un bénévole du centre qui m'a un jour expliqué que j'avais les qualités requises pour faire Harvard.

— Vous êtes allé à Harvard ? A l'*université* d'Harvard ?

— Non, je suis allé à l'école maternelle d'Harvard, beaucoup moins connue, je vous l'accorde, répliqua-t-il d'un ton sarcastique.

— Excusez-moi ! Je ne voulais pas vous offenser.

— Ne vous inquiétez pas, vous n'êtes pas la première à réagir de cette façon. Allez-y, posez-moi la question suivante.

— Quelle question suivante ?

— Ce qu'un gars diplômé d'Harvard peut faire à la tête d'un centre social, quand il pourrait diriger une société ?

— Je dois reconnaître que la pensée m'a traversé l'esprit.

Evidemment qu'elle lui avait traversé l'esprit ! Il avait

devant lui une femme qui avait quitté sa ville natale pour faire carrière et n'avait jamais regardé en arrière.

— Je pense que j'ai voulu donner à d'autres gamins les mêmes chances que celles qu'on m'avait données.

— Je trouve ça admirable, dit-elle d'une voix qui lui parut suffisamment sincère pour qu'il la croie. Avez-vous rencontré votre amie à Harvard ? Je veux dire, celle qui habite à côté de chez moi ?

Il ne put s'empêcher de se raidir — une réaction qu'il avait toujours quand il était question de Julia — et elle dut le remarquer car elle détourna le regard.

— Je ne sais pas ce qui m'a pris. Vous n'êtes pas obligé de me répondre, vous pouvez tout aussi bien me dire de m'occuper de mes affaires, ajouta-t-elle.

Oliver la fixa. Et pourquoi agirait-il ainsi ? Il le pouvait, bien sûr, mais puisqu'il avait entrouvert la porte, autant la franchir.

— Julia était ma fiancée, laissa-t-il tomber.

— Oh ! Je vois. Et que s'est-il passé ?

Oliver haussa les épaules.

— Elle voulait quelqu'un de différent. Quelqu'un que je n'étais pas.

— Oh !

Le silence compréhensif qui suivit valut tous les discours du monde.

Ils étaient maintenant arrivés au niveau de l'immeuble de Gill. Bien que ce ne fût pas le bâtiment le plus luxueux du quartier, il était néanmoins très chic et avait une superbe vue sur le Common. Miraculeusement, il y avait une place juste devant l'entrée. L'instant d'après, Oliver était garé.

Brusquement, l'habitacle de la camionnette parut de nouveau très sombre et minuscule. Après avoir ainsi fait part de son passé, il se sentait à nu et exposé. La présence de Gill à son côté ne faisait rien pour l'aider à se sentir mieux.

— Nous y voilà ! dit-il d'un ton un peu trop plein d'entrain. *Home, sweet home !*

— Merci de m'avoir raccompagnée. Et merci de m'avoir proposé de dîner.

— Pas de problème.

Elle ne bougea pas. Oliver se demanda si elle s'attendait à ce qu'il descende et lui ouvre la portière. Ce serait sans doute une preuve d'élégance. Il était sur le point de défaire sa ceinture lorsqu'elle reprit :

— Frog Pond est remplie ce soir, dit-elle.

Il suivit son regard et vit le rougeoiement des lumières qui s'élevaient au-dessus de la patinoire.

— Nous allons y emmener les enfants dimanche, dit-il. Nous cherchons à leur faire connaître de nouvelles expériences. Croyez-le ou non, certains d'entre eux ne sont jamais venus jusqu'ici.

— Vraiment ? Je trouve que c'est une très bonne idée.

— J'aimerais pouvoir le faire plus souvent mais malheureusement...

— Le budget ne le permet pas, c'est ça ?

— D'accord, je sais ce que vous devez vous dire. On dirait un disque rayé.

— Franchement ? Un petit peu, mais je comprends.

Leurs regards se croisèrent puis elle détourna rapidement le sien.

Il y eut un silence de quelques secondes avant qu'elle ne reprenne la parole.

— Vous savez, cette fête va amener de nombreux dons, dit-elle en le regardant de nouveau.

— J'espère que vous dites vrai.

— Je demanderai à Peter McNabb de faire un appel direct dans la presse. Je lui proposerai aussi de faire lui-même une donation digne de ce nom.

— Pourquoi ? Pour se racheter une conduite ? ironisa Oliver.

— Je pensais plus à quelque chose comme : pour permettre au centre d'acheter un nouveau pick-up, répondit-elle en souriant. Le meilleur moyen de changer son image est de donner l'exemple, non ?

— Si.

Oliver bougea sur son siège, se demandant s'il était le seul à vouloir reculer l'heure du départ ou si elle avait autant de mal que lui à dire au revoir. A la manière dont elle jouait nerveusement avec la boucle de son sac, il pencha pour la deuxième solution.

— Vous ne m'avez pas dit après quoi vous courez, observa-t-il alors. Au restaurant, nous avons tous deux porté un toast à ce que nous recherchions, mais vous ne m'avez pas dit ce que c'était. Ce n'est quand même pas une camionnette vous aussi ?

Elle eut un léger rire.

— Non, les véhicules ne m'intéressent guère. Le poste de vice-présidence à l'agence se libère au tout début janvier et je suis une des deux candidates à le vouloir. Dans la mesure où je fais du bon travail, je pense avoir mes chances.

Oliver ôta sa ceinture. C'était donc pour ça qu'elle était là. Il n'était qu'un échelon supplémentaire à l'échelle censée la mener vers le succès.

— C'est important pour vous, n'est-ce pas ?

— Absolument, répondit-elle, sur la défensive, comme s'il venait de toucher à un sujet épineux. C'est mon projet depuis toujours.

— Devenir vice-présidente de Rosenthal Public Relations ?

— Disons plutôt réussir dans la vie.

— Parce que ce n'est pas déjà le cas ?

— Vous savez, on peut toujours aller plus loin.

Elle resta silencieuse un instant. Sa voix était plus grave lorsqu'elle reprit la parole :

— Je n'avais pas un centre sur lequel compter. Je ne pouvais compter que sur moi-même.

— Et votre sœur ?

Il y eut un autre rire, encore plus léger que le précédent.

— Gwen est quelqu'un d'extraordinaire, mais elle et ma mère ont toujours mieux accepté les circonstances que moi. Pour ma part, je les détestais.

Elle avait prononcé ces derniers mots d'un ton dur qu'il ne lui avait encore pas entendu, même lorsqu'elle lui avait clairement énoncé ce qu'elle pensait de lui.

— Je ne m'arrêterai jamais, poursuivit-elle. *Jamais*.

Oliver n'en doutait pas et cette conclusion l'attrista.

— Eh bien, j'espère que vous obtiendrez ce après quoi vous courez, dit-il.

Elle se cala dans son siège et le regarda droit dans les yeux.

— J'y suis toujours parvenue jusque-là.

— Je n'en suis pas surpris.

Oliver n'arrivait plus à lutter. Elle était si proche. Il glissa une main dans les cheveux de Gill, les mèches s'enroulant autour de ses doigts, douces comme de la soie. Elle eut un hoquet et sa parfaite bouche dessina un O. Mauvaise idée. Très mauvaise idée. Parce que maintenant, il avait porté sa main à la joue de Gill et, de son pouce, lui caressait doucement les lèvres...

— Je ne crois pas...

Elle avait protesté d'une voix faible, peu convaincante mais cela suffit pour rompre le charme. A contrecœur, il cessa sa caresse. Puis il se tourna vers son volant et l'agrippa fermement à deux mains.

— Bonsoir, Gill.

— Bonsoir.

Après lui avoir offert un sourire d'excuse, elle se glissa

hors de la camionnette. L'espace d'un instant, il espéra qu'elle lui lance un regard, mais il savait que cela n'arriverait pas. Gill avait exprimé ce qu'ils savaient tous les deux : on ne mélangeait pas les affaires et le plaisir. Et comme elle l'avait clairement dit, sa vie entière était dédiée au succès et à la réussite. Il avait déjà fait l'erreur de demander à une femme de choisir entre lui et sa carrière, il n'était pas assez idiot pour faire la même erreur une seconde fois.

— Certains des enfants ont une famille très réduite, d'autres n'en ont pas du tout. Et beaucoup d'entre eux ont perdu un frère ou une sœur à cause de la violence.

La journaliste TV hochait la tête aux propos d'Oliver, ses yeux lourdement maquillés brillant d'émotion.

Hors des caméras, dans le couloir qui menait à la salle commune, Gill aussi luttait contre les larmes. Oliver s'en sortait merveilleusement bien. Séduisant et sincère dans sa manière de parler du centre, il avait même réussi à remercier Peter McNabb pour ses subventions, décrivant l'homme à la réputation entachée comme un grand ami de la communauté.

Elle sourit. Il avait fait ça pour elle, elle en était certaine.

Depuis cette soirée au restaurant, il avait maintenu leur relation à un niveau strictement professionnel. Il n'y avait plus eu aucun geste affectueux, aucune conversation personnelle, ce qui était aussi bien : elle voulait rester concentrée sur sa promotion.

Elle reporta son attention sur la journaliste et Oliver. Celui-ci était en train d'expliquer qu'il avait créé l'équipe de basket-ball du centre le jour où le terrain public avait été l'objet d'une fusillade.

— Il faut que les enfants aient l'impression d'avoir un

endroit où ils sont en sécurité. Un peu comme un foyer, conclut-il.

Son dévouement était plus qu'admirable. Il avait construit quelque chose dans cet endroit, quelque chose dont il pouvait être fier. Une sorte de famille sur laquelle pouvaient compter tous ces jeunes.

La lancinante sensation qu'elle avait déjà éprouvée auparavant l'assaillit de nouveau. C'était bizarre comme elle avait tendance à revenir de plus en plus souvent. Et même si elle restait encore vague, elle devenait de plus en plus persistante, un peu comme si Gill avait oublié de faire quelque chose. Pourtant, elle n'avait rien trouvé, malgré la dizaine de fois où elle avait revu dans sa tête la liste des choses à faire.

Peut-être se sentait-elle nerveuse à cause de Stephanie ? Alors que le lancement Remaillard devait avoir lieu dans une semaine, Gill l'avait entendue, ce matin même, parler de son projet de ski pour le week-end à venir. Si elle avait eu ce projet, Dieu savait que Gill n'aurait *jamais* envisagé de prendre un week-end de repos ! D'ailleurs, elle n'en prenait pratiquement jamais.

Oliver et la journaliste avaient maintenant terminé.

— Je pense que vous avez donné à réfléchir à nos téléspectateurs, dit cette dernière, quand la caméra cessa de tourner.

— J'espère surtout que cela entraînera beaucoup de dons, répondit Oliver.

— Je suis sûre que oui. Prenez quelques images de ces arbres, ajouta-t-elle en se tournant vers le caméraman. Cette idée de forêt enchantée est tout simplement géniale.

— Cela rend pas mal, n'est-ce pas ?

Il lança un regard à Gill. Celle-ci lui répondit par un sourire.

— Comment avez-vous trouvé l'interview ? demanda-t-il

après l'avoir rejointe, alors que la journaliste était maintenant focalisée sur les arbres.

— Je pense que Roberta a raison, vous devriez recevoir pas mal de dons. Vous avez été vraiment très convaincant. Les enfants ont de la chance d'avoir quelqu'un comme vous, quelqu'un qui se bat ainsi pour eux.

Il sourit et il y avait dans ses yeux un peu plus que de la simple chaleur.

— Vous aussi, vous vous êtes battue pour eux. Et vous ne vous êtes pas trompée en disant que le centre tirerait quelque bénéfice de tout cela. D'ailleurs, je crois que...

Il hésita et se massa la nuque, dans un geste maintenant familier.

— ... Je crois que je vous dois de nouvelles excuses.

— Un simple merci suffira.

— Dans ce cas, merci.

— Je vous en prie.

Le temps sembla s'immobiliser. Gill ne savait pas quoi faire. Elle aurait dû partir, aller rejoindre Roberta mais ses pieds refusaient de bouger. La présence d'Oliver, si proche, la clouait sur place.

— Heureusement que Carlos n'est pas là, dit alors celui-ci, les yeux au plafond.

Elle leva les siens et vit le gui, accroché juste au-dessus d'eux.

— Vous croyez qu'il va vraiment en profiter ? demanda-t-elle.

En une fraction de seconde, elle se trouva de nouveau dans le pick-up, enveloppée par l'odeur de sapin. Lorsqu'elle baissa les yeux, elle aurait pu jurer qu'Oliver s'était imperceptiblement rapproché.

— Il serait stupide de ne pas le faire, répondit-il d'une voix rauque.

— Oui, je suppose.

Elle passa sa langue sur ses lèvres sèches.

— Oliver ? Pourrions-nous vous filmer en train de déplacer les arbres ? demanda alors Roberta, de l'autre côté de la pièce. Je voudrais avoir quelques images supplémentaires, au cas où...

Le visage d'Oliver eut une furtive expression que Gill eut du mal à interpréter. Etait-ce de la réticence ou du soulagement ? Du soulagement, décida-t-elle. Et des deux côtés. Car le plaisir ne pouvait pas se mélanger aux affaires. C'était tout simplement impossible.

Et pourtant, comme elle le regardait traverser la pièce, la lancinante sensation se manifesta de nouveau.

— C'est le camion d'*Eyewitness News* que je viens de voir partir ? demanda Maria en entrant dans la salle commune, le manteau saupoudré de neige. Qu'est-ce qu'il se passe ?

— Rien de grave, la rassura Oliver, qui était en train de remettre les mini-sapins à leur place initiale. Gill les a convaincus de venir faire un reportage sur notre fête.

— Encore ! C'est le deuxième en trois jours ! Franchement, elle est vraiment efficace.

— Ça, elle l'est ! confirma-t-il.

Mais dans l'instant présent, la seule image qu'il avait en tête était celle de la jeune femme sous le gui. Depuis cet épisode dans la camionnette, il avait été incapable de mettre fin à l'envoûtement. Il suffisait d'une odeur de pin ou de la vision d'une guirlande de Noël pour que l'image revienne de nouveau.

— Elle est venue avec eux ?

— Oui. Elle voulait être sûre que les journalistes comprennent bien ce qu'elle attendait.

— Oh !

— Quoi « Oh » ?

— Rien, répliqua Maria, d'une voix particulièrement peu convaincante.

Oliver posa l'arbre qu'il avait dans les mains et planta ses yeux dans ceux de la bénévole, bien décidé à ne pas se laisser impressionner par le regard qu'elle lui lançait.

— Je ne peux m'empêcher de constater qu'elle a été très souvent là, cette semaine, laissa-t-elle alors tomber d'un ton innocent. Si on y prête attention, elle est venue tous les jours, en fait.

Oliver acquiesça. C'était vrai. Elle avait été très présente, n'hésitant pas à apporter son aide pour les préparatifs de la fête ou organisant des interviews pour faire connaître le centre. Ce qui ne l'avait absolument pas aidé à ne plus penser à elle.

— La fête a lieu dans une semaine. C'est donc normal qu'elle vienne s'assurer que tout se passe bien.

— Je suis d'accord, mais pourquoi ? demanda Maria en levant un sourcil. Elle ne nous fait pas confiance ?

— Bien sûr que si. Elle ne fait que transmettre.

— Transmettre ? C'est comme ça qu'on dit, maintenant ?

Oliver lui jeta un regard noir qui lui en valut un encore plus noir en retour.

— Ce n'est pas la peine de me faire les gros yeux, j'ai vu la manière dont vous vous regardiez l'un, l'autre. Et croyez-moi, je ne suis pas stupide. L'organisation de la fête n'est pas la seule raison de la présence de Mlle McKenzie en ces lieux.

Faisant de son mieux pour ignorer le bond que venait de faire son estomac à ces mots, il secoua la tête.

— Bien essayé, Maria.

— Arrêtez ! Ne me dites pas qu'elle vous laisse indifférent.

— Cela me regarde, et de toute façon je n'y vois aucune espèce d'importance.

Une des décorations tomba de l'arbre de Becky. Il se baissa pour la ramasser.

— Je connais ce genre de femmes, dit-il en la raccrochant à sa place. Dès que la fête sera finie, elle s'en ira vers de nouveaux projets, plus clinquants et plus intéressants.

— Je vous trouve dur avec elle. Elle a l'air de vraiment tenir à aider le centre.

Oliver soupira. Elle tenait surtout à sa promotion et il ne devait pas l'oublier. Il savait bien que tout ce travail n'était fait que pour servir son but, sinon il risquait de totalement succomber à l'envoûtement de Gill. Et il sentait déjà qu'il n'en était plus très loin.

— Pas dur, Maria. Je suis simplement réaliste.

Cette dernière plia son manteau sur son bras et commença à lentement en aplatir le tissu.

— Je crois surtout que vous êtes dans le quartier depuis bien trop longtemps, dit-elle sans lever les yeux de sa tâche. Pour quelqu'un qui ne cesse de répéter que le ciel est la seule limite, je vous trouve bien défaitiste.

8

Après une semaine ponctuée d'averses de neige, le dimanche était ensoleillé. Le ciel était bleu et il n'y avait pas l'ombre d'un nuage. Assise à son bureau, Gill mordillait son stylo. Elle avait passé beaucoup de temps à travailler sur la fête de McNabb et le retard sur les autres projets s'était accumulé. Elle devait maintenant répondre aux e-mails, aux demandes des clients, mais elle n'arrivait pas à se concentrer. Elle se sentait agitée. Brusquement, son appartement lui parut terriblement vide et elle songea à appeler Gwen. Mais celle-ci était probablement occupée à vendre les sapins avec Drew et le reste de la famille.

Famille. Ce mot la mit encore plus mal à l'aise, fit paraître l'appartement encore plus vide. Il fallait qu'elle s'occupe, qu'elle trouve quelque chose à faire, mais autre chose que du travail.

Distraitement, elle regarda par la fenêtre. Les gens se pressaient vers la patinoire du Common et elle repensa à Oliver, qui lui avait dit qu'il y emmènerait les enfants aujourd'hui. Elle se demanda s'il était déjà arrivé.

Pourquoi pensait-elle encore à lui ? Elle n'allait quand même pas aller les retrouver !

Un e-mail d'Elliot Rosenthal arriva sur sa messagerie.

Elle l'ouvrit. Il voulait un rapport sur les trois derniers mois d'activité.

Son regard se porta de nouveau à la fenêtre. Elle était prête à parier qu'Oliver était un très bon patineur. Il était taillé comme un athlète. Elle l'imagina, tenant les enfants par la main pour faire le tour de la patinoire et elle sourit. Cela devait vraiment valoir le coup d'œil !

Pourquoi n'irait-elle pas voir comment se débrouillaient les enfants ? Une pause ne pouvait pas lui faire de mal, peut-être même l'aiderait-elle à se calmer un peu.

Ce ne fut que lorsqu'elle se trouva devant l'entrée et que son cœur se mit à battre plus fort qu'elle admit sa réelle motivation pour venir ici. Ce n'étaient pas les enfants qu'elle voulait voir, c'était Oliver. Qu'elle ait essayé de se faire croire autre chose lui paraissait maintenant ridicule. Elle avait passé sa semaine à trouver des prétextes pour le voir ! Qu'allait-elle donner comme excuse aujourd'hui ? Peut-être ferait-elle mieux de rentrer avant qu'il ne se fasse des idées.

Elle était sur le point de tourner les talons lorsqu'une voix s'exclama :

— Regardez ! C'est la dame aux arbres !

Carlos, le comploteur du gui, arrivait vers elle d'un pas mal assuré. Il portait un casque de protection et agrippa la balustrade de ses deux mains. Il avait, sur le visage, un sourire plus radieux que le soleil lui-même.

— Vous aussi, vous faites du patin ? demanda-t-il.

— Carlos, cette dame s'appelle Mademoiselle McKenzie, pas la dame aux arbres.

Oliver avait rejoint le garçon. Il portait une doudoune, et un casque fatigué de hockey sur glace couvrait ses cheveux châtains. Il réussissait à être à la fois séduisant et surprenant.

— Joli casque, commenta-t-elle.

— Je trouve aussi. C'est ce que portent tous les patineurs branchés, n'est-ce pas, Carlos ? ajouta-t-il en donnant un petit coup sur celui du garçon. La sécurité avant tout. Je ne voudrais pas que l'un d'entre eux revienne au centre le crâne fendu.

Gill sentit son cœur fondre. L'affection sincère qu'il portait aux enfants était quelque chose qui commençait à terriblement la toucher.

Il l'observait, un sourire aux lèvres et elle le lui rendit. L'air froid de l'hiver se transforma immédiatement en une vague de chaleur.

— J'étais en train de travailler sans grand enthousiasme et je me suis soudain souvenue que vous m'aviez parlé d'amener les enfants ici aujourd'hui, expliqua-t-elle. J'ai eu envie de venir voir comment les choses se passaient.

— Eh bien, comme vous pouvez le constater, je crois pouvoir affirmer qu'ils « s'éclatent » !

— Regardez ! Je sais même patiner à l'envers ! intervint alors Carlos, pour confirmer ce qui venait d'être dit.

Toujours accroché à la rambarde, il commença à reculer à tout petits pas. Il était si fier de lui que Gill ne put s'empêcher d'éclater de rire.

— Belle démonstration, Carlos, dit-elle.

— Vous venez avec nous ? Vous pourriez être ma partenaire.

— C'est très gentil à toi mais je... euh...

— En fait, Carlos, Mlle McKenzie a promis d'être la mienne.

Elle regarda Oliver. Il sourit, une lueur d'espoir dans les yeux et tendit la main.

— Qu'en pensez-vous ? Si vous avez peur de tomber, ne craignez rien : je serai là pour vous rattraper.

Trop tard pour reculer, songea-t-elle, à la fois ravie et anxieuse.

Dix minutes plus tard, elle était assise sur un banc pendant qu'Oliver lui laçait ses patins.

— Je dois aussi prendre un casque ? demanda-t-elle, d'un ton légèrement ironique.

— Vous en avez besoin d'un ?

— Non, je ne pense pas. Mais je ne voudrais surtout pas donner le mauvais exemple aux enfants.

— Ne vous inquiétez pas pour eux, je suis sûr qu'ils vous préféreront au naturel. Comme moi d'ailleurs, ajouta-t-il en tirant sur le lacet d'un coup sec, avant de lui tendre la main.

Elle sentit son estomac se nouer un peu plus et tendit à son tour la sienne.

— Vous savez, cela fait très longtemps que je n'ai pas fait de patin, le prévint-elle. Je dois être un peu rouillée. Vous avez intérêt à me rattraper, comme vous me l'avez promis !

— Croyez-moi, je tiens toujours mes promesses.

Rassurée, Gill sourit. C'était vrai, il les tenait toujours. Elle avait pu le constater au cours des derniers jours. Elle n'avait donc aucun souci à se faire de ce côté, il saurait la protéger. Oliver était assurément un homme sur qui on pouvait compter. Un homme bien. Un homme qu'une femme serait ravie d'avoir à ses côtés...

Sauf qu'elle ne cherchait pas quelqu'un pour partager sa vie. Elle avait d'autres chats à fouetter, un poste important à décrocher. C'était bizarre comme elle avait tendance à l'oublier, ces derniers temps...

— A première vue, vous ne me paraissez pas particulièrement rouillée.

Perdue comme elle l'était dans ses pensées, elle n'avait pas réalisé qu'ils avaient déjà commencé à glisser sur la glace, ni qu'Oliver tenait sa main dans la sienne, tant la sensation de ses doigts gantés autour des siens lui paraissait naturelle.

— Je crois que j'ai été trompé. Vous êtes une petite cachotière. En réalité, vous patinez beaucoup mieux que moi.

Pourtant, il se déplaçait avec une réelle grâce athlétique, exactement comme elle s'y était attendue.

— Je dois vous avouer que je jouais plutôt bien au hockey sur glace dans mes jeunes années.

— Vous ? Au hockey sur glace ? Je vous aurais plutôt imaginée faisant du patinage artistique.

— Non, j'ai laissé cette activité à mes demi-sœurs.

— Oh ! Je n'avais pas bien compris. Je croyais que vous n'aviez qu'une sœur jumelle ?

Il dut y avoir un dénivelé sur la glace car Gill faillit trébucher. Elle sentit immédiatement la poigne d'Oliver la retenir fermement.

— Ce doit être parce que, pour mon père, ma sœur et moi n'existions tout simplement pas, répondit-elle lorsqu'elle se fut redressée.

Le commentaire avait franchi ses lèvres sans même qu'elle s'en rende compte.

— Désolé.

— Non ! Ne le soyez pas. Ce chapitre de ma vie s'est refermé lorsque j'ai quitté Towering Pines. Je suis quelqu'un d'autre, maintenant.

Elle s'aperçut immédiatement qu'elle n'avait pas prononcé ces mots avec le ton assuré qu'elle utilisait habituellement lorsqu'elle les disait. Sans doute était-ce à cause de la glace et des souvenirs d'enfance qu'elle faisait remonter chez elle.

— Eh bien, je crois qu'il aurait du mal à ne pas remarquer votre présence aujourd'hui, dit alors Oliver d'un ton léger. Ce blouson de ski est le plus rose que j'aie jamais vu. Est-ce que c'est les couleurs du hockey sur glace ?

— Je ne pensais pas que vous vous intéressiez de si près à la mode, répliqua-t-elle en lui donnant un léger coup d'épaule.

Il fit semblant d'être déséquilibré et l'attira à lui. Leurs deux corps s'alignèrent parfaitement.

— C'est comme ça qu'ils bloquent, au hockey ?

Son souffle était comme une caresse sur la joue de Gill. Elle tourna le visage vers lui, sa bouche à seulement quelques centimètres de la sienne.

— Vous n'imaginez pas comme ce jeu peut être parfois violent, répondit-elle, dans un souffle.

— Ça tombe bien. J'aime les surprises.

— Mademoiselle McKenzie, regardez !

Becky était en train de passer devant eux, marchant plus qu'elle ne patinait.

— C'est bien, bravo ! l'encouragea Gill. Essaie maintenant de te laisser glisser entre les pas et vois ce qu'il se passe. Marche, marche, glisse !

La fillette suivit les directives de la jeune femme et parvint à se laisser glisser sur un mètre sans perdre l'équilibre.

— Hé ! J'ai réussi ! Carlos, regarde, je sais patiner !

Un instant plus tard, Gill était entourée par les enfants du centre, chacun réclamant ses conseils. Elle consacra la demi-heure suivante à leur enseigner les rudiments du patinage. Même si, à la fin de la leçon, ils n'étaient guère plus performants que lorsqu'ils avaient commencé, ils pouvaient néanmoins crier en chœur : « Marche, marche, glisse ! » et cela les faisait beaucoup rire.

Gill s'aperçut qu'elle aussi riait beaucoup. Si on lui avait dit, la semaine précédente, qu'elle passerait un moment aussi agréable à faire du patinage avec un groupe d'enfants, elle aurait éclaté de rire et aurait répondu que cela ne risquait pas d'arriver. Qu'elle avait autre chose à faire que perdre ainsi un après-midi. Mais aujourd'hui… aujourd'hui, tout cela lui avait paru naturel. Tout comme la main d'Oliver dans la sienne.

Il ne la quittait pas des yeux. Elle n'avait qu'à tourner la tête pour le voir l'observer, un sourire aux lèvres. Et chaque fois, elle se sentait rassurée.

— On dirait que vous avez besoin d'un bon chocolat chaud, souffla une voix familière à son oreille, comme elle s'était accrochée à la rambarde, dos à la piste, pour souffler un peu.

Gill frissonna. Comme elle aurait aimé pouvoir toucher le corps qui se trouvait derrière elle ! Comme elle aurait aimé qu'ils soient seuls pour pouvoir se reposer contre lui.

— Cela me semble être une bonne idée, répondit-elle avec un sourire.

Ils laissèrent les enfants continuer à s'entraîner sur la glace et se dirigèrent, côte à côte, vers la buvette installée à côté de la piste. Le dessus des mains d'Oliver effleurait celles de Gill à chaque mouvement de bras et elle se demanda ce qu'il dirait si elle enroulait ses doigts autour des siens, maintenant, alors qu'ils avaient quitté la glace.

Elle s'arrêta pour lui remettre une mèche en place lorsqu'il enleva son casque protecteur.

— Vous feriez mieux de mettre un bonnet sur vos cheveux mouillés, ou vous risquez d'attraper un coup de froid.

— Ne vous inquiétez pas pour moi. Si tel était le cas, je trouverai un moyen pour me réchauffer, dit-il d'une voix rauque.

Il fit un pas vers elle et fut soudain extrêmement proche. Dangereusement proche. A la lueur qu'elle vit dans ses yeux, elle comprit qu'il pensait exactement la même chose qu'elle.

— L'air frais vous va particulièrement bien, ajouta-t-il d'une voix basse, tandis que son regard glissait sur la bouche de Gill.

— A vous aussi.

Un court instant, elle crut qu'il allait se pencher encore

un peu plus, mais au lieu de cela, il releva prestement le visage.

— Mince ! On est repérés, dit-il d'un air contrarié.

— Oliver, est-ce qu'on peut avoir du chocolat, nous aussi ? demanda Carlos, qui avait rejoint le bord de la patinoire. On a soif !

Plusieurs des autres enfants firent écho à sa demande.

— Et moi, j'ai envie d'aller aux toilettes, ajouta Becky.

Après de nombreuses discussions, supplications et négociations, il fut décidé que Gill et deux des plus grands joueraient les chaperons pour les toilettes tandis qu'Oliver et Maria, qui les avait rejoints au milieu de l'après-midi, commanderaient des chocolats pour tout le monde.

Comme ils faisaient la queue en attendant d'être servis, Oliver fit semblant de ne pas voir les coups d'œil que lui lançait la bénévole.

— On dirait qu'on passe du bon temps, finit-elle par lancer, nullement découragée.

— C'est à ça que servent les sorties, non ?

— Je ne parle pas des enfants. C'est drôle que Gill soit venue, vous ne trouvez pas ?

— Pas vraiment. Elle habite de l'autre côté de la rue et les enfants lui ont demandé de rester.

Il songea à l'excitation qu'il avait ressentie lorsqu'il l'avait vue, debout près de la piste. Il s'était senti comme un adolescent. Elle était la plus belle femme de la patinoire et même si elle n'avait pas porté cet anorak rose fluo, il aurait été incapable d'en détacher son regard. Il savait que c'était ridicule mais il s'était senti terriblement fier chaque fois que cette superbe femme l'avait regardé, *lui*.

— Nous devrions prendre aussi des chips avec les chocolats, dit-il. Les petits doivent avoir faim.

— Ne changez pas de conversation. Vous n'allez pas

vous en tirer aussi simplement. Pourquoi n'admettez-vous pas qu'elle vous plaît ?

Oliver soupira. L'admettre n'était pas le problème. Il *savait* qu'elle lui plaisait. Et il éprouvait même des sentiments plus forts que ça, surtout après l'avoir vue avec les enfants cet après-midi.

— D'accord, elle me plaît. Satisfaite ?

— Oui. A la manière dont elle vous regarde, je peux vous dire que vous aussi, vous lui plaisez.

Oliver détourna la tête. Ça aussi, il le savait. Et c'était justement le problème. Chaque fois qu'il la regardait et qu'il découvrait dans ses yeux le même désir que celui qu'il éprouvait, le sentiment de chute libre qu'il ressentait le terrifiait. Admettons qu'ils laissent leurs sentiments s'exprimer, et après ? Une femme comme Gill appartenait au monde des couturiers et des appartements luxueux. Combien de temps faudrait-il avant qu'elle soit lassée d'un homme dont la vie n'avait rien à voir avec tout ça ? Combien de temps avant qu'elle ne le laisse tomber pour retrouver le luxe et les paillettes ?

Du coin de l'œil, il vit une tache rose s'approcher.

— Bien ! Et si on s'occupait des enfants maintenant ? Nous pourrons parler de ma vie personnelle un autre jour.

— Comme vous voudrez, consentit Maria. Mais faites bien attention ! Je pense que vous être en train de rater le coche.

Il valait mieux le rater qu'en être débarqué ! songea-t-il.

Il ne restait qu'une grande table de pique-nique de disponible et ils se hâtèrent de la rejoindre. Oliver resta debout pendant que tous s'installaient. Il semblait ne plus y avoir de place mais Gill se décala.

— Venez, dit-elle, en tapotant le banc à côté d'elle. Il reste un peu d'espace pour vous asseoir. Si cela ne vous gêne pas, bien sûr, d'être serré contre moi.

Avec la tablée qui avait les yeux fixés sur lui, il n'avait guère le choix. Il prit donc place à côté de Gill et sentit le corps de celle-ci contre lui. Son contact lui fit l'effet d'une décharge électrique. A la façon dont elle le regarda, il comprit qu'elle avait reçu le même genre de décharge.

Comment allait-il pouvoir résister ?

La petite troupe commença à boire son chocolat et à se réchauffer doucement. Avec Noël qui approchait, la plupart des conversations tournaient autour des vacances à venir. Les plus petits, comme Becky, croyaient encore au Père Noël et racontaient leur impatience de trouver leurs cadeaux au pied du sapin. Les plus grands les écoutaient en souriant, sans rien révéler du secret. Puis l'un d'eux se tourna vers Gill et lui demanda ce qu'elle allait faire.

— Vous irez voir les arbres magiques ? renchérit Becky.

— Eh bien oui. En fait, ma sœur vit dans la ferme où ils poussent.

Le mot *ferme* fit naître une salve de questions sur les poules, les vaches et tout ce qui pouvait y avoir trait. Oliver écouta Gill répondre à chacune d'elles, puis décrire les descentes en traîneau et ce que l'on ressentait quand on coupait son propre sapin. Lorsqu'elle parla des matins de Noël et des muffins aux pommes que sa sœur et elle préparaient, il était aussi enchanté que les enfants, qui buvaient ses paroles en silence.

— Tout cela paraît très sympathique, dit-il.

— Ça l'est, confirma-t-elle. Malheureusement cette année, à cause de mon travail, je ne pourrai y rester qu'un jour, peut-être deux.

— Mais vous viendrez à notre fête, n'est-ce pas ? demanda immédiatement Carlos.

— Tu plaisantes ? Rien ne pourrait m'empêcher d'y assister. Ce sera le meilleur moment de mes vacances. Ça...

et le Père Noël, ajouta-t-elle, en ébouriffant les cheveux de Becky.

— Donc, vous viendrez, c'est sûr ? insista le garçon.

— Je te le promets.

— Super !

Il y avait une lueur dans ses yeux qu'Oliver reconnut parfaitement. Carlos était conquis.

Tu vas devoir attendre ton tour, mon garçon, pensa-t-il en lançant un regard à la splendide femme assise à côté de lui.

9

Du plus loin qu'elle s'en souvenait, les jours s'étaient succédé de manière plus ou moins semblable les uns aux autres. Mais ce dimanche soir, l'expression « regretter que le week-end soit terminé » qu'elle avait d'ailleurs oubliée depuis longtemps, reprit tout son sens.

La journée était passée à la vitesse grand V. Pas comme lorsqu'elle était submergée de travail et ne voyait pas le jour. Non, plutôt comme si les heures étaient trop courtes, ce qui lui rappelait son enfance. En fait, aujourd'hui, elle s'était sentie petite fille de nouveau. Insouciante et pleine d'énergie.

Patiner avait aussi fait remonter de nombreux souvenirs et elle était encore surprise de tous ceux qu'elle avait partagés avec les enfants... tout comme elle l'était par la manière dont l'évocation de sa ville natale ne l'avait pas perturbée comme cela le faisait habituellement. Peut-être parce que les enfants semblaient sincèrement intéressés.

Et puis, il y avait Oliver. Le séduisant, surprenant et sexy Oliver. Chaque sourire qu'il lui adressait lui donnait l'impression d'être la plus belle du bal. Comment une simple expression sur un visage humain pouvait avoir tant d'effet sur un autre être ? Fermant les yeux, elle le fit apparaître dans son esprit, savourant le frisson de plaisir que cela lui procurait.

Le romantisme forcené de Gwen avait peut-être du sens, après tout.

Elle était toujours habitée par sa journée de la veille lorsqu'elle arriva au bureau, le lundi matin. Elle entreprit immédiatement de dresser la liste des choses à faire dans la journée et était si concentrée à chercher un prétexte pour se rendre au centre dans la journée qu'elle ne prit pas garde à l'agitation autour d'elle.

Ce ne fut que lorsque les cris d'Elliot Rosenthal traversèrent les cloisons qu'elle releva la tête.

— Je vais la tuer ! Comment peut-on aller quatre jours au ski la veille d'un événement de cette importance ! Gillian, venez immédiatement dans mon bureau !

Le centre était encore tout allumé lorsque Gill descendit du taxi. Oliver lui avait dit quelque chose à propos de l'équipe de basket du quartier, la veille. Elle grimaça. Elle qui avait fait exprès d'attendre le début de soirée pour pouvoir le voir en privé...

Tant pis, se résigna-t-elle. Après tout, c'était les enfants qu'elle voulait éviter. Quant aux adultes, elle pouvait s'en débrouiller.

Elle entra dans le bâtiment d'un pas décidé. Les murs du couloir étaient couverts de flocons de neige en papier, et la forêt enchantée prenait maintenant des proportions gigantesques. Peter McNabb allait avoir un décor magnifique pour ses photos et elle avait hâte de voir le résultat.

Elle trouva Oliver dans son bureau, le nez plongé dans un dossier. Il devait sortir d'une réunion importante, car il n'était pas vêtu de son classique ensemble pull-pantalon en velours, mais d'un costume noir et d'une cravate, ressemblant en tout point à l'homme d'affaires qu'il avait choisi de ne pas être.

Elle sentit un léger espoir la gagner en le voyant habillé ainsi. Peut-être était-elle en train de donner trop d'importance à toute cette histoire ? Après tout, Oliver était un professionnel, il admettrait qu'avec la décision qu'elle venait de prendre, elle jouait sa carrière. Il ne pouvait que comprendre son dilemme.

— J'arrive au mauvais moment ? demanda-t-elle.

Oliver leva les yeux et son visage s'éclaira dès qu'il la vit.

— Non ! Ne vous inquiétez pas ! Ce n'est jamais le mauvais moment pour vous, répondit-il d'un ton enjoué. J'étais justement en train de songer à commander un plat à emporter. Que diriez-vous de manger une nouvelle fois chinois et de voir ce que nous prédit l'avenir ?

Gill frissonna. Elle n'avait envie de rien d'autre que rester. Son estomac se noua donc à la pensée de ce qu'elle était sur le point de faire : le laisser tomber.

— Désolée, mais je ne vais pas pouvoir m'attarder, répondit-elle. Il faut que je retourne travailler.

— Oh ! Je vois. Vous êtes donc venue pour me dire quelque chose. Il y a un problème ?

— Un léger, pour tout vous dire. Voilà, Stephanie DeWitt a eu un accident de ski. Elle est rentrée dans un arbre et s'est fait une fracture du bassin.

— Ouch ! Cela doit être très douloureux. Mais qui est Stephanie DeWitt ?

— C'est une collègue, commença-t-elle d'une manière vague, avant de décider que cela ne servait à rien. En fait, c'est l'autre personne qui est susceptible d'obtenir le poste de vice-présidente que je brigue. Elle travaillait sur un projet important. Et Elliot m'a demandé de le reprendre. Il s'agit du lancement d'un après-rasage pour Remaillard Cosmetics. C'est un événement décisif qui, s'il est réussi, me donne une très grande chance d'arriver au poste de vice-présidente.

— C'est ce que vous vouliez, non ? Félicitations !

— Merci.

— Mais je suppose que vous n'êtes pas venue jusqu'ici juste pour m'annoncer cette bonne nouvelle ? poursuivit-il en lui lançant un regard perçant, toute gaieté ayant maintenant disparu de son visage.

Ce changement d'humeur mit Gill terriblement mal à l'aise et à cet instant, elle comprit que ce qu'elle avait à annoncer ne serait pas bien reçu. Du tout même. Mais elle n'avait plus le choix. Elle devait se lancer. Alors autant se débarrasser tout de suite des choses désagréables.

— La soirée de lancement a lieu jeudi soir...

— Comment ? Vous êtes sérieuse ? Le même jour que la fête de McNabb, compléta-t-il froidement. Vous aviez pourtant promis aux enfants d'être là.

Il la fixa. Non ! Ce n'était pas possible ! Elle était en train de trahir sa promesse, chose qu'il ne faisait jamais comme il le lui avait déclaré la veille. Mais il ne pouvait pas *ne pas* comprendre qu'il s'agissait là de circonstances exceptionnelles.

— Remaillard Cosmetics est un très gros client, expliqua-t-elle. Il peut nous amener de nombreux contrats s'il est satisfait de notre prestation.

— Je n'en doute pas. Mais que suis-je censé dire aux enfants pour excuser votre absence ?

— Pourquoi ne pas leur dire la vérité ? Qu'autre chose s'est présenté et que je n'ai pu faire autrement que de m'y rendre ?

— Vous voulez dire *qu'une opportunité beaucoup plus intéressante pour vous* s'est présentée ?

Sans même attendre de réponse, il reporta le regard sur son dossier. Elle n'aimait vraiment pas le tour que prenait cette conversation. Ni la froideur de son ton. Comment ne pouvait-il pas comprendre que, dans le monde des affaires, un client comme Remaillard passait *forcément* en premier ?

— Je suis sincèrement désolée. Mais ce n'est pas moi qui ai choisi les dates, se justifia-t-elle.

C'est vrai, vous vous contentez juste de choisir d'aller au lancement de cet après-rasage.

— Je ne peux pas faire autrement. C'est mon travail.

Gill soupira. Pourquoi en faisait-il ainsi une affaire personnelle ? Sans doute parce que pour lui, ça l'était. *Mes enfants. Mon centre.* Combien de fois l'avait-elle entendu prononcer ces mots ?

— Oliver, je ne l'ai pas *fait* exprès. Si vous voulez, j'irai l'expliquer aux enfants.

— Bien sûr. Sauf si un autre projet surgit entre-temps.

Ce ne fut pas le scepticisme du ton qui la blessa le plus, mais le fait qu'il avait parlé sans même relever les yeux.

— J'ai encore pas mal de travail administratif à faire, reprit-il, toujours sans la regarder. Voulez-vous que je vous appelle un taxi ?

Surprise, Gill le fixa. Un taxi ? Pourquoi agissait-il ainsi ? Il la congédiait ?

— Oliver...

— Que voulez-vous que je vous dise, Gill ? demanda-t-il alors, levant enfin le visage de son dossier. Que je comprends ? Très bien. Si ça peut vous faire plaisir, alors je comprends.

Stupéfaite, Gill soutint son regard. Non, il ne comprenait pas. Sinon, il saurait qu'elle n'avait vraiment pas le choix et qu'elle *devait* reprendre ce projet.

— Elliot Rosenthal compte sur moi. Ce projet est d'une extrême importance. J'ai travaillé suffisamment dur pour ne pas tout gâcher au dernier moment.

— Je sais que vous avez travaillé dur, répliqua-t-il d'un ton cassant.

— Cela ne veut pas dire que je n'ai pas...

Elle s'arrêta un instant, cherchant les mots justes. Mais avant qu'elle n'ait eu le temps de reprendre, Oliver avait levé une main pour l'arrêter.

— C'est bon. Ce n'est pas la peine, Gill. Je dirai aux enfants que vous avez eu une urgence à votre travail et n'avez plus le temps de vous occuper de ce projet. Ne vous inquiétez pas, ils comprendront. Ils ont l'habitude des déceptions.

Oliver écouta s'éloigner le son rageur des talons de Gill claquant sur le sol. Puis il entendit le bruit sec d'une portière que l'on fermait et vit deux phares disparaître dans la nuit. Elle avait demandé au taxi de l'attendre et cela ne fit qu'accentuer sa contrariété. Il n'avait vraiment été qu'un arrêt provisoire. Un échelon de plus sur l'échelle menant au succès.

Il aurait mieux fait d'écouter sa raison la première fois qu'il l'avait vue au centre, habillée en vêtements haute couture et travaillant avec efficacité.

Il avait toujours su qu'elle ne ferait que passer, que lui et les enfants n'étaient pas assez bien pour elle. C'était pour eux surtout qu'il était déçu.

Il n'avait plus aucune envie de se remettre au travail, il avait juste envie de rentrer chez lui, de boire une bière et de jouer à la console. Demain, il y verrait plus clair et trouverait quoi dire aux enfants.

Il fit un dernier tour du centre, s'assurant que tout était bien fermé. Sur le chemin du retour, il s'arrêta devant la salle commune. Celle-ci s'était littéralement transformée au cours des deux dernières semaines. Des guirlandes entouraient les fenêtres, des rubans et des flocons de neige étaient accrochés au plafond. Le sapin de Teaberry, trônant parmi une multitude de mini-sapins, baignait d'une douce lumière la forêt enchantée. Lentement, Oliver s'approcha et en toucha une des branches. L'odeur du pin lui rappela Gill et ce fut comme si une main lui broyait le cœur.

Pourquoi réagissait-il ainsi ? C'était pour les enfants qu'il était triste. Juste pour les enfants.

— Arbre magique, tu parles ! maugréa-t-il, en prenant une poignée d'épines. Si tu es si magique, alors fais en sorte que les choses arrivent.

Sur ces mots, il laissa rageusement tomber la poignée d'épines sur le sol.

Les deux jours suivants passèrent dans un tourbillon de réunions et de préparations de dernière minute. Si Stephanie faisait preuve d'une grande assurance et savait donner le change, elle n'avait visiblement ni le sens de l'organisation, ni celui du suivi des projets. Il fallut à Gill une journée entière rien que pour comprendre qui était chargé de faire quoi.

Lorsqu'elle rentra enfin chez elle ce soir-là, elle était épuisée. Elle s'écroula sur le canapé, incapable ne serait-ce que de mettre un sachet de pop-corn au micro-ondes.

Que ne donnerait-elle pour un poulet Kung Pao !

Non, elle n'allait pas commencer à aller sur ce terrain-là. D'après Jeff, le collègue qui l'avait remplacée sur le projet du centre, Oliver n'avait même pas cité son nom lorsqu'ils s'étaient rencontrés. Il était apparemment encore fâché et, vu son caractère, il allait probablement le rester encore très longtemps. C'était aussi bien après tout. Carrière et relation ne faisaient pas bon ménage… si l'on pouvait appeler cela une relation ! Que pouvait-on construire en deux semaines ?

Il n'en avait fallu que quatre à Gwen et Drew pour tomber amoureux.

Mais elle n'était pas Gwen. Et elle n'était pas amoureuse. Le trou qu'elle avait dans la poitrine n'avait rien à voir avec un cœur brisé.

Son téléphone vibra. Encore un texto. Ne pouvait-elle pas souffler cinq minutes ? Avec un soupir, elle regarda l'écran.

> Cette vidéo devrait t'amuser. Appelle quand tu as cinq minutes. Bises, G.

La vidéo en question s'appelait « L'ours en neige de Claire ».

Gill la chargea et immédiatement son humeur devint plus légère. Sa nièce Claire fabriquait un bonhomme de neige. En fait, pour être plus exact, Drew fabriquait le bonhomme et Claire l'aidait en lui lançant des poignées de neige.

— Viens, viens aider papa à pousser cette grosse boule, entendit-elle son beau-frère demander.

Puis elle le vit se pencher et Claire arriver avec les mains pleines de neige qu'elle fit glisser dans le cou de son père. Gwen éclata de rire derrière la caméra tandis que Drew, imitant un ours, courait derrière sa fille. « Voilà, sœurette. J'espère que ça t'a fait sourire », conclut sa sœur.

Gill arrêta la vidéo. L'appartement lui parut soudain terriblement vide et froid. Elle s'entoura de ses bras et regarda son mini-sapin, sans lumières et qui commençait à dépérir par manque d'eau.

— Je suis une gagnante, dit-elle à voix haute.

Ni le sapin, ni l'appartement vide ne lui répondirent.

10

La salle de réception du Fairlane Hotel ressemblait à un bistrot parisien. Gill avait repris l'idée originale de Stephanie, l'avait améliorée et ajustée. Elle avait transformé le lancement en un véritable événement pour magazines. Les invités — le gratin new-yorkais et bostonien de la mode — ne cessaient de s'extasier, tout comme les membres de la direction de Remaillard.

— C'est magnifique ! s'exclama une femme en embrassant Gill sur les deux joues, à la parisienne.

Elliot Rosenthal lui-même semblait impressionné.

— Bravo, dit-il en lui tendant une coupe de champagne. Ce travail est vraiment à la hauteur de ce que l'on attend d'une collaboratrice comme vous.

Flattée, Gill sourit. Et voilà ! L'affaire était conclue ! Il aurait pu tout aussi bien dire « Madame la Vice-Présidente ». Demain, il la ferait certainement venir dans son bureau et lui en donnerait officiellement le titre. Elle fit tinter son verre contre celui de son patron. Ça y est ! Elle l'avait fait. Elle avait atteint le palier suivant.

Pourtant, elle ne se sentait pas aussi heureuse qu'elle aurait dû. Que se passait-il ? N'était-ce pas là son souhait le plus cher, décrocher un poste à la hauteur de ses ambitions ?

Elle déambula à travers la pièce, souriant et faisant

des petits signes de tête aux personnes qu'elle croisait, lorsqu'elle aperçut une affiche, sur un des panneaux, qui était en train de se décrocher. S'arrêtant pour remettre les punaises, elle entendit s'élever la voix d'une femme se trouvant derrière le panneau.

— Il m'a demandé trois fois de retourner voir le Père Noël, disait-elle. Je suis sûre qu'il a la liste de cadeaux la plus longue des Etats-Unis !

— Tu ne lui as pas expliqué que le Père Noël ne pouvait pas tout mettre dans son traîneau ? demanda une autre voix féminine.

— Si. Et il m'a répondu que ce n'était pas grave, car il avait aussi commandé une remorque !

Les deux femmes éclatèrent de rire et Gill se sentit gênée de les avoir écoutées. Mais le mot Père Noël lui avait fait dresser l'oreille. Un coup d'œil à sa montre lui indiqua qu'il devait d'ailleurs être arrivé au centre à cette heure-ci. Peter McNabb devait être très occupé en ce moment !

« Arrête, Gillian ! Tu es en train de concrétiser ton rêve le plus cher ! Tu ne devrais penser ni au centre ni à Oliver ce soir. »

Elle reprit sa promenade à travers la salle et aperçut une autre affiche, sur un autre panneau, qui se détachait elle aussi. Elle s'approcha pour la remettre et ce fut, cette fois-ci, la conversation de deux couples qui parvint à ses oreilles.

— J'essaie d'être ferme, mais il suffit qu'il me regarde avec ses grands yeux bruns et je fonds. C'est plus fort que moi.

— La manière dont ils vous accueillent quand vous rentrez le soir, après le travail… ça donne vraiment envie de rentrer chez soi.

Ça donne vraiment envie de rentrer chez soi. La conversation continua mais Gill n'écoutait plus. Elle revit la vidéo que lui avait envoyée sa sœur. Elle songea à Drew qui, un jour, lui avait dit à peu près la même chose. Son beau-frère était à la tête d'une entreprise exportant des sapins sur toute la planète, il pesait des millions de dollars et pourtant, jamais elle ne l'avait vu plus heureux que lorsqu'il était avec sa femme et sa fille. Et elle, quand avait-elle été vraiment heureuse pour la dernière fois — en dehors des quelques visites qu'elle rendait à Gwen ?

Elle l'avait été lorsqu'elle avait fait du patin avec les enfants. Ce souvenir la fit sourire. Elle l'avait aussi été lorsqu'elle avait mangé chinois. Et chaque fois qu'Oliver lui avait souri.

Ça donne vraiment envie de rentrer chez soi.

Qu'est-ce qui l'attendait, elle, quand elle rentrait chez elle ? Du travail et un mini-sapin dépérissant.

Alors qu'elle avait passé toutes ces années à ne plus être la pauvre Gillian McKenzie, jamais sa vie ne lui avait paru plus vide.

Elle sentit une main taper sur son épaule.

— Stéphane Remaillard va faire son discours, l'informa Ken, un de leurs stagiaires. Et Elliot voudrait que vous soyez sur l'estrade, avec eux.

Ça donne vraiment envie de rentrer chez soi.

Tu finis toujours par avoir ce que tu t'es mis en tête d'avoir.

Gwen avait raison. Depuis quand laissait-elle les événements décider de sa vie pour elle ? Si celle-ci ne vous donnait pas ce que vous vouliez, c'était à vous de créer votre propre magie. N'était-ce pas ce qu'elle avait dit aux enfants ?

Peut-être était-il grand temps de suivre ses propres conseils et de faire en sorte d'être heureuse.

Les chants de Noël retentissaient dans la salle commune, sortant d'enceintes poussées au maximum. Jamais le centre n'avait été aussi joyeux et rempli de monde. Les enfants, que ce soit ceux du centre ou ceux des invités, riaient et couraient dans toute la pièce pendant que les plus âgés dansaient. Peter McNabb, dans son costume de Père Noël, était tout sourire et posait volontiers devant la forêt enchantée. Les adultes se mélangeaient et les invités — dont beaucoup avaient lu les publicités dans la presse et promis de faire des dons — s'intéressaient au centre et posaient des questions sur celui-ci. Oliver aurait dû être heureux. Mais il ne l'était pas.

— Monsieur Oliver ! Regardez ce que m'a donné le Père Noël !

Il tourna la tête. Jamarcus, des traces de chocolat tout autour de la bouche, brandissait un sucre d'orge et un ours en peluche.

Malgré son humeur maussade, Oliver ne put s'empêcher de sourire.

— Oh ! C'est bien. Je suis content pour toi, Jamarcus.

— Et Maria m'a donné du chocolat.

— Je vois ça.

Il n'eut pas le temps d'ajouter quoi que ce soit que le petit garçon avait déjà filé, en quête d'autres activités.

Oliver soupira. Il ne pouvait que l'admettre : cette fête était un réel succès, à la fois pour McNabb et pour le centre. Gill avait vraiment fait du bon travail.

C'était juste dommage qu'elle ne soit pas là pour assister à son triomphe...

Il avait pris son téléphone pour l'appeler au moins une demi-douzaine de fois dans la soirée, mais avait, chaque fois, renoncé à la dernière minute.

Le problème n'était pas uniquement le désir de reconnaissance professionnelle de la jeune femme — il était lui-même bien placé pour savoir ce que l'expression « acharné du travail » signifiait.

Non, c'était une question de priorités. Si elle choisissait de privilégier sa carrière au détriment de la promesse qu'elle avait faite aux enfants, qui sait si elle ne ferait pas un choix similaire une prochaine fois ? Qui sait si, cette prochaine fois, ça n'allait pas être *lui* qui ne correspondrait pas à ses attentes ?

Il devait être honnête, il avait très vite abandonné le combat parce qu'il avait peur de n'être pas assez bien pour elle. Et il avait des raisons d'être méfiant. Julia n'était-elle pas arrivée à cette conclusion lorsqu'elle l'avait quitté, juste après qu'il eut refusé d'abandonner son travail au centre ?

Sauf que Gill n'était pas Julia. Cela faisait toute la différence. Elle était vraiment beaucoup mieux.

Et Gill ne lui avait pas demandé de choisir quoi que ce soit. C'était *lui* qui avait décidé pour elle. Sans même lui laisser une chance.

Pour quelqu'un qui ne cesse de répéter que le ciel est la seule limite, je vous trouve bien défaitiste.

Les mots de Maria résonnèrent dans sa tête. Elle avait raison. Quel exemple pouvait-il donner aux enfants s'il refusait lui-même de prendre le moindre risque ?

C'est-à-dire, dans le cas présent, de donner une chance à Gill.

Une main tira sur le bas de sa veste. Se tournant, il découvrit Becky, accompagnée de deux autres fillettes.

— Carlos n'arrête pas d'essayer de nous traîner sous le gui, se plaignirent-elles. Est-ce qu'on peut lui donner une gifle ?

— Non, répliqua-t-il fermement, en se mordant la lèvre pour ne pas rire.

Carlos avait visiblement mené sa « Mission Gui » toute la soirée, au grand désespoir de Becky et de ses camarades… encore qu'elles ne semblaient pas particulièrement contrariées, même si elles affirmaient le contraire.

— Ne vous inquiétez pas. Je vais aller lui dire d'arrêter. Où est-il ?

Les fillettes échangèrent un regard.

— Là-bas, à côté de la porte, répondit l'une d'entre elles.

Le meilleur endroit pour attraper les filles, puisqu'elles passaient toutes par là, pensa Oliver, amusé. Ce garçon était décidément loin d'être idiot !

— Ne vous inquiétez pas. Je m'occupe de tout, les rassura-t-il.

— On sait que vous le ferez, répliqua Becky, un grand sourire aux lèvres.

Puis le trio s'enfuit en gloussant.

Les filles sont des êtres parfois très mystérieux, songea-t-il en hochant la tête, avant de commencer à se frayer un chemin à travers la foule jusqu'à la porte. Il avait passé la soirée à éviter cet endroit, la vision du gui lui rappelant douloureusement Gill, mais c'était décidé : dès qu'il aurait parlé à Carlos, il téléphonerait à la jeune femme et s'il fallait lui laisser un millier de messages, il le ferait.

Il venait de traverser la moitié de la pièce lorsqu'il se figea sur place.

Sous le gui se tenait Gill.

Elle portait une robe rouge provenant d'un couturier de Newberry Street. Simple mais élégante, celle-ci n'avait besoin d'aucun ornement autre que la longue chevelure blonde de la jeune femme.

Son cœur se mit à battre à tout rompre.

Elle avait revu ses choix.

Gill sentait ses mains devenir moites. Cela faisait des siècles qu'elle avait envoyé les filles chercher Oliver. Peut-être n'avait-il pas cru à leur histoire ? Ou peut-être l'avait-il repérée de loin et n'avait-il aucune envie de lui parler ? Ou, pire, peut-être avait-elle mal interprété les émotions qu'elle avait lues dans ses yeux ?

Soudain elle le vit. Il se tenait, sans bouger, à quelques mètres d'elle et son cœur s'arrêta. Leurs regards se croisèrent. Lentement, il s'approcha. Le sang battait contre les tempes de Gill. Elle compta les pas. Cinq. Six. Sept. Enfin, il fut près d'elle.

— Vous êtes finalement venue, dit-il simplement.

Elle hocha la tête.

— J'ai fait une promesse, vous vous souvenez ? Je me devais de la tenir.

— C'est parfait ! Les enfants vont être ravis.

— Ah ? Seulement les enfants ?

Il l'observa un instant en silence et s'approcha un peu plus près.

— Non, pas seulement eux, je dois l'admettre. Moi aussi. Et je vous dois des excuses.

— Ah bon ?

— Oui. Pour m'être emporté. Pour vous avoir mal jugée. Ce centre a toujours été pour moi le symbole de ma réussite, du fait que je m'en étais sorti. Mais on n'échappe jamais vraiment à ses racines. Et quand vous avez choisi d'aller au lancement de l'après-rasage, j'en ai fait une affaire personnelle. J'avais le sentiment que le centre n'était pas assez bien pour vous.

Se massant la nuque, il baissa le regard et son visage prit cette expression embarrassée qu'elle adorait.

— Je pensais que *je* n'étais pas assez bien pour vous, ajouta-t-il à voix basse.

Pas assez bien ? La gorge de Gill se noua. Oliver, cet homme magnifique et sûr de lui, croyait qu'il n'était pas assez bien pour *elle* ? Comment pouvait-on se tromper à ce point ?

— Je vous ai alors comparée à Julia et c'était une véritable erreur, poursuivit-il. Vous n'êtes pas du tout comme elle.

J'aurais dû vous laisser une chance. Pensez-vous pouvoir me pardonner ?

Gill ne parvint à articuler aucun mot. Il leva les yeux et ce qu'elle y vit fit se serrer sa gorge encore un peu plus. Puis, lentement, la tension qui s'était accumulée dans son corps se mit à se transformer en quelque chose de très doux, de merveilleux. Lui pardonner ? Mais de quoi ? De laisser son passé jouer un rôle dans ses actions présentes ? N'était-ce pas exactement ce qu'elle faisait elle-même ?

— Je veux bien vous pardonner, répondit-elle, avec un sourire. A condition que vous me donniez également une nouvelle chance.

— Oh ! Gill ! Je vous donnerai toutes les chances du monde ! promit-il, l'air radieux, avant que son expression ne devienne interrogative. Mais qu'en est-il de la cérémonie de lancement ? Ne devriez-vous pas être là-bas ?

— Si.

— Alors pourquoi êtes-vous... ?

Elle pressa doucement un index sur ses lèvres. Il était habité par cette lumière qu'elle lui avait déjà vue, et elle brûlait d'envie de le toucher.

— Après ce temps passé avec les enfants, avec vous, j'ai commencé à comprendre qu'il y avait autre chose dans la vie que travailler vingt heures sur vingt-quatre, sept jours par semaine. Et *je veux* cette autre chose.

— C'est exactement ce que je pense.

Les yeux qu'il posa sur elle étaient emplis de tant d'espoir qu'elle sut immédiatement ce qu'elle devait faire. Il avait pris un risque et s'était dévoilé. C'était son tour de se lancer.

— Je te veux dans ma vie, dit-elle.

Il s'approcha tout près d'elle et Gill prit une profonde inspiration. Les yeux d'Oliver brillaient comme il scrutait son visage, cherchant probablement à s'assurer de sa sincérité.

— Moi aussi, finit-il par répondre.

Puis il tendit la main et lui caressa les lèvres de son pouce. La douceur de ses doigts gagna le cœur de Gill.

— Je crois que je suis amoureux de toi, tu es si angélique, murmura-t-il.

Gill laissa s'échapper un long soupir. Elle ne s'était pas trompée. Elle avait su lire les émotions dans ses yeux.

— Moi aussi, dit-elle.

— Et tu sais quoi ?

— Non.

Elle était sur un nuage. Aucune promotion, aucun discours ne pouvaient lui faire l'effet des mots qu'elle venait juste d'entendre. *Oliver Harrington était amoureux d'elle.*

Passant alors son bras autour de sa taille, il l'attira contre lui.

— Tu es sous le gui, dit-il doucement contre ses lèvres.

— Je le sais. Et que va-t-il se passer ?

— Eh bien je ne sais pas pour toi, mais moi j'ai l'intention d'embrasser ma femme avant que Carlos ne revienne.

Joignant le geste à la parole, il pencha le visage pour s'emparer de sa bouche.

Épilogue

Un an plus tard…

Dehors, la neige avait commencé à tomber. Noël à Towering Pines allait être tout blanc cette année encore.

Blottie dans un coin du canapé, Gill sirotait son thé au gingembre en souriant. En face d'elle, le plus beau sapin de Teaberry brillait de mille feux.

Le bruit de pas étouffés lui fit tourner la tête.

— J'ai dû lire trois fois *Le Noël de Sidonie la souris*, mais elle a fini par s'endormir, déclara Gwen en s'asseyant à côté d'elle avec un soupir d'aise. J'ai cru que je n'y arriverais jamais.

Puis elle porta un regard maternel sur son ventre. Elle en était à son huitième mois de grossesse.

— Je suppose qu'elle est aussi impatiente que Drew et moi de voir le bébé, reprit-elle, d'un ton attendri. Même si, je le crains, elle s'imagine qu'avoir une petite sœur est un peu comme avoir un nouveau poney.

— Connaissant Drew, je suppose qu'elle en aura un.

— Ainsi qu'un chiot, un chaton, et la moitié de West Virginia Zoo. Je peux te dire que cette petite fille fait ce qu'elle veut de son papa.

— Et ce n'est pas bien ? demanda Gill.

— Si, répondit sa sœur, le regard empli d'amour. C'est un père tellement merveilleux. J'ai hâte de le voir porter son bébé dans ses bras.

C'était vrai. Drew était un père merveilleux. Depuis qu'il avait rencontré Gwen, sa famille était devenue le pilier de sa vie.

C'est incroyable ce que l'amour peut faire sur quelqu'un, songea-t-elle rêveusement, en posant machinalement une main sur son ventre. Elle aussi avait un cadeau de Noël surprenant et elle avait bien l'intention de le révéler ce soir.

— Où sont les garçons ? demanda alors Gwen. Toujours en train de livrer les sapins ?

— Apparemment, oui.

Etant donné l'état de sa femme, Drew avait insisté pour qu'elle ralentisse sérieusement sa participation aux travaux de la ferme et Oliver et Gill étaient arrivés tôt, ce matin, pour l'aider dans sa tournée. Fidèle à lui-même, Oliver avait réussi à convaincre Drew de distribuer les sapins invendus aux familles les plus défavorisées.

— Ne pourrions-nous pas répandre un peu de la magie Teaberry autour de nous ? avait-il plaisanté.

Elle devait sourire sans même s'en rendre compte — chose qu'elle faisait de plus en plus souvent ces derniers temps — car sa sœur intervint :

— Un penny pour tes pensées.

— Je pensais à la légende de Teaberry, répondit Gill. Et à la manière dont nous étions persuadées que ces arbres étaient magiques.

— Je le suis toujours ! N'ont-ils pas *effectivement* apporté de la magie dans nos vies ?

Gill hocha la tête. Même après quatre ans de mariage, Gwen était toujours une incorrigible romantique. Elle était sur le point de lancer une pique moqueuse à sa sœur lorsque la porte d'entrée s'ouvrit sur un trio d'hommes plus beaux les uns que les autres et couverts de neige. Même s'ils étaient tous les trois très séduisants, seul l'un d'entre eux faisait s'accélérer son cœur. Elle posa une nouvelle fois la main sur son ventre et regarda Oliver enlever ses chaussures.

— Je ne vous dis pas comme la Californie me manque ! s'exclama Brody en retirant la neige restée sur sa casquette. On n'a jamais peur d'avoir sa voiture bloquée par le froid, là-bas !

Agé d'à peine vingt ans, il était le portrait craché de son père.

— Non, juste par les embouteillages, répliqua celui-ci en riant.

— Très drôle, papa. Je vais appeler Susan, peut-être sera-t-elle plus agréable.

— Tu ferais mieux de te dépêcher. Je suis sûr qu'il s'est passé plein de choses depuis son dernier texto.

Brody fit une grimace à son père avant de disparaître dans les escaliers.

— Je suis sûr que ces deux-là, c'est du sérieux, déclara Drew en s'asseyant à côté de sa femme. Bon. Il est trop tard pour l'histoire du soir ?

— J'ai bien peur que oui, mais je ne serai pas surprise qu'il y ait un deuxième round.

— Je m'en occuperai, ne t'inquiète pas. Tu ferais mieux d'aller te reposer un peu, je suis certain qu'elle sera debout aux premières lueurs de l'aube !

— Réveillée par son papa aussi impatient qu'elle !

Gill les regardait en souriant lorsqu'elle sentit deux mains se poser sur ses épaules.

— Je t'ai manqué ? murmura Oliver à son oreille.

— A ton avis ? Tu le sais bien. Tu me manques toujours.

Il posa alors un baiser dans son cou et elle sentit une décharge électrique se propager à travers tout son corps.

Ils étaient mariés depuis maintenant huit mois, mais elle éprouvait toujours les mêmes sensations qu'au premier jour lorsqu'il la touchait. Et elle avait le sentiment que ce serait toujours le cas.

— Vous avez réussi à distribuer tous les arbres ? demanda-t-elle.

— Oui ! Tous. La magie de Teaberry a atteint à peu près toute la région.

— Nous étions justement en train d'en parler, intervint Gwen. Et Gill était sur le point de me dire, comme elle le fait chaque année, que rien ne vaut un arbre magique. N'est-ce pas, sœurette ?

Gill promena son regard autour d'elle.

Il n'y avait dans cette pièce rien d'autre que de l'amour et du bonheur. Gwen et Drew avaient trouvé leur équilibre ici, à Teaberry Farm. Quant à Oliver, son mari, c'était Noël qui l'avait amenée à le rencontrer. Sa vie serait tellement vide sans lui ! Elle songea à l'existence qu'ils s'étaient créée tous les deux, et à sa joie lorsqu'il apprendrait, ce soir, qu'il allait devenir père.

— Je ne sais pas, finit-elle par répondre, les yeux rêveusement posés sur le sapin Teaberry. Peut-être y a-t-il un peu de vrai dans cette légende ancienne.

MARIN THOMAS

Un papa en cadeau

Traduction française de
MARIE MOREAU

HARLEQUIN

Titre original :
MISTLETOE MAGIC

Ce roman a déjà été publié en 2021.

1

Oh non… Encore lui ?

Exaspérée, Finley McCarthy poussa un soupir rageur en voyant la fourgonnette qu'elle connaissait si bien se garer sur l'emplacement réservé aux handicapés. A deux semaines de Noël, les clients se bousculaient dans sa boutique Mistletoe Magic, et elle n'avait vraiment pas le temps de surveiller ce vieux voleur à l'étalage.

— Où se trouve la potion dont parlent tous les enfants ? lui demanda la cliente qui venait d'entrer.

A la mort de sa grand-mère, Finley avait hérité d'une grande maison victorienne qu'elle avait réaménagée. A la place des chambres, elle avait installé au premier étage un appartement pour y loger avec ses jumeaux de cinq ans. Le rez-de-chaussée abritait à présent le magasin d'articles ésotériques qu'elle avait créé.

Elle prit une petite fiole en verre sur l'étagère située derrière la caisse.

— La voici, Viola, dit-elle en tendant le flacon à sa voisine qui dirigeait la chorale d'enfants.

Viola Keller refusait de dévoiler son âge mais, d'après Finley, elle devait avoir entre soixante et soixante-dix ans. A Mistletoe, tout le monde connaissait son histoire. Elle s'était mariée dès sa sortie du lycée et, au bout d'un an, son mari l'avait quittée pour une autre femme. Le cœur brisé, elle n'avait jamais voulu refaire sa vie.

— Votre boutique est très joliment décorée, Finley.

— Merci, Viola.

Quand Finley avait ouvert son commerce, seuls quelques curieux étaient entrés pour découvrir ce qu'elle avait à vendre. Peu à peu, les habitants de la région avaient commencé à savoir qu'elle proposait des herbes, des pierres médicinales, des bougies, des essences et des huiles favorables à la santé, à l'harmonie et au bonheur. Les ventes démarraient enfin, mais le peu d'activité des premiers mois avait laissé un trou dans sa trésorerie. Si elle voulait retrouver une situation financière stable, elle ne pouvait compter que sur cette période de Noël. Elle avait investi tout son héritage dans cette affaire et, si elle échouait, elle serait obligée de déposer le bilan et de vendre la maison qui appartenait à sa famille depuis 1886.

— Je ne crois pas à la magie, reprit Viola en posant le flacon sur le comptoir, mais mes petits chanteurs parlent tous de cette potion. Alors j'ai pensé leur en offrir...

— C'est amusant, et cela ne peut faire de mal à personne.

Espérant accroître son chiffre d'affaires du mois de décembre, Finley avait créé elle-même cette potion destinée aux enfants. Elle l'avait appelée Mistletoe Magic, du nom de son magasin. C'était un mélange constitué de baies de gui écrasées, de lavande et de menthe. Les enfants devaient en verser quelques gouttes sur leur oreiller le soir de Noël pour rêver des jouets qu'ils trouveraient sous le sapin le lendemain matin.

Au mois d'octobre, ses deux fils en avaient apporté un échantillon à l'école et en avaient parlé à tout le monde, si bien que, dès le lendemain, des parents l'avaient appelée toute la journée pour passer commande. Finley avait travaillé dur pour constituer son stock de fin d'année, et le succès était au rendez-vous.

— Sept dollars, c'est beaucoup pour une si petite bouteille.

— Il ne faut en verser que quelques gouttes, répondit Finley tout en regardant par la fenêtre.

Burt Hollis venait de sortir de sa fourgonnette et se dirigeait en fauteuil roulant vers l'entrée de la boutique.

— Peut-être préféreriez-vous un porte-bonheur en forme de gui, l'emblème de la ville ? proposa-t-elle à Viola.

Ces petits bijoux coûtaient moins cher et rencontraient autant de succès que les flacons de potion magique.

— Ils sont en promotion à trois dollars pièce, ajouta-t-elle en en attrapant un pour le lui montrer. Si vous en prenez un, il portera chance à la personne à qui vous l'offrirez.

— Et si je veux avoir de la chance moi-même ?

— Il faut que quelqu'un vous en offre un.

Viola plissa le front.

— Cela n'arrivera jamais.

Finley lui tendit le pendentif.

— Joyeux Noël ! Maintenant, vous pouvez vous attendre à avoir de la chance.

Et vous montrer un peu plus polie en retour, ajouta Finley intérieurement.

Non sans surprise, elle vit le regard de Viola s'illuminer.

— C'est pour moi ?

— Tout le monde mérite de recevoir un cadeau en cette période de l'année.

— Eh bien, je crois que je vais offrir cette potion à mes petits chanteurs !

— Combien d'enfants font partie de la chorale ? demanda Finley.

— Douze.

— Bien. Donc, douze flacons de potion magique.

Voulez-vous que je vous les emballe dans du papier cadeau ? Vous pouvez faire un tour dans le magasin, pendant ce temps.

Finley prit des flacons sur l'étagère tout en gardant un œil sur Burt qui empruntait maintenant la rampe d'accès à la boutique. Pourquoi diable l'avait-il choisie comme cible pour ses larcins ?

— Inutile, je les emballerai moi-même. Merci pour le porte-bonheur, Finley, dit Viola en lui tendant sa carte de crédit.

— Je vous en prie. Et n'oubliez pas de revenir dans quelques jours, tout sera à moitié prix.

Pendant que Finley mettait les achats de sa cliente dans un sachet, la clochette de la porte tinta et Burt entra avec son fauteuil roulant en percutant la table sur laquelle trônaient des présentoirs à colliers. Plusieurs chaînes en argent se décrochèrent et tombèrent sur la nappe rouge.

Affichant un sourire forcé, Finley fit son possible pour dissimuler son agacement.

— Bonjour, Burt, dit-elle poliment.

— Bonjour, mademoiselle McCarthy.

Un sourire apparut sous sa moustache broussailleuse tandis qu'il soulevait son chapeau. S'il n'avait pas eu la mauvaise habitude de voler dans son magasin, elle l'aurait trouvé absolument charmant.

— Vous cherchez peut-être quelque chose que vous n'auriez pas trouvé hier ? demanda-t-elle en essayant de lui faire comprendre son sous-entendu.

Il devait pourtant savoir qu'elle n'était pas dupe de son petit jeu… Mais, manifestement, cela ne l'empêchait pas de continuer.

— Je ne sais pas, répondit-il sur un ton évasif. Je vais regarder un peu.

— Puis-je vous proposer une tasse de cidre chaud ?

— C'est donc ça, cette délicieuse odeur ?

Elle dut se retenir pour ne pas lui tordre le cou. Il savait parfaitement qu'elle offrait du cidre chaud à ses clients pendant les vacances de Noël !

— Il se pourrait que j'aie un peu soif, ajouta-t-il.

— Je serais ravie de servir M. Hollis, proposa Viola avant de filer vers la petite cuisine située à l'arrière de la maison.

— Burt, vous connaissez donc Mme Keller ?

— Oui, j'aimais bien aller écouter les enfants chanter, avant...

Il s'interrompit en agitant la main devant son visage.

— Voilà pour vous, monsieur Hollis, dit Viola en lui apportant une tasse. Cela fait longtemps que je ne vous avais pas vu !

Manifestement, elle surveillait avec attention sa présence aux représentations.

— Je devrais sans doute reprendre mes vieilles habitudes, admit-il en lui souriant.

— Oui, vous devriez, confirma Viola en rougissant légèrement. Et emmenez donc votre fils avec vous.

Sur ces mots, elle prit ses emplettes, salua Finley et sortit d'un pas joyeux.

Une autre cliente lui demanda son aide. Le temps qu'elle lui montre où se trouvait le pot-pourri de Noël, Burt s'était éloigné.

— Excusez-moi... Je cherche vos grandes bougies dorées.

Bon, songea-t-elle en se tournant vers la dame qui venait de s'adresser à elle. Elle n'allait pas pouvoir s'occuper de Burt pour l'instant.

— Suivez-moi.

Après cela, elle dut renseigner quelqu'un d'autre, et les ventes se succédèrent ainsi tout l'après-midi. Ce ne fut qu'au moment de la fermeture qu'elle s'aperçut que la fourgonnette de Burt n'était plus garée le long du trottoir.

Elle verrouilla la porte et monta à l'étage, où les jumeaux étaient en pleine partie de jeux vidéo.

— Tout va bien ? leur demanda-t-elle.

— Oui ! répondirent-ils à l'unisson.

— Je vous rejoins dès que j'aurai rangé le magasin.

— D'accord.

Elle se sentait coupable de laisser l'écran de télévision jouer le rôle baby-sitter mais, en ce moment, elle n'avait vraiment pas d'autre solution.

De retour au rez-de-chaussée, elle mit le reste de cidre au réfrigérateur et jeta les poubelles. Puis elle rangea les étagères et procéda au réassortiment des rayons. C'est alors qu'elle s'aperçut qu'il manquait un collier de cristaux. Or elle savait qu'elle n'en avait vendu aucun aujourd'hui.

Burt.

Presque tous les articles qu'elle proposait coûtaient moins de vingt dollars, à l'exception des bijoux qui devaient favoriser l'harmonie spirituelle. Elle devait les faire venir spécialement du Vermont et avait fixé leur prix à trente-neuf dollars quatre-vingt-quinze.

Cette fois, c'en était trop ! Elle devait mettre un terme à cette comédie.

— Flint ! Tuff ! appela-t-elle en s'approchant de l'escalier. Eteignez la télévision et prenez vos manteaux ! Nous allons faire un tour.

Les garçons se laissèrent glisser sur la rampe et atterrirent en riant dans la cuisine. Elle leur avait dit mille fois que la maison n'était pas une cour de récréation, mais elle n'eut pas le cœur de les gronder alors qu'ils avaient l'air si joyeux. Si seulement elle avait pu les laisser gambader dans toute la maison, au lieu de les obliger à rester à l'étage pendant les heures d'ouverture du magasin...

— Si vous êtes sages, dit-elle tandis qu'ils s'installaient

tous les trois dans sa voiture, nous nous arrêterons chez le marchand de glaces sur le chemin du retour.

Pour une fois, ils auraient droit à une glace avant le dîner. Elle pouvait bien faire une exception pour fêter cette fin d'année.

— Où on va ? demanda Flint.

— Rendre visite à quelqu'un.

— Burt ? fit Tuff.

— Comment connais-tu M. Hollis ? répliqua Finley en quittant Main Street pour se diriger vers la sortie de la ville.

— Burt nous a demandé ce qu'on voulait pour Noël, expliqua Flint.

— C'est *M. Hollis*. Et je peux savoir quand vous lui avez parlé ?

— Quand on jouait derrière, dans le jardin, répondit Tuff.

— Il voulait savoir où était notre père. On lui a répondu qu'il vivait sur une autre planète, compléta Flint en ricanant.

Finley avait eu beau leur répéter cent fois que l'Islande se trouvait bien sur Terre, ses fils trouvaient beaucoup plus amusant de dire aux gens que le père qu'ils n'avaient jamais vu vivait dans un système solaire différent du leur. Elle ne regrettait pas sa rupture avec Alexander mais, depuis la mort de sa grand-mère, elle se sentait bien seule pour s'occuper de ses enfants. Elle aurait aimé à présent qu'Alex fasse un effort pour entrer dans la vie des deux adorables garçons qu'ils avaient eus ensemble. En tout cas, ils avaient besoin d'un homme sur qui prendre exemple, et de préférence un autre que Burt Hollis.

Le ranch de Buckhorn se trouvait à une dizaine de kilomètres du centre-ville. Avec son fils Cooper, Burt y élevait des daims à queue blanche du Texas qui étaient vendus à d'autres éleveurs désireux de créer leur propre troupeau.

En s'approchant de la maison, Finley vit tout de suite que la fourgonnette de Burt ne se trouvait pas dans l'allée.

Elle ne se laissa pas décourager pour autant. S'il n'était pas là, elle pourrait toujours parler de son problème à Cooper.

— Attendez-moi ici, dit-elle avant de descendre de voiture.

Elle monta les marches de la galerie et sonna. Comme personne ne venait, elle se mit à frapper fort.

— Oui, j'arrive ! lança une voix à l'intérieur.

La porte s'ouvrit brusquement et Cooper Hollis apparut devant elle, l'air furieux. Elle resta immobile, le souffle coupé, comme ensorcelée par son regard bleu électrique. Bien qu'elle l'ait déjà vu de loin, ils ne s'étaient jamais rencontrés, et elle ne s'était pas rendu compte jusque-là à quel point il était séduisant.

— Que puis-je pour vous ?

Sa question la fit presque sursauter.

— Bonjour, je m'appelle Finley McCarthy. Je suis la propriétaire du magasin Mistletoe Magic.

Lorsqu'il serra la main qu'elle lui tendait, elle sentit un frisson lui parcourir le bras. Comment un inconnu pouvait-il lui faire un tel effet ? C'était insensé ! D'autant que, depuis la naissance des jumeaux, elle avait pour ainsi dire renoncé aux hommes. Elever deux enfants toute seule lui prenait toute son énergie. Le soir, elle n'avait envie de rien d'autre que d'un bain chaud et d'un bon livre.

— Je voudrais vous parler de Burt, ajouta-t-elle.

— Que s'est-il passé ? Est-ce qu'il va bien ?

Sans attendre sa réponse, il décrocha précipitamment son manteau pour l'enfiler.

— Ne vous inquiétez pas, le rassura-t-elle aussitôt. Il ne lui est rien arrivé.

S'il se faisait autant de souci pour son père, il se sentirait certainement concerné par ses vols à répétition. Sans doute pourrait-elle compter sur lui pour l'aider à résoudre ce problème.

— Bon. Dans ce cas, qu'avez-vous à me dire ?

Tous les mots du discours qu'elle avait soigneusement préparé pendant le trajet s'envolèrent d'un coup. Elle se sentait aussi nerveuse qu'une adolescente devant le plus beau garçon du lycée.

— Je ferais peut-être mieux de revenir quand il sera là…

— Si vous avez pris la peine de vous déplacer jusqu'ici, ce doit être important.

Même si elle était sûre de ce qu'avait fait Burt, Finley n'avait pas pour habitude de dire du mal des gens ou de les accuser en leur absence. Quoi qu'il en soit, elle ne pouvait pas se permettre de rester sans réagir. Elle avait déjà perdu beaucoup à cause de lui.

— Cela fait six mois que votre père vient dans mon magasin, et…

— Quel magasin ?

Il avait déjà oublié ce qu'elle lui avait dit ? Eh bien, elle ne devait pas lui avoir fait une très forte impression !

— Mistletoe Magic. La maison verte victorienne, au bout de Main Street.

Face à son absence totale de réaction, elle inspira profondément pour se donner du courage et se lança.

— Votre père vole dans mes rayons. Chaque fois qu'il vient, un article disparaît.

— Vous êtes folle, si vous croyez que mon père est intéressé par vos trucs de magie !

— Je ne vends pas des « trucs de magie », monsieur. Mon activité a pour but de favoriser l'harmonie et le bien-être spirituel. Je vends des herbes, des pierres médicinales, des cristaux, de la sauge blanche ou du charbon de bois au cas où vous voudriez vous débarrasser d'un fantôme.

— Des babioles sans intérêt, répliqua-t-il avec dédain. Qu'est-ce qu'un vieux monsieur pourrait bien faire de vos cailloux ?

Pour répondre à sa question, elle sortit de sa poche le collier de cristaux qu'elle avait apporté.

— Aujourd'hui, juste après sa visite, j'ai remarqué que l'un de ces bijoux manquait.

Cooper regarda l'objet avec attention.

— Il y a erreur sur la personne, conclut-il.

Finley était pourtant sûre de ne pas se tromper.

— Il faut que votre père rapporte tous les objets qu'il a pris.

— Vous avez du toupet d'accuser un infirme de vol ! Y a-t-il un système de vidéosurveillance dans votre boutique ? Avez-vous vu mon père dissimuler des objets dans ses poches ?

Bien évidemment, elle n'avait pas les moyens de faire installer des caméras.

— Non.

— Dans ce cas, cette conversation est terminée.

Sur ce, il lui claqua la porte au nez.

Cela ne s'était pas si mal passé, songea-t-elle. Elle pouvait espérer que Cooper parlerait de sa visite à son père, et qu'il lui conseillerait de ne plus s'approcher de la boutique.

Comme elle rejoignait sa voiture, elle s'aperçut qu'il n'y avait plus personne sur la banquette.

— Flint ! Tuff ! appela-t-elle avec angoisse. Les garçons ?

Le cœur battant, elle courut vers l'écurie.

— On est là, maman.

La voix de Tuff la mena à l'arrière du bâtiment, où les garçons observaient deux faons.

— Oh ! comme ils sont mignons !

Flint pointa du doigt le mâle qui avait déjà des bois.

— Est-ce qu'il va tirer le traîneau du Père Noël ?

— Ce sont des daims, et non des rennes. Et puis, ceux du Père Noël vivent avec lui au pôle Nord. Allez, conclut-elle, c'est l'heure de partir.

Sur ces mots, elle les prit par la main pour les ramener à la voiture.

— Est-ce qu'on pourra revenir voir les rennes ? demanda Flint.

— Je ne crois pas, mon chéri.

Si elle pointait de nouveau son nez au ranch de Buckhorn, elle risquait fort d'être accueillie par des coups de fusil.

Cooper avait bien dû regarder sa montre une centaine de fois depuis la visite inattendue qu'il avait reçue. Cela faisait plus d'une heure que la visiteuse blonde était partie, et son père n'était toujours pas là. Où diable avait-il pu passer ?

Depuis qu'ils avaient acheté une fourgonnette adaptée à son état, Cooper ne le voyait presque plus au ranch. Il se réjouissait qu'il soit à ce point autonome, et ses journées étaient bien plus productives depuis qu'il n'avait plus à interrompre son travail pour l'emmener chez le médecin ou à l'épicerie.

Grâce à l'acquisition de ce véhicule, leurs rapports avaient retrouvé une certaine sérénité, même s'ils continuaient à se disputer de temps en temps. C'était arrivé encore récemment, quand Cooper avait refusé de mettre un sapin de Noël dans la maison.

Il n'avait pas le cœur à célébrer les fêtes de fin d'année, tant le souvenir du dernier soir de Noël restait vif dans sa mémoire. C'était le moment que Denise, sa fiancée, avait choisi pour lui annoncer qu'elle le quittait. La perspective d'avoir Burt à sa charge avait semé le doute dans son esprit et, face au refus catégorique de Cooper de placer son père en maison de retraite, elle avait préféré partir.

Il finissait sa deuxième tasse de café lorsque la fourgonnette qu'il attendait s'avança enfin dans l'allée. Il se précipita dehors à la rencontre de son père.

— Est-ce que tu as volé des choses dans le magasin de cette femme blonde en centre-ville ?

— Je te demande pardon ? répliqua Burt.

Il manœuvra pour placer son fauteuil roulant sur le petit ascenseur qui lui permettait de descendre du véhicule.

— Elle est venue ici, déclara Cooper.

— Qui ?

— Finley McCarthy.

Burt appuya sur la commande du verrouillage automatique et l'ascenseur remonta avant que la portière se referme. Cooper le suivit sur la rampe menant à la porte d'entrée.

— Elle a dit que tu étais entré plusieurs fois dans sa boutique.

— Il se peut que je sois passé à Mistletoe Magic une fois ou deux.

— Mais qu'est-ce que tu as bien pu aller faire là-bas ? répliqua Cooper en ouvrant la porte du salon. Tu lui as vraiment volé des choses ? Papa ? insista-t-il après un silence.

Fuyant son regard, Burt se dirigea vers la cuisine pour ouvrir le réfrigérateur. Excédé par son silence, Cooper alla jusqu'à sa chambre et constata qu'elle était dans le même désordre que la dernière fois qu'il y était entré. Si seulement son père avait bien voulu le laisser ranger un peu…

Il ouvrit le tiroir de la table de chevet et y trouva une paire de ciseaux, un coupe-ongles, quelques pièces de monnaie, trois stylos et une pierre.

Une pierre ? Intrigué, il la prit pour l'examiner. Elle était polie et colorée. De toute évidence, ce n'était pas un banal caillou trouvé dans le jardin.

Poursuivant ses recherches, il découvrit dans la commode des flacons d'huile parfumée, des bâtons d'encens et des petites bougies. Il n'arrivait pas à y croire ! Comment son père avait-il pu faire une chose pareille ?

Il rassembla les preuves et alla les déposer sur la table de la cuisine.

— Qu'as-tu à dire pour ta défense ?

— Depuis quand as-tu le droit de fouiller dans mes affaires ?

— Depuis que cette femme est venue sonner ici pour t'accuser de vol à l'étalage !

Burt devint écarlate.

— Papa, dis-moi que tu ne lui as pas volé tout ça...

Empoignant la commande de son fauteuil, Burt se rendit dans sa chambre dont il claqua la porte derrière lui. Mais Cooper n'avait pas l'intention de le laisser s'en tirer ainsi. Sans hésiter, il le suivit et frappa doucement.

— Va-t'en !

— Tu dois rapporter ces articles à la boutique.

Cette fois, il n'eut pas de réponse.

Depuis quelque temps, Burt avait un comportement étrange. Peut-être avait-il besoin de consulter un spécialiste. Souffrait-il des premiers symptômes de la démence ? Peut-être avait-il déjà oublié qu'il avait volé toutes ces choses...

Demain, il irait voir Finley McCarthy à son magasin pour lui rendre ses affaires et lui présenter ses excuses pour l'attitude de son père. Il allait passer pour un imbécile, mais quelle importance ? Un an plus tôt, il avait bien été ridiculisé aux yeux de tous quand sa fiancée lui avait rendu sa bague le soir de Noël. Que risquait-il à présent ?

Il ferma les yeux et s'attendit à voir apparaître dans son esprit le visage de Denise. A sa grande surprise, ce fut la silhouette menue, les longs cheveux dorés et les ravissants yeux marron de Finley McCarthy qu'il revit. Cette femme ressemblait à une fée.

S'il était allé en ville plus souvent, il aurait sans doute

pu la rencontrer dans d'autres circonstances. Et, qui sait, peut-être l'aurait-il invitée à boire un verre.

Mais à quoi bon ? Il avait fait une croix sur toute relation sentimentale. Il était déterminé à prendre soin de son père jusqu'au bout et, le jour où il n'aurait plus à le faire, il serait lui-même devenu un homme âgé.

2

— Bonjour, monsieur.

Cooper s'arrêta au pied des marches de la grande maison verte située au bout de Main Street. Il regarda à droite, puis à gauche. Il aurait juré avoir entendu une voix.

— Vous êtes le monsieur des rennes.

Il vit alors des petits jumeaux sortir des buissons et s'approcher de lui en le regardant fixement. Ils portaient le même manteau, la même écharpe, le même bonnet, et les mêmes gants. Il ne faisait pourtant pas si froid, à peine moins de dix degrés. La neige tombait rarement à Mistletoe mais, cette année, on annonçait l'arrivée d'une tempête d'ici à quelques jours. Peut-être passerait-elle le jour de Noël.

— J'élève des daims à queue blanche du Texas, précisa-t-il tout en se demandant s'il avait déjà parlé de son métier avec des enfants de cet âge.

— On les a vus dans votre ranch, dit l'un des garçons en s'approchant de lui. On dirait les rennes du Père Noël. Hein, Flint ? ajouta-t-il en regardant son frère.

— Tuff pense que vous travaillez pour le Père Noël.

Tuff et Flint ? C'était la première fois que Cooper entendait ces prénoms.

— Désolé de vous décevoir, dit-il, mais ce n'est pas le cas. Et les animaux que j'élève ne savent pas voler.

— C'est pas ce qu'a dit Burt, objecta Tuff.

— Comment connaissez-vous Burt ?

— Quand il vient au magasin de maman, il me laisse appuyer sur les boutons de son fauteuil.

Bon sang ! songea Cooper. Depuis combien de temps son père harcelait-il Finley et ses fils ?

— Burt aime bien raconter des histoires. Les daims ne sont pas des rennes. Est-ce que votre mère est là ? ajouta-t-il en montant les marches.

— Elle travaille tout le temps.

Flint, qui semblait plus réservé que son frère, venait de faire ce commentaire d'une petite voix à peine audible.

— Vous n'êtes pas censés être à l'école, tous les deux ?

C'était vendredi, et l'heure du déjeuner était passée depuis un bon moment. Toutefois, en entendant sa question, ils prirent un air interloqué.

— C'est les vacances de Noël, dit Tuff.

Cooper se tourna pour regarder la rue. Cela faisait des semaines qu'il n'était pas venu en ville, et il n'avait même pas remarqué les décorations lumineuses. Des guirlandes ornaient les vitrines des magasins, et de fausses cannes en sucre étaient alignées le long des trottoirs. On voyait aussi des traîneaux tirés par des rennes, ainsi que des couronnes suspendues à toutes les portes, y compris celle de Mistletoe Magic. A deux rues de là, le village du Père Noël envahissait la grande place, entouré de sapins décorés avec des rubans rouges. Et, bien sûr, à chaque réverbère était suspendu un bouquet de gui, l'emblème de la ville.

— Oui, répondit-il. J'avais oublié.

Les garçons le regardèrent alors avec stupeur.

— Vous aviez oublié Noël ?

— Quel âge avez-vous ? demanda Cooper.

— Cinq ans, répondit Tuff.

— Eh bien, moi, j'ai trente-cinq ans, et on oublie facilement Noël, quand on est aussi vieux que moi.

Il tendait la main vers la poignée de la porte quand celle-ci s'ouvrit. Finley apparut devant lui. Il souleva aussitôt son chapeau de cow-boy pour la saluer. Aussi pénible que ce soit, il était venu dans l'intention de présenter des excuses à la jolie commerçante.

— J'espère que vous n'embêtez pas M. Hollis, au moins ? lança-t-elle à ses fils tout en interrogeant Cooper du regard.

— Pas du tout. Auriez-vous un moment ? ajouta-t-il après s'être éclairci la voix. J'aimerais vous parler, si vous êtes d'accord.

— Bien sûr.

Ils entrèrent dans la boutique où des haut-parleurs diffusaient une douce musique de Noël. Cela sentait la pomme et la cannelle.

— Je suis à vous dans une minute, dit Finley avant de s'éloigner pour renseigner une cliente.

Il ne put s'empêcher de remarquer à quel point sa longue jupe noire et sa chemise rouge en velours lui allaient bien. Mais depuis quand s'attachait-il à ce genre de détails ?

En attendant qu'elle soit disponible, il regarda les marchandises présentées autour de lui. De petits sapins lumineux étaient disposés sur une table recouverte d'une nappe rouge saupoudrée de fausse neige. Il ne tarda pas à repérer sur les étagères plusieurs articles identiques à ceux que son père avait dérobés.

— Merci et joyeux Noël ! dit Finley à sa cliente.

Puis elle referma la caisse et revint vers lui. Elle portait de nombreux bracelets fins et brillants à chaque poignet, et la délicate chaîne nouée autour de ses hanches tintait lorsqu'elle se déplaçait. Ce bruit aurait pu agacer Cooper, mais il le trouvait au contraire agréable et réconfortant. Il avait même l'impression qu'il dissipait sa nervosité.

— Que puis-je faire pour vous, monsieur Hollis ?

La lumière que dégageait le lustre fixé au-dessus d'elle faisait paraître ses cheveux encore plus blonds et accentuait le contraste avec son regard brun et ses longs cils noirs.

— Pardon ?

— Je crois que vous vouliez me parler de quelque chose.

— Oui, c'est vrai.

Pourquoi était-il aussi décontenancé, tout à coup ? C'était insensé !

S'efforçant de recouvrer son sang-froid habituel, il enfouit les mains dans ses poches et en sortit les objets qu'il posa sur une table.

— Je suis venu vous rapporter ceci.

Elle ouvrit de grands yeux étonnés.

— Je vous dois des excuses, poursuivit-il. Mon père a pris tout cela dans votre boutique.

Contrairement à ce qu'il avait prévu, elle se garda de rétorquer : « Je vous l'avais bien dit. »

— Merci, dit-elle simplement.

L'un après l'autre, elle prit les objets pour les remettre à leur place.

— Je voudrais aussi vous demander pardon de m'être montré aussi grossier quand vous êtes passée au ranch.

— Ce n'est rien. Nous avons tous nos bons et nos mauvais jours...

Elle avait sans doute raison, mais il n'avait pas l'impression d'avoir connu un seul bon jour depuis le départ de Denise.

— Burt perd un peu la tête ; il n'a pas fait ça contre vous. Puis-je faire quoi que ce soit pour vous dissuader de porter plainte contre lui ?

— Vous ne devez pas avoir une très haute opinion de moi, monsieur, si...

— Cooper.

— Cooper… Si vous croyez que je vais dénoncer votre père à la police.

Il s'en voulut en voyant dans ses yeux que sa remarque l'avait sincèrement blessée.

— Vous seriez en droit de le faire.

— Ce n'est pas mon intention, mais…

Elle baissa les yeux et replaça machinalement des pendentifs sur un présentoir.

— Mais quoi ?

— Mais je ne peux pas m'empêcher de me demander si Burt ne fait pas cela seulement pour attirer l'attention.

— Mais encore ?

— Votre père se sent peut-être à l'écart, ignoré.

Il resta un instant bouche bée de stupeur.

— Vous ne savez rien de nous, lâcha-t-il après quelques secondes.

Il ne consacrait pas autant de temps qu'il l'aurait voulu à son père, mais c'était parce qu'il n'avait pas le choix. Il était obligé de passer de longues heures dehors pour s'occuper du ranch. De quel droit l'accusait-elle de négliger son père ? Il avait sacrifié son bonheur pour lui !

Il remit son chapeau et la salua froidement d'un signe de tête.

— Mon père vous présentera ses excuses en bonne et due forme demain, conclut-il.

Sur ces mots, il ressortit, descendit les marches et rejoignit sa voiture en passant à côté des jumeaux qui faisaient du vélo dans l'allée.

Il avait beau être furieux contre Finley après ce qu'elle avait osé lui dire, il ne pouvait chasser de son esprit son visage enchanteur et l'image de ses longs cheveux dorés.

— Pourquoi il faut toujours que tu travailles ? demanda Tuff, le samedi matin, alors que Finley débarrassait la table du petit déjeuner.

Les vacances avaient commencé la veille, et les garçons se plaignaient déjà de s'ennuyer. Dans ces moments-là, Finley ressentait encore plus le vide laissé par la disparition de sa grand-mère. Elle avait été si merveilleuse avec eux... Ils avaient été sous le choc quand, à l'âge de quatre-vingts ans, elle était partie calmement dans son sommeil sans que personne ne s'y attende.

— Vous savez bien que je dois ouvrir le magasin le samedi.

C'était le jour où elle avait le plus de clients. Comment aurait-elle pu se permettre de manquer autant de ventes potentielles ?

— Pourquoi vous n'allez pas dans le jardin pour jouer sur le portique ? leur suggéra-t-elle.

— Je déteste la balançoire ! rétorqua Tuff.

— J'ai préparé votre déjeuner.

Ignorant leurs grognements désapprobateurs, elle ouvrit le réfrigérateur pour leur montrer les sachets en papier et les briques de jus de fruits.

— Je veux pas de sandwich au beurre de cacahuète, déclara Tuff en croisant les bras avec un air boudeur. Je veux du gratin de macaronis.

Finley se sentait tellement coupable... Les jumeaux méritaient bien un repas chaud après avoir mangé des sandwichs toute la semaine. Si seulement elle avait eu le temps de faire la cuisine pour eux !

Elle regarda l'horloge et vit qu'il était 9 h 45. Le magasin ouvrait dans un quart d'heure.

— Il faut que j'y aille.

Elle les embrassa tous les deux sur le front.

— Vous savez quoi ? Si vous êtes sages aujourd'hui, je vous emmènerai au village du Père Noël ce soir.

— Je serai sage, promit Flint.

— Et toi, Tuff ?

— Oui, d'accord. Moi aussi, je serai sage.

Après un dernier baiser, elle descendit au rez-de-chaussée, se rendit dans la cuisine et remplit une marmite de cidre qu'elle mit sur le feu pour le porter à ébullition. Puis elle ouvrit une boîte de biscuits et les disposa sur une assiette avant de sortir des petites serviettes et des tasses. Dans le magasin, elle installa son tiroir-caisse et alluma la station de radio qui diffusait des chants de Noël en continu. Après avoir vérifié une dernière fois que tout était en ordre, elle alla à la porte d'entrée pour ouvrir la boutique. En regardant machinalement dehors, elle se figea. La fourgonnette de Burt Hollis était garée le long du trottoir. Dès qu'il la vit, il lui fit un signe de la main.

La journée commençait mal… Prenant son châle suspendu derrière le comptoir, elle sortit, bien décidée à lui faire passer son chemin.

Il la regarda s'approcher mais, au lieu de l'attendre, il ouvrit sa portière coulissante et avança sur le petit ascenseur de son véhicule.

— Ne vous donnez pas la peine de descendre, Burt. Cooper m'a prévenue de votre visite.

— Je suis venu vous présenter mes excuses.

Un groupe de femmes qui venait de sortir de la boutique d'antiquités située un peu plus haut se dirigeait vers Mistletoe Magic.

— Je les accepte. J'imagine que vous avez des choses à faire, aujourd'hui.

— Pas vraiment, dit-il en descendant sur le trottoir. Cooper m'a dit que je devais trouver un moyen de me rattraper après ce que j'avais fait.

— Bonjour, mesdames, dit Finley en s'adressant au

groupe qui arrivait. Le cidre chaud sera bientôt prêt. Je serai ravie de vous en offrir.

Comme elles entraient dans la boutique, elle se tourna de nouveau vers Burt.

— Je suis très occupée, pour l'instant.

— Si je rentre en disant à Cooper que je n'ai rien fait pour vous, je vais devoir subir ses réprimandes.

C'était ridicule ! Elle avait autre chose à faire que rester dans le froid à parlementer avec Burt.

— D'accord. Vous n'avez qu'à jouer dans le jardin avec les jumeaux.

La température devait monter au cours de la matinée.

— Oui, très bonne idée.

Elle se dépêcha de rentrer tandis qu'il refermait sa voiture.

— Les garçons ! appela-t-elle depuis le pied de l'escalier. Prenez vos manteaux. Burt vous attend dehors.

Il ne leur fallut que quelques secondes pour débouler dans la cuisine, prêts à sortir.

— Je compte sur vous pour vous tenir correctement, hein ? leur rappela-t-elle tandis qu'ils s'échappaient par la porte de derrière.

La matinée passa vite, notamment grâce aux ventes qui se succédaient. A 11 h 30, Finley regarda par la fenêtre de la cuisine et vit les jumeaux assis à la table de pique-nique, en train de partager leur déjeuner avec Burt.

Ils semblaient faire toute la conversation à eux seuls. Manifestement, le fait d'avoir enfin un auditeur attentif les enchantait. La mort de leur arrière-grand-mère n'avait pas eu l'air de les affecter beaucoup, sans doute parce que, sur le moment, ils n'avaient pas compris tout ce qui s'était passé. Dans le plus grand calme, ils avaient accompagné Finley à la veillée, à la cérémonie, puis à l'inhumation. Mais, en les voyant avec Burt, elle se rendait compte que sa grand-mère leur manquait sans doute bien plus qu'ils ne voulaient le montrer. Elle avait soudain l'impression que leur nouvel ami comblait un vide dont ils avaient beaucoup souffert ces derniers temps.

Elle entendit la clochette de la porte d'entrée et retourna dans le magasin. La cliente qui venait d'arriver n'était autre que Debbie Monahan, le maire de la ville.

— Bonjour, Debbie. Quel bon vent vous amène ?

— Bonjour, Finley. Je passe chez tous les commerçants pour leur rappeler que la parade des enfants aura lieu samedi prochain. Il faudra garer votre char sur le parking de l'église le jour même avant 15 heures.

Oh non ! Finley avait complètement oublié qu'elle s'était portée volontaire pour participer au défilé.

— Oui, d'accord.

Debbie se mit à rire.

— Vous n'avez encore rien préparé, c'est ça ?

— Oui, avoua-t-elle en rougissant. Mais ne vous inquiétez pas, je vais trouver une idée.

— Si vous avez besoin d'aide, Jim, de la quincaillerie, a offert ses services.

Non, par pitié !

— Merci de m'avoir prévenue.

Jim Jenkins, qui avait plusieurs années de plus que Finley, avait repris le commerce de ses parents le jour où ils étaient partis s'installer en Floride pour leur retraite. Il avait jeté son dévolu sur Finley après la mort de sa grand-mère, et elle avait déjà refusé plusieurs fois ses propositions de sortie. Elle n'était pas attirée par lui, et la façon qu'il avait d'ignorer les jumeaux l'exaspérait au plus haut point.

— Tiens, dit Debbie en regardant dehors, les jumeaux sont en train de faire les fous avec Burt Hollis devant l'église. Bon, à samedi prochain, conclut-elle avant de sortir.

Devant l'église ? répéta mentalement Finley. Que faisaient-ils là-bas ?

En s'approchant de la fenêtre, elle ne tarda pas à voir Burt installer les jumeaux sur ses genoux. Et tous les trois, en équilibre sur son fauteuil, descendirent en trombe la rampe d'accès destinée aux handicapés. Les garçons riaient en tapant des mains, quand soudain le fauteuil se renversa, les entraînant tous les trois dans sa chute.

Finley sursauta avant de se précipiter dehors. Viola Keller, qui avait manifestement assisté elle aussi à la scène, sortit en même temps et se mit aussitôt à gronder Burt comme un enfant.

— Mais enfin ! s'exclama Finley en les rejoignant. Qu'est-ce que vous fabriquez, tous les trois ?

— Rien de bon, si vous voulez mon avis, répondit Viola à leur place. Burt se comporte comme un vieil imbécile.

Finley dut rassemble toutes ses forces pour redresser le siège électrique.

— J'espère que la batterie n'est pas endommagée.

Viola pointa sur Burt un doigt accusateur.

— Ce serait bien fait pour vous, si vous étiez obligé de pousser sur vos bras pour vous déplacer !

Ensemble, elles le soulevèrent pour l'aider à se rasseoir. Avant que Viola ait eu le temps de s'éloigner, il la saisit par le poignet pour la faire tomber sur ses genoux.

— Dites donc, madame Keller, vous allez arrêter de me traiter comme un gamin ?

Elle se releva d'un bond.

— Vous auriez bien besoin que quelqu'un vous apprenne à vous tenir un peu !

— Vous êtes prête à relever le défi, Viola ?

— Je vous assure que je ne me laisserais pas faire.

— Ah non ?

Finley sentit qu'il valait mieux interrompre tout de suite cette conversation.

— Personne n'est blessé ?

— Non ! répondirent les trois cascadeurs.
— Burt, c'était génial ! s'exclama Tuff.
— Ouais, c'était super, renchérit Flint en tapant dans la main de Burt.
— L'un de vous aurait pu se blesser ! Vous êtes sûr que vous ne vous êtes pas fait mal ? demanda Finley en regardant Burt.
— Si c'était le cas, je ne sentirais rien.
Viola laissa échapper un rire moqueur.
— Vous vous portez bien mieux que la plupart des hommes de votre âge.
Burt la dévisagea en plissant les yeux.
— Que diriez-vous de venir faire un tour dans ma fourgonnette, Viola ?
— Nous, Burt, on veut bien venir avec vous ! proposa Tuff.
— Il n'y aura pas de tour en fourgonnette ni dans le fauteuil de Burt. Sinon, je lui demanderai de rentrer chez lui et de vous laisser jouer tout seuls, ajouta Finley avec autorité.
— D'accord, répondirent les jumeaux à l'unisson.
Pendant ce temps, Viola était partie, sans doute pour échapper aux avances de Burt.
— Venez à la maison, dit Finley au nouvel ami de ses enfants. Je vais soigner vos éraflures.
— Ce n'est pas la peine, je n'ai rien.
— Eh, maman, dit Flint. Est-ce que Burt pourra venir avec nous au village du Père Noël ?
Tuff posa la main sur le bras de Burt.
— Est-ce que vous avez dit au Père Noël ce que vous voulez comme cadeau ?
— Je ne crois pas, non, répondit-il en se passant les doigts sur la moustache.
— Maman, il faut que Burt dise au Père Noël ce qu'il veut !

Elle regarda les trois personnages qui la suppliaient du regard.

— Tenez-vous prêts à partir d'ici deux heures.

Se tournant vers Burt, elle voulut l'inviter à jouer aux jeux vidéo avec les enfants, mais elle n'avait hélas ! aucun moyen de le faire monter à l'étage.

— Burt, puis-je vous offrir une tasse de cidre chaud ?

Les jumeaux lui lancèrent un regard accusateur, comme si elle essayait de leur voler leur camarade de jeu.

— Non, merci.

— Vous êtes sûr que vous n'avez pas froid ?

— Si j'ai froid, nous irons nous asseoir au chaud dans la fourgonnette.

— Burt, on peut voir votre fourgonnette ? demanda Tuff.

— Si votre maman est d'accord. Je ne partirai pas avec eux, ajouta-t-il en adressant un clin d'œil à Finley.

Elle n'avait pas le temps de discuter. Son absence lui avait peut-être déjà fait manquer plusieurs ventes.

— D'accord. Mais je compte sur vous pour faire attention à Burt et lui obéir, les garçons. C'est compris ?

Elle imaginait d'ici le frein à main desserré et la voiture dévalant Main Street, détruisant au passage toutes les décorations de Noël. Mais ses fils lui promirent de bien se tenir et, au moment de regagner son magasin, elle se sentit heureuse de savoir qu'ils s'amusaient.

3

Après avoir passé la journée à couper du bois, Cooper prit la direction de la maison. Epuisé et courbatu, il ne rêvait que d'une bonne douche, d'une bière et d'un repas chaud.

Il se gara dans la cour et remarqua immédiatement que la voiture de Burt n'était pas là. Où était-il encore passé ?

Il prit son portable dans sa poche pour l'appeler. Pas de réponse. Il commençait à en avoir assez de devoir le surveiller ! Depuis qu'il disposait de son propre moyen de transport, son père se promenait dans toute la région sans jamais dire où il allait ni ce qu'il faisait. Sans doute s'inquiétait-il pour rien, mais la seule idée d'un accident suffit à le décider à partir à sa recherche.

Tandis qu'il roulait vers le centre-ville, il se surprit à espérer que son père ait investi une fois de plus la boutique de Finley. Il avait hésité à l'envoyer lui présenter ses excuses, mais c'était bien le moins qu'il pouvait faire, après qu'elle lui avait dit n'avoir pas l'intention de porter plainte. Il remonta Main Street et ne tarda pas à apercevoir la fourgonnette devant la maison victorienne.

Il se gara sur l'emplacement voisin. Puis, sans tenir compte de la pancarte annonçant que le magasin était fermé, il monta jusqu'à la porte d'entrée et sonna. Au bout de quelques instants, il s'approcha de la vitre pour regarder à l'intérieur. La maison semblait vide.

Finalement, il redescendit les marches du perron et partit à la recherche de son père en longeant la rangée de fausses cannes en sucre qui ornaient le trottoir. Une semaine plus tôt, le seul fait de penser à Noël l'avait agacé. Il s'était moqué des décorations que les gens mettaient dans leur jardin, et de l'argent qu'ils dépensaient pour se faire des cadeaux qui finiraient oubliés au fond d'un placard. Mais, depuis sa rencontre avec Finley, l'agitation des fêtes ne lui semblait plus du tout aussi absurde.

Il prit la direction de la grande place et vit que la file d'attente pour rendre visite au Père Noël dépassait l'angle de la rue. Mistletoe attirait de nombreux touristes, à cette époque de l'année. Des familles de toute la région venaient visiter la ville et s'embrasser sous le gui emblématique qui décorait les rues.

Comme il scrutait les alentours, il aperçut le fauteuil de Burt parmi les gens qui faisaient la queue pour voir le Père Noël. Son père avait-il complètement perdu la tête ? Il entreprit de le rejoindre, et n'était qu'à quelques pas de lui quand il percuta Finley qui arrivait, suivie de près par ses deux garçons.

— Regarde, maman, c'est le monsieur des rennes, dit l'un des jumeaux.

À cet instant, Cooper aurait juré voir une lueur éclairer son regard.

— Qu'est-ce que tu fais là ? demanda Burt.

— J'allais te poser la même question.

— Burt garde notre place dans la queue, expliqua Finley en tendant à Burt un cornet de châtaignes grillées.

— Tu aurais pu me tenir au courant de tes projets pour m'éviter de m'inquiéter, lança Cooper à son père.

— Désolé, j'ai oublié.

Oui, c'est ça...

Une petite main tira sur le manteau de Cooper.

— Est-ce qu'on pourra venir voir vos rennes ?

— Flint, laisse M. Hollis tranquille. Je t'ai dit que ce n'étaient pas des rennes que tu avais vus au ranch.

L'épais manteau blanc que portait Finley ne laissait apparaître que son visage angélique, qu'il aurait pu regarder inlassablement jusqu'au bout de la nuit. A contrecœur, il se détourna de cette merveilleuse vision pour regarder les jumeaux. Leur attitude lui rappelait l'excitation qu'il ressentait à leur âge en allant voir le Père Noël.

— Que souhaitez-vous avoir pour Noël cette année ? leur demanda-t-il.

— Je veux un...

— Laisse-moi parler !

— Non, c'est toi qui as dit à Burt pour le panier de basket, et...

S'il avait su que sa question déclencherait une dispute entre les garçons, il se serait gardé de la poser.

— C'est pas vrai !

— Si, c'est vrai !

— Ça suffit, ordonna Finley. On ne crie pas en public, c'est impoli.

La longue file avança, leur permettant de faire quelques pas.

— Vous attendez depuis longtemps ? demanda Cooper.

— Presque une heure.

Il faudrait patienter encore un quart d'heure au moins avant que ce soit leur tour.

— Papa, tu as mangé quelque chose à part ces châtaignes ?

— Je n'ai pas faim.

Burt devait prendre un vrai repas, s'il voulait avoir la force de conduire ce soir jusqu'au ranch.

— Une fois que les garçons auront vu le Père Noël,

pourquoi ne pas aller dîner tous les cinq au café de Mistletoe ? proposa Cooper.

— Ouiiii ! s'exclamèrent en chœur les jumeaux en bondissant de joie.

— Nous ne voulons pas nous imposer, dit aussitôt Finley.

— Ce n'est pas le cas.

Cooper n'avait pas du tout prévu que sa petite excursion en ville prendrait cette tournure, mais il tenait à remercier Finley de sa gentillesse envers Burt. Le moins qu'il pouvait faire était de l'inviter à dîner avec ses enfants.

— Finley !

Jim Jenkins, le propriétaire de la quincaillerie, venait vers eux.

— Bonjour, Jim. Vous connaissez Cooper Hollis. Et son père, Burt, ajouta Finley en posant la main sur le dossier du fauteuil roulant.

— Jim et moi étions dans la même classe au lycée, dit Cooper.

La façon dont Jim dévorait Finley du regard ne lui plaisait pas du tout. Il se rappelait parfaitement comment, à l'école, il profitait de son statut de vedette de l'équipe de football pour séduire toutes les filles.

— Ça faisait un bail que je ne t'avais pas vu, Hollis, commenta-t-il en s'approchant de Finley. Je croyais que tu avais déménagé.

Bien sûr.

Quand Jim posa la main sur le bras de Finley, Cooper ressentit un pincement de jalousie.

— Que diriez-vous de faire une promenade en traîneau ce soir avec moi ? proposa Jim à Finley.

— Ça ne va pas être possible.

Cooper n'avait même pas réfléchi avant de parler. Il préféra néanmoins ignorer le regard stupéfait de Finley et dire ce qu'il avait à dire.

— J'ai déjà invité Finley et les garçons à dîner. Nous partirons dès qu'ils auront vu le Père Noël, ajouta-t-il en le défiant du regard.

— Bon, conclut Jim en regardant Finley. Ce sera pour la prochaine fois. Au fait, on m'a dit que vous aviez prévu de participer à la parade des enfants, samedi prochain ?

— Oui, mais je cherche encore une idée pour notre char.

— Je passerai vous voir à la boutique pour en parler, conclut-il avant de s'éloigner.

Ce mufle n'avait même pas dit bonjour aux jumeaux.

— C'était qui ? demanda Flint en prenant la main de sa mère.

— Un ami, mon chéri.

Quelques secondes plus tard, ils étaient devant la maisonnette du Père Noël.

— Est-ce que Burt est aussi ton ami ? demanda Tuff.

— C'est notre ami à tous les trois. Tout comme Cooper, ajouta-t-elle en levant les yeux vers lui.

Tout en se demandant comment il devait interpréter sa remarque, Cooper sentit son cœur se serrer dans sa poitrine.

— Vous êtes prêts à voir le Père Noël ? demanda Finley à ses enfants. Vous êtes les prochains.

Flint fit signe à Cooper pour qu'il se penche vers lui.

— Je sais que c'est pas le vrai Père Noël. C'est M. Walker...

Roger Walker était le mari de la gérante du café de Mistletoe. Son ventre proéminent et ses cheveux gris faisaient de lui l'acteur parfait pour le rôle depuis des années.

— Quand j'étais petit, chuchota Cooper à l'oreille de Flint, c'était M. Pumpernickel qui se faisait passer pour le Père Noël.

— C'est qui ?

— Un vieux monsieur qui nous a quittés il y a des années.

— Flint, c'est à toi, annonça Finley en lui tapotant affectueusement l'épaule.

Tuff était déjà assis sur les genoux du Père Noël.

— Eh bien ! s'exclama le vieux monsieur. Vous grandissez vite, tous les deux !

Cooper fit signe à son père pour qu'ils sortent ensemble de la file d'attente et laissent avancer les autres enfants.

— Je veux un Baby Kick Flipper ! s'exclama Tuff avec excitation.

— Ça alors ! Je n'en ai jamais entendu parler.

— C'est un skate-board.

— Moi, dit Flint avec emphase, je veux un Stomp Rocket. On saute dessus, et il lance des fusées dans les airs.

— Je ne manquerai pas d'en parler à mes lutins. Soyez bien sages, ajouta le Père Noël en leur offrant une canne en sucre. Ce serait dommage que vous ne trouviez qu'un morceau de charbon dans votre soulier.

— On sera sages, promirent-ils en remettant pied à terre.

Finley s'approcha d'eux pour leur prendre la main mais, à cet instant, Tuff se retourna vers le Père Noël.

— Et si vos lutins peuvent pas m'apporter mon Baby Kick Flipper, alors est-ce que vous pourriez faire que Burt devienne notre grand-père ?

Bouche bée, le Père Noël regarda Finley.

— Venez, les garçons. C'est l'heure d'aller dîner, dit-elle en les attirant vers la sortie.

Cooper se rapprocha aussitôt de son père.

— Je peux savoir ce qui se passe ? lui demanda-t-il tout bas.

— Je ne sais pas.

— As-tu dit aux jumeaux que tu voulais être leur grand-père ?

Peut-être était-il temps d'inscrire Burt à des activités pour les retraités. Cela lui permettrait de se faire des amis parmi les gens de son âge au lieu de sympathiser avec des enfants de cinq ans.

Finley traversa la rue avec les garçons, mais, quand Cooper arriva au passage piéton avec son père, le feu allait repasser au vert.

— Attends, papa.

— On a le temps d'y aller !

Burt accéléra pour descendre du trottoir et Cooper dut courir pour le suivre. En fin de compte, ce fauteuil motorisé était sans doute trop moderne pour un casse-cou comme son père.

— Les voilà !

Flint se mit debout sur son siège et montra du doigt la porte du café. Finley se retourna et, en voyant Burt et Cooper entrer dans le restaurant, elle ne put s'empêcher de repenser à la réaction qu'avait eue Cooper quand Jim Jenkins était venu la trouver. A en juger par le ton sévère sur lequel il lui avait parlé de leurs projets pour le dîner, le fait que Jim s'intéresse à elle ne lui plaisait pas du tout. Mais pourquoi ? Cooper et elle se connaissaient à peine.

Et si Cooper avait senti que tu es attirée par lui ?

Elle ne pouvait contredire la petite voix qui venait de résonner dans sa tête. Comment le nier ? Elle pensait sans cesse à lui depuis leur rencontre. Et hier, quand il était passé à la boutique pour lui rendre ce que Burt avait dérobé, elle avait bien senti qu'ils étaient mal à l'aise tous les deux. Sans doute à cause de cette attirance mutuelle.

Burt vint s'installer en bout de table sur son siège roulant, tandis que Cooper s'asseyait à côté de Tuff, en face de Flint et d'elle.

— Eh bien, en voilà une surprise ! s'exclama Suzie Walker, la propriétaire du café, en s'approchant d'eux. Je ne savais pas que vous vous connaissiez. Comment vous êtes-vous rencontrés ?

Voyant que Burt rougissait d'embarras, Finley vola à son secours.

— Burt s'est occupé des enfants aujourd'hui pendant que je travaillais.

Suzie se mit à rire.

— Depuis que Cooper vous a acheté cette fourgonnette, Burt, on vous voit tous les jours vous promener en ville comme un vrai jeune homme.

Cooper lança à son père un regard exaspéré tandis que Finley cachait son sourire derrière la carte qu'elle avait entre les mains.

— Alors, les garçons, vous êtes allés voir le Père Noël ?

Ils acquiescèrent.

— Maman nous emmènera encore la semaine prochaine, précisa Flint.

— Mieux vaut rappeler plusieurs fois au Père Noël les cadeaux que vous voulez recevoir, approuva Suzie. Alors, que voulez-vous pour le dîner ?

Finley commanda des filets de poulet panés pour les garçons et un sandwich toasté pour elle. Burt décida de prendre la même chose que les jumeaux. Quant à Cooper, il opta pour le pain de viande, la spécialité du café.

— Je mets tout sur la même note ? demanda Suzie.

— Oui, répondit Cooper. Et nous allons tous prendre un milk-shake.

Finley voulut protester, mais Cooper l'en empêcha en levant la main.

— Je suis heureux de vous inviter.

Les garçons en choisirent un au chocolat, Cooper et Burt optèrent pour la fraise, et Finley pour la vanille. En attendant le repas, les enfants racontèrent à Cooper leurs aventures avec Burt. Finley attendit qu'ils en arrivent à leur accident pour prendre la parole.

— Je n'avais pas vu ce qu'ils étaient en train de faire. Tout à coup, j'ai regardé par la fenêtre et ils se sont renversés sous mes yeux.

— Mme Keller s'est fâchée contre Burt, rapporta Tuff avec un sourire malicieux.

— Mme Keller a un faible pour moi, ajouta Burt en adressant un clin d'œil aux jumeaux.

— Tu crois vraiment ? demanda Cooper avec un air méfiant.

— Ça veut dire quoi, un faible ? demanda Tuff.

Finley préféra ignorer la question de son fils.

— Viola est sortie en entendant le bruit de la chute, expliqua-t-elle.

— Burt a voulu l'emmener faire un tour en fourgonnette, compléta Flint. Mais elle a dit non.

Le rire de Cooper surprit Finley. Etait-ce sa voix profonde et grave qui la troublait, ou le charme que son sourire donnait à son visage ? Elle n'aurait su le dire. Cependant, après leur première rencontre pour le moins tendue, elle était heureuse de le voir se décontracter. Plus elle passait de temps avec lui, plus elle avait envie de le connaître. Ce n'était pas seulement sa beauté qui l'attirait. Elle était intriguée par lui, mais aussi par son histoire. Elle n'arrivait pas à croire qu'une femme ait pu le quitter. Pourquoi, un an plus tôt, sa fiancée avait-elle décidé de rompre ?

— Vos assiettes seront servies dans cinq minutes, dit Suzie en leur apportant leurs milk-shakes.

— Monsieur Cooper, demanda Flint, est-ce que Tuff et moi on pourrait venir jouer avec vos rennes, demain ?

— Pas demain, dit aussitôt Finley. Nous devons réfléchir à ce que va être notre char pour la parade.

— Burt pourrait nous aider, suggéra Tuff.

— M. Jenkins nous a proposé son aide, répondit-elle. Je l'appellerai…

— Venez demain au ranch avec les garçons, l'interrompit

Burt. Nous avons des tas de choses, au fond de l'écurie. Vous trouverez bien de quoi faire un char.

— C'est très gentil, mais nous ne voudrions pas vous déranger.

— Aïe ! fit Cooper en lançant un regard noir à son père. Tu veux bien enlever ta roue de mon pied, s'il te plaît ?

— J'aime pas M. Jenkins, marmonna Flint.

— Moi non plus, renchérit Tuff en prenant une gorgée de milk-shake. Il fait toujours comme si on était pas là.

— Je suis sûre qu'il vous parlera quand nous préparerons le char ensemble.

— Burt a raison, dit Cooper en s'éclaircissant la voix. Il doit y avoir ce qu'il faut au ranch pour faire un bon char.

Finley se rendait bien compte que son invitation n'était pas très spontanée.

— Merci, mais...

— C'est le moins que je puisse faire après les ennuis que vous avez eus... A cause d'une certaine personne, conclut-il en regardant Burt.

Il cherchait seulement à rattraper les erreurs commises par son père. Pourtant, bien que sachant cela, elle mourait d'envie d'accepter. Pour elle, et pour ses fils.

— S'il te plaît, maman..., supplia Tuff. Est-ce qu'on pourrait aller au ranch de M. Cooper pour revoir les rennes ?

— Oui, s'il te plaît, ajouta Flint. M. Jenkins sent mauvais.

Burt laissa échapper un petit rire.

— D'accord, finit-elle par dire. Nous irons au ranch demain.

Elle croisa le regard de Cooper et le vit esquisser un sourire empli de charme. Elle avait déjà hâte d'y être.

4

— Ce n'est pas en regardant par la fenêtre que tu les feras arriver plus vite, dit Cooper.

Burt fit demi-tour sur son fauteuil et traversa le salon pour venir dans la cuisine où Cooper remplissait le lave-vaisselle avec les couverts du déjeuner. D'ordinaire, il ne se précipitait pas pour ranger la cuisine, mais c'était la première fois qu'une femme entrait chez eux depuis le départ de Denise.

— Tu devrais inviter Finley à sortir un soir.

— Est-ce que tu as bu, papa ?

— Quoi ? Je ne vois pas ce qu'il y aurait de mal à prendre un verre avec cette ravissante pouliche.

— Finley n'est pas un cheval !

C'était une femme qui ne manquait pas de tempérament. Ni de charme.

— Elle est très jolie.

— Oui, c'est un fait.

Hier soir, en se couchant, il avait même rêvé de la prendre dans ses bras. Mais ce matin, quand Burt l'avait appelé pour qu'il l'aide à sortir de son lit, il s'était souvenu de la raison pour laquelle il ne pouvait espérer la moindre relation avec elle.

— Invite-la avant que cet abruti de Jenkins le fasse à ta place.

Cooper ne pouvait que partager l'opinion de son père sur Jim Jenkins, mais cela ne changeait rien. Il ne pouvait pas sortir avec Finley. Il refusait d'avoir de nouveau le cœur brisé par une femme qui ne serait pas prête à accepter son père.

— Où est passé le père des jumeaux ?

— Suzie Walker m'a dit que Finley et lui ne s'étaient jamais mariés, et qu'il ne faisait pas partie de leur vie, répondit Burt.

— C'est triste.

Cooper le pensait vraiment. En dépit de leurs chamailleries, son père et lui avaient toujours été très proches. Comment oublier les heures que Burt avait passées à lui apprendre à chasser et à pêcher ? Flint et Tuff étaient privés de tous ces moments précieux.

Bien sûr, depuis que Burt s'était brisé la colonne vertébrale en tombant de cheval, les rôles s'étaient quelque peu inversés. Paralysé jusqu'à la taille, il était devenu dépendant de Cooper pour la plupart des activités.

— Et d'où viennent les prénoms des garçons ? Je n'ai jamais connu personne qui s'appelait Flint ou Tuff.

— Ils m'ont dit que leur mère leur avait donné le nom de deux roches car leur père est géologue. Flint, c'est le silex, et Tuff, le tuf.

— Qu'est-ce que le tuf ?

— Je ne savais pas non plus, alors j'ai cherché sur Internet. C'est une roche qui se forme à partir de la cendre volcanique.

Leur père était-il conscient de l'attention qu'avait eue Finley en choisissant ces prénoms ?

— Ce sont des enfants adorables.

En pensant à eux, il se rappela son projet de fonder une

famille avec Denise. Hélas ! après leur rupture, il avait dû renoncer à ce rêve.

— Que se passe-t-il entre toi et Viola Keller ? demanda-t-il à son père après un bref silence.

— Rien.

— Tu lui as proposé de l'emmener se promener. Ce n'est pas rien.

— Si quelqu'un a des questions à se poser sur sa vie amoureuse, c'est toi.

Ils entendirent un bruit de moteur et Burt alla ouvrir la porte d'entrée. Les jumeaux furent les premiers à se précipiter dans la maison, les yeux grands ouverts et le sourire aux lèvres. Lorsque Finley entra à son tour dans la grande pièce à vivre, Cooper sentit sa gorge se nouer.

— J'ignorais que les cow-boys faisaient la vaisselle.

Qu'elle était belle quand elle souriait !

Respirant profondément, il s'essuya les mains et les rejoignit dans le salon.

— Je suis heureux que vous ayez pu venir.

— Bonjour, les garçons, leur dit Burt. Vous savez quoi ? Je pense que Cooper et votre maman vont mettre un moment à choisir ce qui vous servira de char pour la parade. Alors, si vous voulez, vous pouvez rester à l'intérieur avec moi pendant ce temps. Que diriez-vous de faire des biscuits ?

— Quels biscuits ? demanda Tuff.

— Ceux que tu préfères.

— Je veux faire des biscuits, décida Flint.

— Vous êtes sûr, Burt ? demanda Finley avec un regard inquiet. Ils risquent de tout salir.

— Tout va très bien se passer, assura-t-il.

Sur ces mots, il rejoignit la cuisine américaine et ouvrit un placard.

— Tuff, monte sur ce tabouret et passe-moi la farine rangée sur l'étagère du haut.

Cooper n'était pas dupe de ce que son père avait en tête. Il voulait lui faire passer du temps seul avec Finley.

Après avoir pris sa veste sur le portemanteau, il se tourna vers elle et lui fit signe d'avancer.

— Après vous, dit-il en ouvrant la porte.

Comme ils se dirigeaient vers l'écurie, il y eut une bourrasque et Cooper put respirer avec délices le parfum de Finley. Elle sentait le printemps.

Il attendit qu'ils soient entrés dans le bâtiment pour rompre le silence.

— Alors comme ça, dit-il, les jumeaux croient que j'élève des rennes.

— J'ai pourtant essayé de leur expliquer que vos daims n'étaient pas faits pour tirer le traîneau du Père Noël...

Elle s'approcha de l'enclos qui se trouvait sur le côté de l'écurie.

— Qu'est-ce que ces petits font ici ? demanda-t-elle d'une voix attendrie.

— Ils ne mangeaient pas assez. Je les engraisse un peu avant de les remettre avec le troupeau.

Comme elle se baissait, les faons vinrent renifler son manteau, et une merveilleuse expression de douceur apparut sur son visage.

— Tenez, dit-il en lui tendant une mesure remplie de grain. Si vous ne craignez pas leur bave, ils se feront un plaisir de manger au creux de votre main.

Elle prit une poignée de grain, la leur tendit, et se mit à rire.

— Ils me chatouillent avec leur langue !

L'un des faons lécha le fond de la mesure.

— Celui-ci me fait penser à Tuff. Il est gourmand.

— Ça ne doit pas être facile, pour vous, d'élever les jumeaux toute seule.

— Je me demande comment ma grand-mère a fait.

— Que voulez-vous dire ?

— Elle s'est occupée d'eux après leur naissance pour que je puisse finir mes études et décrocher mon diplôme de gestion.

— Elle doit leur manquer, j'imagine ?

— Oui. Cela explique sûrement pourquoi ils se sont tout de suite pris d'affection pour Burt.

— Mon père est bizarre, depuis quelque temps. Je ne sais pas ce qui lui arrive.

— Comment ça, bizarre ?

— Il part au volant de sa voiture sans me dire où il va. Et voilà qu'il s'est mis à voler dans votre magasin... Il n'avait jamais fait ça avant, dit-il en soupirant.

— Comme je vous l'ai dit, il essaie peut-être seulement d'attirer votre attention.

Il se crispa en l'entendant réitérer ses accusations.

— J'ai le même problème, poursuivit-elle. Tuff et Flint ont tendance à se rebeller, en ce moment, parce que je passe trop de temps à travailler et que je les laisse jouer tout seuls.

Il comprit alors qu'elle n'avait pas cherché à le juger, seulement à partager sa propre expérience avec lui.

— Je savais que cela représentait un défi de monter un commerce, mais je n'avais pas tout à fait conscience du temps que cela me prendrait.

« Invite-la avant que cet abruti de Jenkins le fasse à ta place. »

Finley n'avait pas le temps de sortir. Et à quoi bon commencer une relation qui ne pourrait aller nulle part tant qu'il devrait s'occuper de Burt ?

— Et qu'en est-il du père des garçons ? demanda-t-il. Il ne peut pas vous aider ?

— Il vit en Islande.

Au bout du monde, en somme. Elle se sentait certainement aussi seule que lui. L'un comme l'autre, ils devaient assumer l'entière responsabilité de ceux qu'ils aimaient.

— Avec tout ce que j'ai à faire, je n'aurais pas dû proposer de faire un char pour la parade. Mais j'ai pensé que cela ferait plaisir aux enfants.

— Je les ferai participer à la préparation. Venez voir, j'ai quelque chose à vous montrer.

Il l'emmena au fond de l'écurie, où se trouvait une vieille voiture à cheval.

— Elle ne sert plus, mais elle est encore en assez bon état. Les garçons et moi, nous pourrions la peindre en rouge et y accrocher des guirlandes lumineuses. Ensuite, nous pourrons mettre du foin à l'arrière et y installer un faon qui jouera le rôle du petit renne.

— C'est une excellente idée, répondit-elle, les yeux brillants. Les jumeaux seront ravis de remettre leur costume de lutin du spectacle de Noël.

— J'attellerai deux de nos chevaux, et vous et Burt pourrez conduire la calèche jusqu'à Main Street.

— Vous ne voudrez pas prendre les guides ?

Le soleil faisait briller ses longues mèches blondes. Comme il aurait voulu pouvoir enfouir les doigts dans ses cheveux soyeux !

— Je crois que Burt serait très heureux de participer à la parade.

— L'idée me plaît beaucoup. Mais vous êtes certain de vouloir que les enfants peignent avec vous ?

— Si vous vous occupez de Burt cet après-midi, je me chargerai d'eux.

— C'est d'accord, conclut-elle avec un sourire irrésistible.

Elle lui tendit la main. Tout en la serrant dans la sienne, il fixa les yeux sur sa bouche et se sentit comme hypnotisé. Incapable de résister à la tentation, il lui caressa la joue du bout des doigts et laissa échapper un soupir de désir. Elle frissonna et approcha son visage du sien.

— Maman ! Tu es où ?

Vivement, Finley s'écarta de lui.

— Il faut que j'aille rejoindre les garçons...

Cooper alla dans la réserve fouiller parmi ses pots de peinture pour se donner le temps de recouvrer son sang-froid. Il avait failli embrasser Finley ! Comment pouvait-il être aussi inconscient ?

Il choisit des pots, prit une bâche et de vieilles chemises qu'il utilisait comme blouses, et se dirigea vers la sortie. Alors qu'il éteignait la lumière, il faillit percuter les jumeaux qui arrivaient en courant.

— Maman a dit que vous allez nous faire peindre ! dit Tuff.

— Suivez-moi.

Ils lui emboîtèrent le pas.

— Ça va être notre char ? demanda Flint quand Cooper s'arrêta à côté de la calèche.

— Nous allons en faire un beau chariot de Noël, répondit-il en étendant la bâche sous la partie avant.

— Qui sera le Père Noël ?

— Il n'y aura pas de Père Noël, mais votre maman a dit que vous pourriez tous les deux porter votre costume de lutin.

Ils poussèrent un cri de victoire.

— Et nous installerons un faon à l'arrière, dans le foin.

— Est-ce qu'on pourra se mettre avec lui ? demanda Tuff.

Cooper acquiesça.

— Mettez ces chemises pour ne pas vous tacher en peignant.

Il les aida à se couvrir avant de leur donner un pinceau à chacun.

— Vous avez déjà fait de la peinture ?

Ils firent non de la tête.

— C'est facile. Après avoir trempé votre pinceau dans la peinture, vous l'essuyez sur le bord du pot, comme ça. Ça évite de gâcher de la peinture et d'en faire couler sur vous ou sur le sol.

— Par où il faut commencer ? demanda Flint.

— Tu vas peindre le siège, répondit Cooper en le soulevant pour le déposer à l'avant de la voiture.

Il mit un pot de peinture à côté de lui avant de se tourner vers Tuff.

— Toi, tu vas t'occuper du côté de la calèche.

Il alla chercher deux escabeaux et les mit à l'endroit où Tuff allait travailler.

— Monte sur celui-ci, lui dit-il. Je vais poser le pot sur l'autre pour qu'il soit à ta hauteur.

— J'aime bien faire ça ! s'exclama Flint en recouvrant le siège avant de rouge.

— Je vais m'occuper de l'arrière.

Cooper versa de la peinture dans un bol en plastique et contourna la carriole.

— Monsieur Cooper ? fit Tuff.

— Oui ?

— Comment ça se fait que vous ayez autant de daims, Burt et vous ?

— Nous les élevons pour que d'autres propriétaires de ranch puissent constituer leur propre troupeau.

— Vous aimez les daims ? demanda Flint.

A vrai dire, il ne s'était jamais posé la question. Il s'occupait des animaux parce que c'était son métier, voilà tout.

— Ce que j'aime surtout, répondit-il, c'est le travail en extérieur.

Il adorait monter à cheval depuis le jour où son père l'avait assis sur une selle. Aujourd'hui encore, il ne prenait son 4x4 que lorsqu'il faisait trop mauvais pour parcourir ses terres au galop.

— Maman a dit que notre père travaillait dehors, lui aussi.

— Ah oui ?

Il ne voulait pas pousser les enfants à parler de leur père mais, malgré lui, il était curieux d'en savoir plus sur celui qui avait su séduire Finley.

— Il aime les pierres, précisa Tuff.

— Vous le voyez souvent ?

Ils échangèrent un regard dubitatif.

— Non, jamais, dit Tuff.

— Jamais ?

Il avait du mal à imaginer qu'un homme puisse vivre sans jamais rendre visite à ses propres enfants.

— Maman dit qu'il habite trop loin.

Oui, un billet d'avion depuis l'Islande devait coûter une petite fortune.

— Monsieur Cooper ?

— Oui ?

— Pourquoi vous n'avez pas d'enfants ?

— Je ne suis pas marié.

— Notre mère n'est pas mariée, et elle a des enfants, fit remarquer Tuff. Vous n'aimez pas les enfants ?

— Bien sûr que si.

— Nous, vous nous aimez bien ? demanda Flint en se penchant pour le regarder.

La conversation commençait à devenir un peu trop personnelle.

— Evidemment, oui.

— Qu'est-ce que vous avez demandé au Père Noël ?

Cooper pouvait remercier Tuff d'avoir changé de sujet.

— Je ne sais pas encore ce que je veux pour Noël.

Un seul vœu lui venait à l'esprit à cet instant : passer une nuit avec Finley.

— Moi, dit Flint, je veux un train comme celui de Jacob.

— Comment est le train de Jacob ?

— Il a pas de bouton de commande, expliqua Tuff. Il faut le pousser avec la main pour le faire avancer.

Il pourrait en fabriquer un avec Burt pour eux.

— Qu'allez-vous offrir à votre mère pour Noël ? leur demanda-t-il.

Ils haussèrent les épaules avec déception.

— On n'a pas d'argent, dit Flint.

— Vous pourriez lui fabriquer quelque chose.

— Comme quoi ? fit Tuff.

— Quels sont ses centres d'intérêt ? Y a-t-il une chose dont elle parle souvent ?

— Maman aime le chocolat, dit Flint.

— Et les oiseaux, ajouta Tuff.

— Que diriez-vous de fabriquer une cabane à oiseaux pour elle ?

— On ne sait pas le faire.

— Je vous aiderai. Vous pourriez venir au ranch la semaine prochaine pour que nous la construisions ensemble.

— Mais il faudra pas dire à maman ce qu'on fait, prévint Flint.

— Oui, approuva son frère. Il faudra garder le secret.

— Ce sera notre secret, conclut Cooper.

Il posa son pot de peinture pour aller voir où en étaient les garçons.

— Tu te débrouilles très bien, Flint.

Le petit garçon lui répondit par un immense sourire.

— Toi aussi, dit-il à Tuff, tu t'y prends parfaitement.

Il ne leur faudrait sans doute pas moins de deux heures

pour peindre toute la calèche. Il espérait seulement que Finley pourrait supporter Burt pendant tout ce temps.

— Ces biscuits sentent merveilleusement bon ! s'exclama Burt, assis dans son fauteuil devant la fenêtre du salon.

— Vous en voulez quelques-uns ? lui proposa Finley.

— Avec plaisir, merci.

Elle mit deux cookies au chocolat et un aux flocons d'avoine sur une assiette, et lui servit aussi un verre de lait.

— Voilà pour vous. Où en sont-ils, à votre avis ? demanda-t-elle en regardant à son tour par la fenêtre.

Elle était étonnée qu'aucun des enfants ne se soit encore lassé.

— Je pense qu'ils ont presque fini. J'ai vu Cooper aller jeter un pot de peinture dans la poubelle. Finley, ajouta-t-il en croquant dans un biscuit, vous êtes une excellente cuisinière.

— Merci. C'est ma grand-mère qui m'a appris à faire la cuisine.

— Je n'ai pas eu le plaisir de la connaître, mais, quand je passais devant chez elle, je la voyais toujours accroupie en train d'entretenir ses parterres de fleurs.

— Elle vouait une passion à ses rosiers.

Finley s'en voulait de ne pas prendre soin du jardin aussi bien qu'elle l'avait fait.

— Alors, dites-moi, vous êtes devenue intime avec Jenkins ?

Elle retourna dans la cuisine ouverte pour ranger.

— Nous ne sommes pas intimes du tout, Burt. C'est juste un ami.

Non, se dit-elle aussitôt. Elle n'était même pas amie avec lui.

— Vous croyez qu'il sera en colère quand il apprendra que Cooper vous a aidée pour le char ?

— Non.

Jim avait trop d'orgueil pour être jaloux d'un autre homme. Cooper, en revanche... Oui, sa réaction face à Jenkins lui avait prouvé qu'il était intéressé par elle. Mais à quoi bon penser à cela ? Elle ne pouvait pas s'engager dans une relation en ce moment. Ses enfants et son travail lui prenaient déjà tout son temps et toute son énergie.

Pouvait-elle au moins espérer devenir amie avec Cooper ?

— Comment se fait-il que vous ne soyez pas mariée ?

— Burt, je trouve que vous posez beaucoup de questions.

— Je suis curieux. Et il me semble que vous avez deux garçons qui auraient bien besoin d'un père, ajouta-t-il en finissant ses cookies.

— Ils en ont un.

— Qui les a abandonnés. Il devrait avoir honte.

— C'est compliqué, mais notre séparation s'est passée en toute amitié. Et les garçons s'en sortent bien.

Bien sûr, elle était consciente qu'ils étaient privés de beaucoup de choses en vivant avec une mère célibataire.

— Vous devriez choisir un mari.

— Je n'ai pas le temps de faire des rencontres.

Non seulement elle n'en avait pas le temps, mais elle n'en avait pas vraiment envie non plus. Depuis la naissance des jumeaux, aucun homme n'avait attiré son attention. Aucun... A l'exception de Cooper. Ils avaient bien failli s'embrasser tout à l'heure, dans l'écurie. Rien qu'en y repensant, elle sentait son cœur battre plus fort.

Heureusement que les garçons les avaient interrompus ! Car un baiser de Cooper lui aurait sûrement donné envie d'aller beaucoup plus loin avec lui.

5

— Finley ?

— J'arrive.

Finley sortit de l'arrière-boutique et trouva Viola Keller en train de regarder les poudres et les huiles parfumées.

— Je ne vous avais pas entendue entrer.

— Je n'arrive pas à choisir entre tous ces produits, dit Viola tout en fuyant le regard de Finley. Quelle est la différence entre une crème et une lotion pour la peau ?

— La crème est dense et nourrissante, tandis que la lotion est liquide et fait briller la peau.

— Briller ? Quelle idée !

— Cela plaît aux jeunes filles.

— Et les parfums ? Je cherche quelque chose de...

Elle s'interrompit en rougissant.

— D'exceptionnel ? suggéra Finley pour l'aider.

Elle prit le flacon d'essai de Bois de santal, doté d'une senteur à laquelle les hommes ne pouvaient pas résister.

— Tenez, dit-elle en lui en vaporisant un peu sur le poignet. Dites-moi ce que vous en pensez.

— Ça sent très bon.

— Puis-je vous poser une question personnelle, Viola ?

— Bien sûr, répondit-elle avec un air étonné.

— Est-ce que vous vous intéressez à Burt ?

Viola ouvrit de grands yeux et resta bouche bée.

Finley avait toujours été sensible à la magie de Noël et, même si elle n'avait pas de compagnon avec qui célébrer les fêtes, elle avait envie de voir les autres heureux autour d'elle. Peut-être Viola avait-elle besoin d'un petit coup de pouce pour se rapprocher de Burt.

— J'ai vu comment vous le regardiez l'autre jour, et il est évident que vous lui plaisez aussi, puisqu'il a proposé de vous emmener faire un tour.

— Mais non. Il ne sait même pas que j'existe.

Cela changera si vous utilisez ce parfum...

— Burt regarde toujours en direction de chez vous, quand il vient à la boutique.

— C'est vrai ?

Finley acquiesça d'un hochement de tête.

— Je n'ai jamais eu beaucoup de chance avec les hommes...

— La prochaine fois que vous prévoyez de croiser Burt, mettez un peu de ce parfum. Je vous promets qu'il vous remarquera.

Sur ces mots, elle traversa la boutique et choisit deux bougies sur une étagère.

— Si vous trouvez le courage de l'inviter un soir à dîner, recommanda-t-elle en les lui donnant, allumez-les une heure avant son arrivée.

— Pourquoi ?

— Leur odeur est relaxante et apaisante. Elle vous permettra d'être plus à l'aise en présence l'un de l'autre.

Elle prit ensuite un brin de gui sur le sapin qui ornait le coin de la pièce.

— Et, si vous suspendez ceci dans votre maison, il aura sûrement l'idée de vous embrasser dessous.

Viola s'approcha d'elle pour lui parler à mi-voix.

— Vous ne direz à personne que j'ai acheté tout ça, hein ?

— Je vous le promets.

Elle mit le tout dans un sachet et sourit à Viola avant de la regarder sortir, tout en espérant qu'elle oserait tenter sa chance avec Burt. Puis, machinalement, elle regarda son téléphone posé sur le comptoir.

Appelle-le !

Elle mourait d'envie de revoir Cooper, mais elle n'avait plus aucune raison de se rendre au ranch depuis qu'il avait promis de finir seul la décoration du char et de l'amener en ville à temps pour la parade.

Perdue dans ses pensées, elle sursauta en entendant la clochette de la porte.

— Bonjour, Finley, dit Jim Jenkins en entrant.

— Bonjour, Jim.

Il mit les mains au fond de ses poches et la toisa avec insistance.

— Vous avez des courses à faire pour quelqu'un ? demanda-t-elle.

Il se tourna pour regarder les deux clientes qui discutaient au fond du magasin.

— A propos de l'autre soir…, commença-t-il.

— L'autre soir ?

— Quand je suis tombé sur vous et Cooper Hollis sur la grande place.

— Eh bien ?

— Est-ce que vous sortez ensemble ? demanda-t-il sans détour.

Si seulement…

— Non.

— Bien.

Il laissa échapper une longue expiration, comme s'il avait retenu son souffle.

— Voudriez-vous dîner avec moi ce soir ?

Finley ne put s'empêcher de se crisper. Elle n'était pas

du tout attirée par Jim et, même si elle ne sortait pas avec Cooper, il était le seul homme à qui elle avait envie de penser.

— Désolée, mais j'ai déjà quelque chose de prévu.

— Vraiment ?

Comme elle cherchait quelque chose à lui répondre, ses yeux se fixèrent sur une brochure dédiée aux activités de Noël.

— Une promenade en traîneau.

A peine avait-elle dit cela qu'elle se souvint qu'il lui avait justement proposé d'en faire une avec lui.

— Avec qui ?

— Cooper Hollis.

— Je croyais que vous ne le fréquentiez pas.

— Nous sommes... amis.

— Bon, conclut-il en ouvrant la porte. Une prochaine fois, peut-être.

— Oui.

Sa réponse fut couverte par le tintement de la clochette et le bruit de la porte qui se refermait. Elle prit aussitôt son téléphone en espérant que Cooper serait d'accord pour venir faire cette promenade avec elle. Sinon, elle se retrouverait piégée par son propre mensonge.

Burt répondit après la deuxième sonnerie.

— Bonjour, Burt, c'est Finley. J'appelais pour savoir si Cooper et vous, vous viendriez faire une promenade en traîneau ce soir, avec les jumeaux et moi ?

Ce lundi après-midi, Cooper se trouvait dans l'écurie quand il vit arriver Burt.

— Tu n'es pas rentré déjeuner après être allé voir le troupeau, lui dit son père. Qu'est-ce qui t'occupe au point de te faire sauter un repas ?

Cooper posa le morceau de bois qu'il venait de mesurer.

— Je fabrique un train et un circuit pour les garçons.
— Tuff et Flint ?
— De qui d'autre veux-tu que je parle ?
— Ça alors ! fit Burt en s'approchant de l'établi.
— Tu veux bien m'aider ? Tu pourrais peindre les wagons.
— Tu comptes peindre aussi le circuit ?
— Je pensais le teindre.
— Bonne idée. Pourquoi fais-tu ça ?
— Les jumeaux m'ont dit que le père d'un de leurs amis lui avait fabriqué un train. Et comme le leur n'est pas là pour s'occuper d'eux...
— Et, pour Finley, tu as prévu quelque chose ?
— Pourquoi voudrais-tu que je lui offre quelque chose ?
— Parce qu'elle te plaît.
— N'essaie pas de jouer les entremetteurs, s'il te plaît. Finley est une femme charmante, mais je n'ai aucune intention d'entamer une relation avec qui que ce soit.
— Si tu attends trop longtemps, tu vas finir par être trop vieux.
— Arrête, papa.
Ce n'était pas la première fois qu'ils avaient cette conversation et, chaque fois, Cooper finissait par s'en aller en claquant la porte. Et pour cause. Comment aurait-il pu lui dire la vérité ? Burt ne supporterait pas de savoir que son fils avait décidé de sacrifier sa vie sentimentale pour s'occuper de lui.
— As-tu appelé Seth Anderson ?
— Oui. Finalement, il ne viendra chercher ses daims qu'après Noël. Tiens, ajouta Cooper en donnant à son père les pièces à peindre. Rends-toi utile.
— J'ai entendu les prévisions météo, dit Burt. Il va beaucoup neiger dans la région.
— Quand ?
— Pour Noël.

— J'y croirai quand je le verrai.

Les chaînes spécialisées avaient tendance à annoncer de mauvaises conditions pour augmenter leur audimat.

— Il faudrait quand même rapprocher le troupeau d'un abri, non ? On pourrait mettre les animaux dans l'enclos derrière la maison.

Les nombreux arbres plantés dans ce pré fournissaient de l'ombre pendant les fortes chaleurs de l'été et une protection contre les vents froids de l'hiver.

— Oui, je les déplacerai dans la semaine, et je leur mettrai un peu plus de nourriture.

— Moi, je préparerai l'écurie pour les mères et leurs petits.

— Ne te démène pas trop tant que les prévisions ne sont pas confirmées.

— Tu sais, Cooper, je suis capable d'en faire beaucoup plus que tu ne le penses.

Son père était plein de bonnes intentions, mais, la plupart du temps, son « aide » donnait finalement encore plus de travail à Cooper. Et puis, il voyait bien que les tâches que son père avait longtemps exécutées avec entrain lui pesaient, à présent. Il semblait maintenant beaucoup plus à l'aise pour faire des bêtises avec les enfants.

— Tu as quelque chose de prévu ce soir ? demanda Burt en frottant le bois avec du papier de verre.

— Non.

Il ne sortait plus jamais, son père le savait bien.

— Tant mieux, parce que nous allons faire une promenade en traîneau.

Pardon ?

— Depuis quand tu t'intéresses aux promenades en traîneau ?

— Depuis que Finley nous a invités à en faire une avec elle et les garçons.

Cooper s'efforça d'ignorer le bond que son cœur avait fait.

— Finley a téléphoné ?

— Nous avons rendez-vous chez elle à 19 heures.

Cooper regarda sa montre. Il avait quatre heures devant lui pour continuer à avancer sur le train, grignoter quelque chose, se doucher et faire la route jusqu'à Main Street.

— Alors laisse-moi tranquille pour que je finisse mon travail.

Burt posa ses outils en riant et sortit de l'écurie.

Une fois seul, Cooper ne put s'empêcher de penser à Finley et au baiser qu'ils avaient failli échanger. Au moins, avec Burt et les enfants dans le traîneau, cette situation ne risquait-elle pas de se reproduire. Il craignait trop d'être ensorcelé s'il s'autorisait à l'embrasser ne fût-ce qu'une fois.

— Ils sont là ! Ils sont là !

Assise dans le fauteuil à bascule de la véranda, Finley sentit Flint tirer sur la manche de son manteau et se leva.

— Doucement ! cria-t-elle aux jumeaux qui couraient déjà devant elle.

Cooper descendit de voiture et leur tapa dans la main. En les voyant si complices tous les trois, elle ne put contenir un frisson d'émotion. C'est alors que Cooper la regarda et lui sourit comme il ne l'avait encore jamais fait depuis leur rencontre. Il lui parut soudain encore plus irrésistible.

— J'espère que je n'ai pas contrarié vos projets, dit-elle tandis que Burt sortait de la fourgonnette.

— Nous n'avions rien de prévu.

Evidemment, songea-t-elle. Autrement, ils n'auraient pas accepté sa proposition.

En le voyant soulever son chapeau et se passer la main dans les cheveux, elle eut la curieuse impression que cette soirée le rendait aussi nerveux qu'elle.

— J'ai pas envie d'aller faire du traîneau, dit soudain Tuff.

— Moi non plus, ajouta Flint. Est-ce qu'on pourrait retourner au village du Père Noël ?

— Ce n'est pourtant pas ce que vous m'avez dit tout à l'heure, leur rappela Finley.

— Eh bien, maintenant, dit Burt, je dois reconnaître que je n'en ai plus très envie non plus…

En disant ces mots, il regarda en direction de l'église, là où Viola bavardait avec un groupe de femmes.

— En route, les garçons ! s'exclama-t-il en faisant pivoter son fauteuil. Allons rendre visite au Père Noël.

— Restez bien avec Burt ! Ne vous sauvez pas !

Sidérée, elle les vit s'éloigner, non sans remarquer que Burt passait devant Viola pour lui faire signe. Et ce fut avec plaisir qu'elle vit sa voisine prendre congé de ses amies pour rejoindre le petit groupe. Apparemment, elle allait elle aussi voir le Père Noël.

— Burt a fait exprès, n'est-ce pas ? demanda-t-elle à Cooper.

— Oui.

— Vous savez, si ça ne vous dit rien, nous ne sommes pas obligés d'y aller.

— Avez-vous changé d'avis ?

Elle se sentait tellement nerveuse…

— Non. Et puis, j'ai un bon de réduction, alors autant l'utiliser.

— Un bon de réduction ?

Elle tourna la tête à gauche et à droite pour voir s'ils pouvaient traverser. Dès que ce fut le cas, elle prit la main de Cooper et l'attira en courant sur la chaussée. Ce ne fut que lorsqu'ils furent sur le trottoir d'en face qu'elle lui lâcha la main à contrecœur.

— Deux pour le prix d'un, dit-elle en sortant le coupon qu'elle avait dans sa poche.

— Gardez-le pour emmener les garçons une autre fois. Ce soir, c'est moi qui vous invite.

— Mais c'est moi qui...

... vous ai proposé cette sortie, acheva-t-elle intérieurement. Mais elle avait peur de dire quoi que ce soit. Peur qu'il croie qu'elle considérait ce rendez-vous comme une soirée romantique.

Ils continuèrent à avancer côte à côte et, quand ils se touchèrent par inadvertance, elle sentit un nouveau frisson la parcourir. Ils arrivèrent à l'endroit où attendaient les traîneaux. Il s'agissait en réalité de calèches tirées par des chevaux prêtés par les ranchs de la région. Les cochers qui se relayaient travaillaient gratuitement, et leurs pourboires servaient à constituer un fonds pour acheter des cadeaux aux familles en difficulté. Les Texans avaient beau avoir leur fierté, aucun parent ne supportait de voir ses enfants privés de cadeaux le jour de Noël.

Il y avait un peu d'attente, et on leur annonça qu'ils pourraient partir dans environ cinq minutes.

— Les affaires marchent bien en cette période de l'année ? demanda Cooper.

— Disons que c'est satisfaisant. Et pour vous ?

— Je dois surveiller le troupeau. Burt m'a dit qu'on annonçait de la neige pour Noël.

— Merci d'avoir permis aux garçons de peindre avec vous. Ils n'arrêtent pas de parler du bon moment qu'ils ont passé.

— Ce sont des enfants adorables.

De longues secondes s'écoulèrent avant qu'elle parvienne à rompre le silence qui s'était installé.

— Avez-vous déjà fait une promenade en traîneau ? demanda-t-elle.

— Une fois.

Il fixa le trottoir, comme si quelque chose par terre avait

attiré son attention. Elle allait lui poser d'autres questions pour qu'il lui raconte cette première expérience mais, à cet instant, une calèche revint et se libéra pour eux.

— Bonsoir, jeunes gens, dit le cocher.

— Bonsoir, Sam, répondit Finley. Je vous présente Cooper Hollis, qui habite...

— Au ranch de Buckhorn, compléta Sam. Mon beau-père, Ben Dunkin, vous a acheté plusieurs daims il n'y a pas longtemps.

— En effet, confirma Cooper en lui serrant la main.

— Ben n'est pas très content que j'aie épousé sa fille et que je l'aie emmenée vivre loin de chez lui.

— Sam est plombier indépendant, dit Finley tandis que Cooper l'aidait à monter dans la calèche.

— Une fois par an, j'essaie d'amadouer Ben en me portant volontaire pour conduire les traîneaux de Noël. Il y a une couverture sous le siège, si vous avez froid, ajouta-t-il en se retournant brièvement.

Puis, d'un claquement de langue, il fit partir ses chevaux au pas. Ils avançaient depuis quelques instants quand Cooper se pencha vers Finley.

— Vous avez froid ? murmura-t-il.

— Un peu.

Comme il étendait la couverture sur leurs genoux, elle glissa les mains dessous et ne tarda pas à sentir les doigts de Cooper contre sa cuisse. Sans prendre le temps de réfléchir, elle lui prit la main, noua ses doigts aux siens. Au contact de sa peau brûlante, elle se mit à rêver de sentir ses caresses sur tout son corps.

— Vous avez dit que vous aviez déjà fait une promenade en traîneau ? demanda-t-elle en s'efforçant de contrôler sa voix.

— Oui, avec Denise.

— Je suis désolée, dit-elle aussitôt, regrettant de lui avoir rappelé des souvenirs douloureux.

— Ne le soyez pas. Apparemment, nous n'étions pas faits l'un pour l'autre. Et vous ? ajouta-t-il. Que s'est-il passé avec le père des jumeaux ?

— J'ai rencontré Alexander quand je faisais mes études en Grèce.

Elle avait tout de suite été séduite par son charme méditerranéen.

— Comment se fait-il que vous ne vous soyez pas mariés ?

— J'étais déjà rentrée aux Etats-Unis lorsque j'ai découvert que j'étais enceinte. Quand je l'ai annoncé à Alex, il avait déjà été accepté pour faire son doctorat en Islande.

Elle haussa les épaules avec résignation. Alex avait toujours attaché beaucoup plus d'importance à sa carrière qu'à ses fils.

— Il est géologue, précisa-t-elle.

Une bosse sur la route fit cahoter la calèche, et Finley fut projetée contre Cooper.

— Désolé ! lança Sam depuis le siège avant. Je n'ai pas pu l'éviter.

— Finalement, reprit-elle, il est resté en Islande. Pour tout dire, je pense que c'est mieux ainsi.

— Pourquoi ?

— Alex était issu d'une famille très conservatrice. Si je l'avais épousé, ses parents et lui auraient voulu que je m'installe avec eux en attendant qu'il finisse ses études. Je ne me sentais pas prête à renoncer à tous mes projets pour lui, ajouta-t-elle en souriant. J'adore mes enfants et je suis heureuse de les avoir, mais je tiens aussi à ma vie professionnelle. Je voudrais seulement que le magasin ne monopolise pas tout mon temps... Je m'inquiète pour les garçons. Ils auraient besoin de plus d'attention de ma part.

Tout en écoutant Finley, Cooper ôta à contrecœur sa main de la sienne et la reposa sur la couverture. Loin de toute tentation. Finley était bien trop occupée pour avoir du temps à lui consacrer. Bien sûr, il aurait pu se contenter de profiter des quelques moments qu'il passait avec elle, mais il la respectait trop pour commencer avec elle une relation qui, de toute façon, n'aurait aucun avenir.

Sam arrêta la calèche le long du trottoir et resta immobile, sans dire un mot. Cooper se pencha pour voir ce qui bloquait la rue, mais il n'y avait rien. Il se tourna alors vers Finley qui lui montra le bouquet de gui suspendu au réverbère, juste au-dessus d'eux.

— Vous connaissez la tradition, n'est-ce pas ?

A Mistletoe, on disait qu'embrasser une fille sous le gui était la promesse d'un avenir radieux et plein d'amour. Il était pourtant bien placé pour savoir que ce n'était qu'une superstition idiote. Il avait embrassé Denise sous le gui, et elle l'avait quitté.

Mais comment nier qu'il mourait d'envie d'embrasser Finley ?

Elle lui sourit et, à cet instant, son émotion et son désir prirent le dessus sur sa raison. Sa bouche fut attirée par la sienne comme un aimant. Prenant soin de garder les yeux ouverts pour contempler son visage, il prit possession de ses lèvres et vit ses paupières se baisser lentement. Il enfouit les mains dans ses cheveux, aussi doux qu'il les avait imaginés, et savoura le goût exquis de sa bouche.

Trop tôt, elle interrompit leur baiser. Ce ne fut qu'en la voyant se retourner vers Sam qu'il se rappela qu'ils n'étaient pas seuls.

— Vous êtes prêts à repartir ?

— Oui, répondit-elle en se blottissant contre Cooper.

Il ressentit soudain quelque chose à quoi il ne s'était pas

préparé : l'envie de prendre soin d'une femme qui serait elle aussi présente pour lui. Peut-être même l'envie d'aimer.

D'aimer ?

Non. Plutôt de...

Bon sang, il ne savait même plus ce qu'il pensait ! Comment pouvait-il être aussi troublé par une femme qu'il connaissait à peine et qu'il venait d'embrasser pour la première fois ? Il ne pouvait pas avoir de sentiments pour elle. C'était impossible.

— La semaine risque d'être chargée au magasin, dit-elle. Je vais devoir préparer ma journée de promotions jeudi. J'ai prévu d'ouvrir de 8 heures à 21 heures, ce jour-là.

— Que comptez-vous faire des jumeaux ?

— Prier pour qu'ils soient sages. J'ai acheté un nouveau DVD en espérant qu'il les occuperait.

— Je viendrai les chercher pour passer la journée avec eux, dit-il sans même avoir pris le temps d'y réfléchir.

— Sérieusement ? demanda-t-elle, les yeux brillants. Ils ne sont pas toujours faciles. Vous êtes sûr ?

— Je leur ferai visiter le ranch et nous donnerons à manger aux daims. Quand ils en auront assez d'être avec moi, Burt pourra leur apprendre à jouer aux dames.

Et, comme cela, ils auraient tout le temps de construire la cabane à oiseaux de Finley.

Elle passa le bras autour de son cou et l'embrassa sur la joue.

— Merci, Cooper. C'est le plus beau cadeau de Noël qu'on m'ait jamais fait !

6

Le mercredi soir, Finley se sentit coupable de fermer la boutique plus tôt que d'ordinaire pour aller chez le coiffeur. Mais les garçons avaient été invités à dormir chez un ami, et elle n'avait pas résisté à l'envie de se faire faire une beauté pour les fêtes.

Tu veux seulement attirer l'attention de Cooper quand il viendra chercher les enfants demain matin, lui souffla une petite voix intérieure.

C'était vrai. Elle voulait plaire à Cooper. Après le baiser qu'ils avaient échangé sous le gui, elle brûlait de découvrir jusqu'où les choses pouvaient aller entre eux. Après tout, le moment idéal ne se présenterait sans doute jamais pour elle. Elle aurait toujours l'impression d'être trop occupée pour s'investir dans une relation. Alors pourquoi ne pas se laisser aller pour voir ce qui pouvait advenir ?

Après la rentrée des classes, elle proposerait à Cooper de venir déjeuner un jour avec elle.

— Tiens, tiens, dit Maybelline, la propriétaire du salon de coiffure, en la voyant entrer. Quand on parle du loup…

— Ah ? Vous parliez de moi ? s'étonna Finley.

Elle suspendit son manteau et s'installa dans un fauteuil pour attendre son tour, sous l'un des multiples bouquets de gui suspendus au plafond.

— Je disais à Joyce qu'il serait temps que tu trouves un homme pour toi, et un père pour tes fils, répondit la coiffeuse.

Son employée, occupée à faire une permanente à Mme Crandall, hocha la tête pour marquer son approbation.

— Ah bon ? répliqua Finley d'une voix innocente, tout en se demandant si quelqu'un l'avait vue se promener avec Cooper.

— Si tu ne veux pas que toute la ville parle de toi, plaisanta Joyce avec un sourire malicieux, tu devrais éviter d'embrasser des cow-boys en public.

Sa remarque laissa Finley bouche bée.

— Tout le monde est au courant du baiser que tu as échangé avec Cooper lundi soir, pendant votre promenade en traîneau.

— Sam aurait dû garder ça pour lui.

— Il l'a dit à sa femme, et tu connais Doreen. Elle aime les histoires d'amour et souhaite que tout le monde trouve le bonheur. Elle l'a raconté à Suzie Walker, qui l'a répété à Helen du cabinet dentaire, et Helen...

— J'ai compris.

Formidable ! songea-t-elle avec agacement. Si Cooper avait vent de ces commérages, il allait faire marche arrière, c'était certain.

— Tu sais, dit Maybelline, je crois que Patricia se sent coupable que sa fille ait rompu ses fiançailles avec Cooper.

— C'est dommage qu'il n'ait pas de frère ou de sœur pour l'aider à s'occuper de Burt, ajouta Joyce. Je me demande comment il s'en sort, entre le ranch et son père.

Maybelline s'approcha de Finley et prit une mèche de ses cheveux entre ses doigts.

— Tu voulais faire un soin ? demanda-t-elle.

— En fait, j'aimerais bien essayer une nouvelle coupe.

La coiffeuse la regarda avec stupeur.

— Je n'ai jamais eu le droit de te couper plus que quelques centimètres.

Joyce les rejoignit et dévisagea Finley.

— C'est pour Cooper, c'est ça ? Tu veux un look sexy pour le faire tomber à la renverse.

— J'ai envie de changer de coupe de cheveux, c'est tout. Il me faudrait peut-être quelque chose d'un peu plus sophistiqué, dit-elle en les regardant l'une après l'autre.

— Une coupe au carré, décida Maybelline.

— Avec une légère frange sur le côté, compléta Joyce. Tu as des yeux magnifiques, la frange mettra en valeur leur couleur et leur forme.

— Il faudrait couper au moins dix centimètres, reprit Maybelline. Tu serais d'accord ?

— Jusqu'aux épaules ? demanda Finley.

— Un peu plus court, ce serait encore mieux. Deux ou trois centimètres au-dessus de l'épaule, dit Joyce en lui relevant les cheveux.

— D'accord. Si je n'aime pas, je pourrai toujours les laisser repousser.

Maybelline et Joyce la préparèrent et s'affairèrent autour d'elle pendant une heure, jusqu'à ce qu'elles aient obtenu le résultat qu'elles voulaient. Elles firent alors tourner le fauteuil de Finley pour la mettre face au miroir.

En découvrant sa nouvelle coupe, elle eut presque du mal à se reconnaître. Elle avait tout à coup l'air plus mûre et plus sûre d'elle.

— On dirait une femme d'affaires !

La sonnerie de la porte retentit à cet instant et Phyllis, la fille de Mme Crandall, entra pour venir chercher sa mère.

— Finley McCarthy, c'est bien vous ?

— Eh oui.

— Alors c'est vrai ? dit Phyllis en souriant.

— Quoi donc ? demanda Finley.

— Vous sortez avec Cooper Hollis.

— Nous sommes amis.

Elle ignora le regard moqueur de Maybelline.

— C'est ce qu'on dit toujours.

Phyllis regarda sa mère, qui somnolait sous le sèche-cheveux.

— Donnez-moi encore dix minutes, lui dit Joyce, le temps de la coiffer.

— Laissons-la encore un peu, puisqu'elle s'est endormie. Il me reste quelques courses à faire, je reviendrai après.

Elle alla jusqu'à la porte et se retourna avant de sortir.

— Un homme commence toujours par être un ami, Finley. Jusqu'au jour où vous l'attirez dans votre chambre.

Sur ces mots, elle lui fit un clin d'œil et s'en alla.

— Alors ? dit Maybelline en regardant son reflet dans la glace.

— Alors quoi ?

— Avez-vous déjà invité Cooper dans votre chambre ?

— C'est une question très personnelle, Maybelline.

— Elle n'a pas couché avec lui, devina Joyce. Dommage. Je suis sûre que Cooper est un amant fabuleux. Attention, ajouta-t-elle aussitôt, je ne suis pas intéressée par lui. Je suis très bien avec mon Gerald. Il ferme les yeux sur mes paris, que demander de plus ?

Tout le monde connaissait la passion de Joyce pour le poker en ligne.

Le sourire aux lèvres, Finley ouvrit son sac pour sortir son portefeuille.

— N'hésitez pas à passer à la boutique demain, s'il vous reste des courses de Noël à faire. Tout sera à moitié prix.

— Je voudrais acheter pour mon neveu et ma nièce un flacon de cette fameuse potion, Mistletoe Magic, dont tous les enfants parlent, dit Maybelline. Ma sœur pense que c'est de l'argent gâché, mais c'est la magie de Noël qui compte, n'est-ce pas ?

— Absolument, approuva Finley en déposant un généreux pourboire sur le comptoir.

Elle se demandait déjà ce que Cooper allait penser en la voyant. Allait-il être séduit au point de vouloir l'embrasser de nouveau ?

Oui, la magie de Noël était bien tout ce qui comptait. Et le baiser de Cooper avait été l'un des moments les plus magiques de son existence.

— Vous avez combien de daims ? demanda Tuff tandis que son frère et lui suivaient Cooper dans l'écurie.

— Environ deux cents.

C'était Burt qui était allé chercher les jumeaux en ville pour lui laisser le temps d'avancer sur la fabrication du train.

— Ça fait beaucoup d'animaux à nourrir, souligna Tuff.

Cooper avait passé suffisamment de temps avec eux pour les différencier facilement l'un de l'autre. Quand Tuff souriait, ses yeux brillaient de malice et il parlait à toute vitesse. Flint était timide et ne posait pas autant de questions, mais il écoutait attentivement ce qu'on lui disait.

— Je me suis dit que nous pourrions fabriquer la cabane à oiseaux de votre mère avant de remplir les mangeoires des daims.

— Pourquoi Burt vient pas nous aider ? demanda Tuff.

— Il n'a pas très bien dormi, cette nuit. Il se sentira mieux après avoir fait une sieste.

— Nous, dit Tuff, on déteste les siestes.

— Parfois, compléta Flint, quand maman est pas contente, elle nous envoie dans notre chambre, mais nous, on s'endort jamais.

Cooper posa plusieurs morceaux de bois sur l'établi.

— Savez-vous quel genre de maison vous voulez construire ?

Ils secouèrent la tête.

— Nous pouvons faire une cabane à oiseaux classique, ou quelque chose de plus original.

Tuff grimpa sur l'escabeau à côté de Cooper.

— Quelque chose d'original, décida-t-il.

Cooper ouvrit le livre qu'il avait trouvé la veille à la bibliothèque.

— Que pensez-vous de celle-ci ?

Flint se rapprocha de son frère pour regarder le dessin avec lui.

— C'est un petit hôtel pour les oiseaux, expliqua Cooper. Avec huit compartiments.

— C'est quoi, un compartiment ? demanda Flint.

— Un endroit où une maman oiseau peut mettre son nid et pondre ses œufs. Sinon, ajouta-t-il en voyant leur air dubitatif, il y a celle-ci, qui est plus petite.

Il tourna les pages du livre pour leur montrer un autre modèle.

— Je préfère la première, dit Tuff.

— Moi aussi, dit Flint avant de sauter à terre pour aller voir l'enclos vide. Où sont passés les bébés daims ?

— Ils sont dehors avec leurs mères.

Pensant que les enfants allaient être distraits par les faons, Cooper les avait déplacés pour quelques heures. Mais maintenant, les jumeaux avaient l'air préoccupés.

— Que se passe-t-il ?

Ils échangèrent un regard coupable. Puis Tuff, imité par son frère, plongea la main dans sa poche et en sortit une pierre noire.

— Le Père Noël nous a déposé un cadeau en avance dans les souliers qu'on avait prévu de mettre sous le sapin.

— Pourquoi avez-vous regardé dedans ? demanda Cooper, étonné.

— Est-ce que c'est un morceau de charbon ? s'enquit Flint avec inquiétude.

Manifestement, ils savaient que le Père Noël n'apportait rien d'autre aux enfants qui n'avaient pas été sages. Mais il ne pouvait croire que Finley puisse être aussi cruelle avec eux.

— Ça veut dire qu'on aura pas de cadeau ? fit Tuff.

Cooper n'avait pas toujours été un enfant facile, et pourtant ses parents ne l'avaient jamais menacé d'avoir un morceau de charbon pour Noël.

— Etes-vous sages, tous les deux ?

Ils acquiescèrent.

— Vous rangez votre chambre, vous ramassez vos affaires ?

Cette fois, ils secouèrent la tête de gauche à droite.

— Vous faites votre lit ? Vous rangez votre chambre ?

— Non, marmonnèrent-ils en baissant les yeux.

— Peut-être que le Père Noël vous donne juste un avertissement. Il est encore temps de vous rattraper.

— Comment ? demanda Flint.

— A partir de maintenant, vous allez ramasser vos jouets et éviter de mettre du désordre chez vous. Et essayez de ne plus vous disputer.

— Et on pourrait ranger nos jeux vidéo, suggéra Flint.

— Et accrocher nos manteaux, proposa Tuff.

— Et si on fabrique une cabane à oiseaux pour maman, le Père Noël sera content, non ? ajouta Flint.

— Sûrement.

Cooper aurait préféré que leur intention soit désintéressée, mais il ne devait pas oublier qu'ils avaient seulement cinq ans.

— Allez, commençons, dit-il en leur donnant un morceau de bois et de papier de verre à chacun.

Il leur montra ensuite comment polir les angles. Puis, quand tous les éléments furent poncés, il leur expliqua qu'il était temps maintenant de découper les ouvertures.

— Je peux le faire ? demanda Tuff.

— On peut jamais faire des choses comme ça chez nous, parce qu'on a seulement une maman. Le père de Toby le laisse monter sur le tracteur quand il fauche ses prés.

— Et le père de Michael lui a fait mettre la main sur une marche de la véranda avant que le ciment sèche, pour que la trace reste.

— Je veux bien que vous vous serviez des outils, dit Cooper avec compréhension, à condition que vous vous teniez tranquilles.

Il sortit deux paires de lunettes de protection, en mit une et tendit l'autre à Flint.

— C'est toi qui vas commencer.

Il saisit avec lui le manche de la scie électrique et la disposa sur le bois.

— Je vais faire le mouvement, et tu vas me suivre, d'accord ?

Flint acquiesça et Cooper mit la scie en marche. Il la déplaça en suivant la courbe qu'il avait dessinée au préalable sur le bois et, quand il eut fini, il appuya sur le bouton pour l'éteindre.

— C'était super !

Flint sauta de l'escabeau pour laisser sa place à Tuff. Ils refirent le même geste, et l'opération se poursuivit jusqu'à ce qu'ils aient fait les huit ouvertures.

— Comme vous avez bien suivi les instructions, je vais vous laisser utiliser la cloueuse.

— Qu'est-ce que c'est ? fit Tuff.

— C'est ça, dit-il en leur montrant l'outil.

Puis il leur expliqua comment il fallait la charger.

— Surtout, il ne faut jamais viser quelqu'un avec. C'est compris ?

Les jumeaux promirent de ne pas le faire.

— Cette fois, dit Flint, c'est Tuff qui commence.

Cooper mit deux planches l'une contre l'autre et les tint fermement d'une main, se servant de l'autre pour aider Tuff à placer la cloueuse.

— Pose ton index sur le mien et je vais compter à haute voix. A trois, on appuiera fort sur le bouton. Un, deux, trois.

Le pistolet éjecta un clou qui vint se planter dans le bois, presque sur le point qu'il avait visé.

— Bravo.

— A moi !

Flint et Tuff changèrent de place et se relayèrent jusqu'à ce que tous les murs de la cabane soient fixés entre eux.

— Maintenant, annonça Cooper, il faut faire le toit.

— Mais les ouvertures sont toutes petites, remarqua Flint. Comment les oiseaux vont faire pour entrer ?

— C'est une maison pour les pinsons.

— C'est quoi, un pinson ? demanda Tuff.

— Un tout petit oiseau. Regarde, dit-il en lui montrant une photo sur le livre.

— Ça a l'air minuscule.

— Dans la cabane, ils seront à l'abri des rapaces.

— C'est quoi, les rapaces ?

— Ce sont les gros oiseaux qui mangent les plus petits. Les faucons, par exemple.

— De quelle couleur on va peindre la cabane ? demanda Flint.

— Quelle est la couleur préférée de votre maman ?

— Le jaune, répondit Tuff.

— Maman dit que le jaune est la couleur du soleil et du bonheur, ajouta Flint.

Cooper n'avait jamais réfléchi à la signification des couleurs mais, depuis sa rencontre avec Finley, il avait le sentiment que le bonheur et la gaieté avaient la couleur de ses cheveux.

— Que diriez-vous d'un jaune pâle avec une bordure bleu ciel ?

— D'accord.

— Nous allons mettre la première couche, puis nous la laisserons sécher le temps de nourrir les daims.

Il rangea la scie et la cloueuse, puis traversa la remise pour aller chercher les pots de peinture. Les garçons le suivirent d'un pas joyeux.

— Monsieur Cooper ?

— Oui, Flint ?

— J'aimerais bien que vous soyez mon papa.

Le souffle coupé, Cooper eut l'impression que son cœur s'était arrêté de battre.

— C'est vrai, approuva Tuff, vous nous apprenez à nous servir de vos outils, et puis vous avez des rennes. Maman dit que notre père ramasse des pierres. C'est nul.

— Non, le contredit Flint. Il étudie les roches.

— Et alors ? C'est nul quand même.

— Allez, nous avons encore du pain sur la planche. Les daims ne vont pas tarder à avoir faim.

Cooper attrapa les pots de peinture et les confia aux garçons avant de leur donner les blouses qu'ils avaient portées pour peindre la calèche. Puis il étala du papier journal sur l'établi et mit la cabane entre eux deux.

— Flint, tu fais l'avant et toi, Tuff, l'arrière, dit-il en leur montrant les gestes.

Après quelques secondes, voyant qu'ils travaillaient avec soin, il se redressa.

— Je reviens tout de suite, annonça-t-il avant de s'éclipser.

Une fois sorti de l'écurie, il s'appuya contre le mur et se prit le visage entre les mains.

Les jumeaux voulaient qu'il soit leur père !

Depuis sa rencontre avec Finley, il craignait qu'elle ou lui ne finisse par souffrir s'il cédait à son attirance pour elle. Comment n'avait-il pas pensé aux enfants ? S'il oubliait un moment la règle qu'il s'était fixée, ils en seraient les premières victimes !

Il devait renoncer à voir Finley. La sagesse aurait voulu qu'il mette un terme à leur relation dès ce soir, en ramenant les garçons, pour empêcher leur histoire d'aller plus loin. Mais il n'avait pas la force de lui tourner le dos avant les fêtes. Pour la première fois depuis sa rupture avec Denise, il devait reconnaître qu'il reprenait goût à la magie de Noël. Et c'était grâce à Finley et à ses enfants.

7

En voyant la voiture de Cooper tourner dans l'allée, Finley sentit les battements de son cœur s'accélérer. Le temps qu'elle aille à la porte, les garçons étaient déjà là, si pressés de lui raconter leur journée qu'ils voulaient parler tous les deux à la fois.

— Doucement, dit-elle en les embrassant. L'un après l'autre.

— On a vu un énorme daim avec des bois ! s'exclama Tuff en ouvrant grand les bras pour lui montrer à quel point l'animal était gros.

— Burt a dit que c'était le chef de tous les daims.

Finley leva les yeux et sourit à Cooper qui se tenait sur le pas de la porte, son chapeau à la main. Comment faisait-il pour être plus beau chaque fois qu'elle le voyait ? La chemise en flanelle jaune qu'il portait aujourd'hui faisait paraître ses yeux bleus encore plus brillants.

— J'ai l'impression qu'ils se sont amusés comme des fous. Est-ce que Burt est avec vous ? demanda-t-elle en se penchant pour regarder derrière lui.

— Non, il est resté à la maison.

Il la regarda fixement et plissa légèrement les yeux.

— Vous vous êtes fait couper les cheveux.

— J'avais envie de changer.

— J'aime beaucoup.

Le timbre rauque de sa voix la fit frissonner de désir.

— Merci. J'ai fait des *enchiladas* au poulet, ajouta-t-elle après une pause. Voulez-vous rester dîner ?

Sans attendre sa réponse, elle regarda les jumeaux et leur fit signe de monter.

— Allez vous laver les mains avant de passer à table.

Une fois seule avec Cooper, elle se tourna de nouveau vers lui.

— Ma superbe idée d'organiser une promotion avant Noël a tourné au fiasco, lui confia-t-elle.

Elle n'avait pas à se plaindre, elle avait tout de même fait plus de cinq cents dollars de chiffre d'affaires. Cependant, c'était bien loin des deux mille qu'elle avait espérés. A deux reprises, une heure s'était écoulée sans qu'aucun client n'entre dans la boutique. Voilà pourquoi elle avait eu le temps de faire la cuisine.

— Je suis désolé.

Elle n'avait pas envie de s'attarder sur sa déception. Une autre question l'intéressait beaucoup plus, décida-t-elle en se passant nerveusement la main dans les cheveux.

— Alors, vous restez ? Vous offrir à dîner est le moins que je puisse faire pour vous remercier d'avoir gardé les enfants.

— J'en serai ravi, répondit-il en promenant les yeux sur elle.

Il prit son téléphone dans sa poche.

— Je vais envoyer un message à Burt pour le prévenir que je ne rentre pas tout de suite.

Tout en faisant son possible pour masquer sa joie, elle attendit qu'il ait fini puis le conduisit à l'étage.

— Donnez-moi votre manteau, dit-elle quand ils furent en haut de l'escalier.

— Merci. C'est très joli, ici, ajouta-t-il tandis qu'elle déposait son manteau dans un fauteuil.

— C'est petit, mais nous y sommes bien, les garçons et moi.

— Cooper, venez jouer à Super Mario avec nous ! cria Tuff depuis sa chambre.

— Je viens vous libérer dans dix minutes, promit-elle en souriant.

C'est alors qu'elle le vit lever les yeux vers le bouquet de gui suspendu au-dessus d'eux. Elle en avait mis un peu partout dans l'appartement, et les jumeaux s'amusaient follement à essayer d'échapper à ses baisers. Quand elle vit Cooper fixer le regard sur sa bouche, elle cessa de respirer.

Il s'approcha d'elle.

— Cooper ! appela de nouveau Tuff. Venez voir ce que j'arrive à faire faire à Mario !

Le cœur battant la chamade, elle passa à côté de lui et se précipita dans la cuisine pour ôter le plat du four et mettre à la place une plaque couverte de petits pains. Puis elle servit des verres d'eau et de lait, mit de la sauce mexicaine et de la crème dans des bols, et se hâta vers la salle de bains.

— Le dîner est prêt ! annonça-t-elle en passant devant la chambre.

En se regardant dans le miroir, elle vit qu'elle était complètement décoiffée à force de s'être passé la main dans les cheveux. Et elle se rendit compte qu'elle avait fait une tache de cidre sur son chemisier blanc quand Mme Gunderson l'avait bousculée alors qu'elle avait un verre à la main. Elle était loin d'être apprêtée pour séduire un homme.

De retour dans la cuisine, elle ôta les petits pains du four et les mit dans une corbeille, puis elle sortit le beurrier du réfrigérateur et mit le tout sur la table.

— Les garçons ! appela-t-elle. Je vais commencer sans vous !

Une seconde plus tard, ils étaient là tous les trois, et Cooper attendit que tout le monde soit assis pour prendre place en face d'elle.

— Je meurs de faim ! s'exclama Flint. On a tellement travaillé aujourd'hui, avec la cab... Aïe !

Finley regarda les jumeaux pour voir ce qui se passait.

— Il m'a donné un coup de pied !

— Parce que tu es bête, rétorqua Tuff.

— Ne parle pas comme ça à ton frère !

Tuff adressa un regard suppliant à Cooper.

— Il a failli gâcher notre surprise.

— Quelle surprise ? s'enquit-elle tout en remarquant l'air coupable de Flint.

— Vous devriez écouter votre maman et vous parler gentiment, dit Cooper.

— Au fait, lui demanda Tuff, pourquoi on n'a pas vu votre maman au ranch ?

— Ma mère est morte il y a longtemps.

Pauvre Cooper ! Elle ne l'avait pas invité pour qu'il subisse un interrogatoire.

— Ne vous inquiétez pas, dit Flint, on veut bien partager notre maman avec vous. D'accord, maman ?

Elle afficha un sourire forcé.

— Bien sûr.

— Vous allez voir, poursuivit Flint en tapotant le bras de Cooper, vous allez beaucoup l'aimer.

— C'est déjà le cas, répondit-il en souriant à Finley.

Par chance, il n'y eut plus de conversation gênante jusqu'à la fin du repas. Cooper voulut l'aider à débarrasser, mais elle insista pour qu'il se détende avec les garçons pendant qu'elle rangeait. En réalité, elle était contente de disposer d'un petit moment pour recouvrer ses esprits. Elle en avait tellement besoin... Car plus elle connaissait Cooper, plus elle était troublée par lui. Elle l'admirait. Elle appréciait la patience et la gentillesse dont il faisait preuve avec les garçons, ses attentions envers elle, le dévouement avec lequel il prenait soin de Burt. Elle n'arrivait vraiment pas à comprendre comment sa fiancée avait pu le quitter. De plus, elle se rendait compte à présent qu'il avait le pouvoir de lui faire oublier ses problèmes. Quoi qu'il advienne du magasin, elle savait qu'elle s'en sortirait, et surtout que Cooper serait toujours là.

Quand la cuisine fut rangée et nettoyée, elle rejoignit les garçons dans le salon.

— C'est l'heure du bain, annonça-t-elle.

— Je vais rentrer, dit Cooper en prenant son manteau.

Elle aurait adoré passer le reste de la soirée avec lui, mais, une fois les enfants couchés, elle devrait redescendre pour ranger la boutique.

— Bonsoir, les garçons. Soyez sages avec votre maman, leur recommanda-t-il.

— Bonsoir, Cooper, répondirent-ils à l'unisson.

— Je vais vous raccompagner, dit-elle en le précédant dans l'escalier.

Ils évitèrent de se regarder jusqu'au moment où ils furent devant la porte.

— Je peux vous demander quelque chose ? murmura-t-il finalement.

— Bien sûr.

— Pourquoi avez-vous mis un caillou dans les souliers des enfants ?

Elle le regarda avec stupeur.

— Je ne pensais pas qu'ils iraient regarder dedans ! Ce sont des chaussures qu'ils ne mettent pas en ce moment.

— Je veux bien croire qu'ils ne sont pas toujours faciles, mais ce sont des enfants adorables, au fond. Ils ne méritent pas de croire que le Père Noël les privera de cadeaux cette année.

La douceur avec laquelle il parlait d'eux la bouleversa.

— Attendez... Vous voulez dire qu'ils ont cru qu'ils étaient punis parce qu'ils n'avaient pas été assez sages ?

— Ils ont pris ces pierres pour des morceaux de charbon — la surprise que le Père Noël réserve aux enfants indisciplinés.

— Ce ne sont pas des pierres ordinaires, expliqua-t-elle. Elles viennent d'un volcan islandais sur lequel leur père fait actuellement des recherches. Il me les a envoyées il y a un mois, en me demandant de les leur offrir pour Noël.

— Ah..., fit Cooper avec un air gêné.

— J'aurais dû les emballer dans du papier cadeau. Que leur avez-vous dit ? demanda-t-elle après un silence.

— Je leur ai dit que c'était probablement un avertissement du Père Noël qui leur recommandait de se tenir bien jusqu'au jour J. Et je leur ai conseillé de ramasser leurs jouets et d'éviter de se disputer pour lui faire bonne impression.

Elle regarda brièvement le gui accroché au-dessus d'eux, juste devant la porte d'entrée. Allait-il l'embrasser, maintenant qu'ils étaient seuls ?

— Bien... Alors, je vous dis à samedi, pour la parade.

— Le char doit être garé sur le parking de l'église avant 15 heures. La parade commencera à 16 heures.

— Nous y serons.

Machinalement, elle leva encore les yeux vers le gui. Mais cette fois, quand elle rencontra de nouveau le regard de Cooper, elle sentit comme un courant électrique passer entre eux. Cooper posa alors son chapeau sur le comptoir pour tendre la main vers elle. Quand elle mêla ses doigts aux siens, il l'attira vers lui jusqu'à ce qu'elle le touche. Lentement, elle se hissa sur la pointe des pieds et se serra contre lui.

— Depuis notre promenade lundi soir, murmura-t-il, je ne pense qu'à une seule chose. Vous embrasser de nouveau.

— Moi aussi, dit-elle dans un souffle.

Lorsqu'il prit ses lèvres, elle entrouvrit la bouche et sentit sa langue venir à la rencontre de la sienne. Sans qu'elle s'y soit préparée, leur baiser se fit en un instant fougueux, passionné, terriblement érotique. Si bien que, quand il se redressa, elle comprit qu'il avait envie de plus qu'un baiser.

— Comment s'est passé ton dîner avec Finley et les enfants ? demanda Burt à la seconde où Cooper franchit la porte.

— Bien.

— Bien, c'est tout ?

— Oui, pourquoi ?

Il ôta son manteau, le suspendit au portemanteau et se tourna vers son père qui affichait un grand sourire.

— Quoi ?

— Depuis quand te maquilles-tu la bouche en rose ?

Cooper se passa la langue sur les lèvres et sentit le goût du brillant à lèvres de Finley.

— Occupe-toi de tes affaires.

Burt le suivit dans la cuisine et se plaça en bout de table.

— Nous allons voir les garçons, demain ?

— Pas avant samedi, pour la parade.

— J'ai avancé sur le train pendant ton absence. Toutes les pièces sont peintes.

— Merci. As-tu des nouvelles au sujet de la tempête ?

— Ça va être quelque chose, apparemment. Ils annoncent des vents forts et au moins quinze centimètres de neige.

— Ils savent quand elle doit passer ?

— Sans doute le soir de Noël.

Il fit rouler son fauteuil jusqu'au congélateur et en sortit un esquimau au chocolat.

— Nous devrions inviter Finley et les enfants ici après la parade.

— Pour quoi faire ?

— Flint et Tuff pourront m'aider à décorer le sapin, si tu le sors de l'écurie.

Cooper se sentit soudain coupable d'avoir refusé de mettre un sapin cette année. C'était Denise qui l'avait fait souffrir à Noël dernier, pas son père. Il n'avait pas le droit de le priver d'un plaisir comme celui-ci simplement parce qu'il voulait chasser tout souvenir de la trahison de son ex-fiancée.

— Je rapporterai le sapin demain.

— Parfait. Il est grand temps que l'esprit de Noël entre un peu dans cette maison.

— Je crois que je vais aller me coucher.

Sur ces mots, Cooper alla s'enfermer dans sa chambre pour repenser au baiser qu'il avait échangé avec Finley. Il ne pouvait plus ignorer le désir qu'il éprouvait pour elle, mais elle éveillait tellement d'autres émotions en lui... Ce soir, à table avec elle, Tuff et Flint, il avait été comme plongé dans un rêve. Celui d'une vie de famille.

Un bruit dans la cuisine le tira de sa rêverie. Otant sa montre, il la posa sur la table de chevet sans faire attention et elle tomba derrière le meuble. Il se pencha pour la ramasser, glissa la main contre le mur, et sentit une feuille de papier. Il la saisit pour regarder ce que c'était.

En reconnaissant la lettre, il s'effondra sur son lit.

Cher Cooper,

Je suis désolée. J'ai compris depuis quelque temps que je ne pouvais pas t'épouser mais, avec l'arrivée de Noël et des fêtes, je n'ai pas su comment te le dire. Ne crois pas que je ne t'aime plus. Je t'aime. Seulement, je ne suis pas prête à assumer la responsabilité de prendre soin de ton père. Je ne voulais pas qu'il vive avec nous. Je voulais qu'il n'y ait que toi et moi. Je te demande pardon.

Denise

Il ferma les yeux. A l'instant même où il commençait à croire qu'il était prêt à prendre un nouveau départ, à tenter sa chance avec Finley pour trouver le bonheur avec elle et ses enfants, cette lettre venait lui rappeler sa responsabilité. Burt.

Ces derniers jours, il avait eu l'occasion de voir à quel point Finley était débordée. Ce serait injuste de lui demander d'accepter Burt en même temps que lui dans sa vie. Pour l'instant, son père avait encore une certaine autonomie, mais jusqu'à quand ? Le jour viendrait où il ne pourrait même plus conduire sa fourgonnette.

Il n'avait pas besoin de connaître davantage Finley pour savoir qu'elle avait le cœur sur la main. S'il le lui demandait, elle serait assez généreuse pour accepter de prendre soin de Burt. Mais il aurait été égoïste de profiter d'elle de cette façon, songea-t-il en enfouissant la lettre dans le tiroir.

Après samedi, il devrait renoncer à les revoir, elle et les jumeaux.

— Les voilà, maman ! s'écria Flint en pointant du doigt l'autre côté du parking de l'église.

Le 4x4 de Cooper tirait une remorque portant la calèche, tandis qu'un van était accroché à la fourgonnette de Burt.

— Je les vois.

Elle prit les garçons par la main et ils longèrent ensemble la rangée de chars. Les grelots de leurs chaussons de lutins tintaient à chaque pas.

— Voyez-vous cela ! dit Burt en sortant de voiture. Deux lutins se sont échappés du pôle Nord !

— On n'est pas des vrais lutins, précisa Tuff.

— Ah non ? Alors vous êtes très bien déguisés.

— C'est maman qui a fait ces costumes pour la pièce de théâtre de Noël à l'école, dit Flint en tirant sur son col.

— Un vrai travail de professionnelle, remarqua Burt en lui adressant un clin d'œil.

— Merci. Je peux vous aider ? demanda-t-elle en s'approchant de Cooper qui baissait le hayon de la remorque.

— Non, merci, répondit-il sans même la regarder.

Peut-être avait-il eu du mal à installer la calèche dans la remorque. Cela pouvait expliquer sa mauvaise humeur.

— Je ne sais pas comment vous remercier pour le char.

Il continua comme s'il ne l'avait pas entendue. Burt et les garçons les rejoignirent pour regarder Cooper descendre la calèche sur le sol.

— Savez-vous en quelle position vous êtes dans le cortège ? demanda Burt.

— Non, répondit Finley. Je ne crois pas que ce soit aussi organisé que ça.

Les garçons grimpèrent dans la charrette.

— Il y a du foin à l'arrière ! s'exclama Tuff.

— Cela va aider le faon à garder son équilibre, expliqua Burt.

— Papa, dit Cooper, tu prendras les rênes.

Finley ne comprenait pas sa froideur soudaine. Pourquoi avait-il décidé de l'ignorer, aujourd'hui ?

— Il y aura assez de place pour nous trois sur le banc du cocher, si les garçons se mettent derrière avec le faon.

Cooper secoua la tête.

— Je vais vous laisser y aller sans moi.

Debbie, le maire, vint faire son inspection des chars de la parade et regarda avec curiosité Finley et Cooper.

— Qu'est-ce que c'est ? demanda-t-elle. Le traîneau du Père Noël avec ses lutins ?

— La calèche du Père Noël avec ses lutins, dit Finley avec un sourire forcé.

— Où sont les rennes ? demanda Debbie.

— Ici ! répondit Tuff en lui montrant le faon que Cooper sortait justement du van.

— Oh ! comme il est mignon !

Cooper installa le petit daim dans la calèche et attacha son harnais de chaque côté.

Debbie attira Finley à l'écart.

— Alors comme ça, il paraît que vous sortez avec Cooper Hollis ? Tout se passe bien entre vous ?

— Nous sommes seulement amis.

— C'est ce qu'on dit toujours. Allez, je vous laisse, je vais voir les autres, dit-elle avant de s'éloigner.

— Vous voulez bien garder un œil sur le faon pendant que je range le fauteuil de Burt ? demanda Cooper.

— Bien sûr.

Il porta son père et l'installa à la place du cocher.

Finley commençait à avoir l'impression désagréable qu'il regrettait de l'avoir embrassée jeudi. Mais pourquoi ?

Dix minutes plus tard, les chevaux étaient attelés.

— Vous êtes certain de ne pas vouloir monter avec nous ? demanda-t-elle, en espérant pouvoir encore le faire changer d'avis.

— Vous pouvez vous asseoir avec nous, Cooper, proposa Tuff.

— Je vous regarderai depuis le trottoir. Papa, n'oublie pas le frein à main, si tu dois arrêter l'attelage.

— Ce sont mes jambes qui sont paralysées, pas mon cerveau. Je sais ce que j'ai à faire.

En le voyant fixer des yeux un point derrière Cooper, Finley suivit son regard et ne tarda pas à voir ce qui avait attiré son attention : Viola Keller. Décidément, elle avait le don d'apparaître quand Burt était là.

Finley prit la main que Cooper lui tendait pour l'aider à monter. Son cœur se serra car, dès qu'elle fut sur le marchepied, il la lâcha. Si seulement elle avait su ce qui se passait ! Elle aurait peut-être pu arranger les choses…

— Il est grognon depuis ce matin, chuchota Burt tandis que son fils s'éloignait.

Sur ces mots, il fit avancer les chevaux au pas et se plaça dans le cortège qui fit lentement le tour de l'église avant de rejoindre Main Street. Finley rappela aux jumeaux de faire signe à la foule amassée pour les regarder passer.

— Appuyez sur cet interrupteur, lui dit Burt en lui montrant la petite batterie placée près d'elle.

Elle suivit ses instructions et les lumières blanches qui ornaient les côtés et les roues de la calèche se mirent à clignoter. Les spectateurs applaudirent. Quand ils passèrent devant Viola, Burt souleva son chapeau en lui souriant et Finley la vit rougir.

S'efforçant de ne pas penser à ses inquiétudes concernant Cooper, elle fit son possible pour profiter de ce moment. Mais lorsqu'elle l'aperçut sur le trottoir, devant son magasin, la gravité de son expression lui mit les larmes aux yeux. Il fit tout de même signe aux garçons qui l'appelaient, mais elle eut la triste impression que c'était un geste d'adieu.

8

— Cette fois, les prévisions météo ont peut-être été justes, dit Cooper le jeudi 23 décembre en rentrant de sa journée de travail.

Il passa devant le sapin qui attendait toujours ses décorations, et ne tarda pas à remarquer l'expression boudeuse de son père.

— Le vent est glacial, et je sens la neige dans l'atmosphère. Ce qu'il faudrait, maintenant, c'est que les prévisionnistes se mettent d'accord sur le moment où la tempête va arriver.

Certains l'annonçaient pour le 24 au soir, d'autres pour le 25.

Burt ne répondit pas. Cela faisait plusieurs jours qu'il était de mauvaise humeur, et Cooper avait évité de l'interroger de peur de provoquer une nouvelle dispute. Au lieu de cela, il avait passé le plus clair de son temps à travailler dehors.

Quatre jours s'étaient écoulés depuis la parade. Ce soir-là, de retour chez lui, il avait bien failli revenir sur sa décision de garder ses distances avec Finley et les garçons. Mais il avait fini par se redire que c'était le mieux pour tout le monde. Alors il s'épuisait au travail pour éviter de penser à elle. Pourtant, le soir, quand il tombait de sommeil, il ne pouvait s'empêcher de rêver d'elle.

— Tu vas aller chercher les garçons pour qu'ils finissent la cabane à oiseaux de leur mère ? demanda finalement Burt.

— J'ai trop de choses à faire pour préparer le passage de la tempête.

— Je m'occuperai d'eux pendant que tu travailleras.

— C'est inutile, papa. J'ai déjà apporté la touche finale à la cabane.

Il avait percé quelques trous et ajouté une ficelle pour qu'elle puisse accrocher la cabane dans un arbre. Les garçons avaient fait toutes les peintures et signé leur œuvre dans un coin.

— J'ai pensé que tu pourrais leur apporter leurs cadeaux tôt le matin, avant que le temps se dégrade, dit-il en prenant une bière dans le réfrigérateur.

— Pourquoi tu ne veux pas y aller toi-même ?

— Il faudra que j'aille voir le troupeau avant l'arrivée de la neige.

— Il s'est passé quelque chose, entre Finley et toi ?

— Non.

— Ne me mens pas, Cooper.

— A quel sujet ?

— J'ai bien vu la façon dont vous vous regardiez. Moi aussi, j'ai connu ça. Avec ta mère.

Cooper devait mettre un terme à cette conversation. Il ne voulait pas que son père découvre la raison de son attitude envers Finley et les enfants. Même s'il mourait d'envie de les faire entrer dans sa vie, sa priorité restait de s'occuper de lui.

— Laisse tomber, papa.

— Non, je ne laisserai pas tomber.

Burt mit la main dans sa poche et en sortit une feuille de papier qu'il agita sous les yeux de Cooper.

— C'est à cause de moi que tu as renoncé à voir Finley.

Cooper se figea, bouche bée.

— Tu es allé fouiller dans ma chambre ? lâcha-t-il finalement avec colère.

— J'en ai le droit. Je suis ton père.

— Rends-moi ça.

Il voulut récupérer la lettre, mais Burt la remit dans sa poche.

— Il y a quelque temps, je cherchais la photo de ta mère que je t'avais donnée après sa mort quand je suis tombé sur cette lettre.

— Comment a-t-elle atterri derrière ma table de nuit ?

— J'ai heurté le coin de la table avec mon fauteuil, et le papier a glissé.

— C'est une vieille histoire, papa. Ça n'a plus d'importance.

— C'est très important, si ça concerne ton avenir.

— Arrête de dire n'importe quoi.

— Ne me parle pas sur ce ton, Cooper. Je suis peut-être coincé dans ce fauteuil, mais je suis toujours ton père et je mérite ton respect.

Conscient d'être allé trop loin, Cooper se tut.

— Je suis la raison du départ de Denise, poursuivit Burt, levant la main pour l'empêcher de protester. Un après-midi, j'ai croisé Finley et les garçons au café, et j'ai décidé d'agir.

— C'est pour ça que tu t'es mis à voler dans son magasin ?

— Cela vous a bien rapproché l'un de l'autre, non ?

— Ecoute, papa, je sais que tes intentions étaient bonnes, mais je te demande de ne pas t'inquiéter pour moi. Je vais bien. Et je serai toujours là pour toi.

— Je sais. C'est pourquoi j'ai pris le problème en main.

— Comment ça ?

— J'ai rencontré la direction de la maison de retraite de Shady Acres.

— Pardon ?

— Je vais avoir mon propre appartement là-bas. Je ne serai plus une charge pour toi.

Cooper fut atterré par sa remarque. Comment son père pouvait-il croire qu'il ne voulait plus de lui ? Lui avait-il donné cette impression d'une manière ou d'une autre ?

— Je refuse que tu quittes la maison.

— Tu es un bon fils. Tu t'es occupé de moi beaucoup plus longtemps que ne l'auraient fait la plupart des enfants.

— Et je serai avec toi jusqu'au bout.

Burt secoua la tête.

— Le fait d'être paralysé ne m'empêche pas de rester ton père. Et, comme tu n'as pas d'enfants, tu ne sais pas encore que ce qu'il y a de plus précieux pour un père, c'est le bonheur de ses enfants. Si tu as une chance de faire entrer Finley et les jumeaux dans ta vie, je ne veux pas me dresser en travers de ton chemin, ajouta-t-il avec émotion. J'ai vécu de si belles années avec ta mère... On ne connaît cet amour-là qu'une fois dans sa vie. Si tu es amoureux de Finley, tu dois tenter ta chance avec elle.

— Tu as une place essentielle dans ma vie, papa.

— Et j'en ferai toujours partie. Mais je ne serai pas aussi omniprésent que je l'ai été ces dernières années.

Cooper n'arrivait pas à imaginer cette maison sans son père. C'était lui qui avait fait du ranch ce qu'il était aujourd'hui, et il aimait tellement cet endroit ! Comment pourrait-il abandonner ses terres pour aller s'enfermer dans une maison de retraite ?

— Cooper, je ne veux pas que tu passes le restant de tes jours à t'occuper de moi.

Le cœur serré, Cooper comprit que son père voulait sincèrement son bonheur, et qu'il avait raison. Il allait devoir trouver le courage de construire l'avenir que Burt souhaitait pour lui. Néanmoins, il restait sûr d'une chose : son père ne partirait pas d'ici. Si Finley n'était pas prête à accepter sa présence auprès d'eux, il comprendrait alors qu'il s'était trompé sur elle.

— Je te promets d'y réfléchir, papa.

Le soleil brillait le matin du 24 décembre mais, vers midi, le ciel s'assombrit brusquement et la neige se mit à tomber. Cooper avait encore une mangeoire à remplir avant d'aller se préparer. Il avait dit à son père qu'ils apporteraient leurs cadeaux cet après-midi à Finley et aux enfants. Pendant que Burt jouerait avec les jumeaux, il emmènerait discrètement Finley au rez-de-chaussée, puis il l'embrasserait sous le gui et la demanderait en mariage.

En s'approchant du troupeau, il vit que les animaux s'étaient serrés les uns contre les autres pour se réchauffer. Le vent soufflait de plus en plus fort, et la neige commençait à recouvrir tout le paysage d'un épais manteau blanc.

Après avoir sorti la nourriture de son 4x4, il s'assura que les faons étaient bien auprès de leurs mères. Il savait qu'elles les emmèneraient à l'abri des arbres dès qu'elles auraient fini de manger.

Il reprit le volant et roula jusqu'à l'écurie, où il descendit de voiture pour mettre la fourgonnette de Burt dans le garage afin qu'elle ne soit pas couverte de neige quand ils la prendraient plus tard pour aller chez Finley.

Une fois rentré, il trouva son père affichant un air maussade.

— Que se passe-t-il ?

— Il y a eu une alerte météo. Les autorités recommandent à tout le monde de rester à l'abri et d'éviter de prendre la route.

— Il neige beaucoup, mais...

— Il va y avoir trente centimètres en ville, et il n'y a qu'un seul chasse-neige pour tout le comté.

— Ne t'inquiète pas. Nous irons à Mistletoe.

Et, avec un peu de chance, ils seraient bloqués chez Finley pour la nuit.

— Je prends une douche en vitesse, et on y va, dit-il avec entrain.

Quelques minutes plus tard, alors qu'il finissait de s'habiller, il entendit un bruit fracassant dans la cuisine. Il se précipita au secours de son père.

— Le tuyau a éclaté, dit Burt qui plaçait déjà un récipient sous l'évier pour empêcher l'eau de se répandre dans toute la cuisine.

Cooper courut dehors pour fermer l'arrivée d'eau de la maison, mais il trouva le robinet gelé. Il revint à l'intérieur et mit son manteau.

— Le robinet est bloqué. Je vais chercher une clé dans la remise pour essayer de le fermer.

Il lui fallut plusieurs minutes pour y parvenir. Il avait les mains rouges et engourdies par le froid glacial. Dans la cuisine, Burt avait mis des serviettes sur le sol pour absorber l'eau. Cooper les ramassa, les essora et finit d'éponger.

— C'est ma faute, dit-il. J'aurais dû protéger la tuyauterie.

— Tu étais bien trop occupé avec les animaux.

— Ce qui est fait est fait. Nous n'avons plus qu'à charger les cadeaux de Noël et à monter en voiture.

Une demi-heure plus tard, ils étaient en route, luttant pour distinguer la route à travers des tourbillons de neige. Cooper ne tarda pas à se rendre compte qu'il commettait une folie. S'il avait été seul, il aurait essayé de rouler jusqu'à Mistletoe mais, avec son père assis à côté de lui, il ne voulait prendre aucun risque. Il arrêta la fourgonnette.

— Je crois que nous allons devoir remettre notre visite à demain.

— Ramène-moi à la maison, et essaie d'y aller sans moi.

— Il n'est pas question que tu passes le soir de Noël tout seul, dit-il en faisant demi-tour.

Ce 24 décembre serait identique à celui de l'année dernière. Ils regarderaient de vieux films à la télévision avant d'aller se coucher. Mais, si la magie de Noël voulait bien opérer cette fois-ci, le 25 décembre serait mémorable.

— Est-ce que Cooper et Burt vont venir, demain ? demanda Tuff en se glissant sous sa couette.

— Je n'en suis pas sûre, mon chéri.

A la fin de la parade, Finley les avait invités à venir partager avec eux le repas de Noël, mais l'attitude de Cooper lui laissait assez peu d'espoir.

— Pourquoi Burt vient plus ? demanda Flint.

— Je crois que Cooper et lui ont eu beaucoup de choses à faire au ranch en vue de la tempête de neige.

Les jumeaux échangèrent un regard complice.

— Il faut qu'ils viennent demain, dit finalement Flint. Parce qu'on t'a fabriqué un cadeau, et il est dans l'écurie de Cooper.

— Un cadeau de Noël ? dit-elle en souriant. Qu'est-ce que c'est ?

— On va pas te le dire ! répondit Tuff.

Cette fois, elle ne comprenait plus du tout Cooper. Il semblait vouloir garder ses distances avec elle et, pourtant, il avait fabriqué un cadeau pour elle avec les enfants ?

— Maman ?

— Oui, Tuff ?

— Est-ce qu'on pourrait mettre un peu de Mistletoe Magic sur notre oreiller, ce soir ?

— Je croyais que vous aviez déjà demandé au Père Noël ce que vous vouliez comme cadeau. Vous avez changé d'avis ?

Elle espérait que non, car elle avait déjà fait ses courses depuis longtemps.

— Je voudrais lui demander quelque chose en plus, dit Tuff.

— Moi aussi, ajouta Flint en se redressant dans son lit.

Finley prit le flacon sur leur étagère et le tendit à Tuff, qui l'agita trop fort et renversa la moitié du contenu sur son oreiller.

— Laisses-en un peu pour moi ! protesta Flint.

Il prit la fiole et mit autant de potion magique que son frère.

— Je vous aime, mes chéris, dit-elle en les embrassant.

De retour dans la cuisine, elle se servit un verre de vin et regarda par la fenêtre la neige qui tombait. Elle avait l'impression que son cœur aussi était recouvert d'un voile blanc et froid.

— Je me demande comment nous allons faire pour aller jusqu'à Mistletoe...

Cooper regarda son père et sourit en voyant son air déçu. On aurait dit un enfant. Il avait tellement envie d'être avec les jumeaux le matin de Noël qu'il s'était réveillé à 5 heures. Aussitôt, il avait appelé Cooper pour qu'il aille déblayer l'allée. Seulement, le problème n'était pas simplement de sortir de chez eux. Ils devaient attendre pour partir que le chasse-neige soit passé sur la grande route. Heureusement, ils n'étaient pas encore en retard. Il n'était que 7 heures.

— Je parie que les garçons dorment encore.

— Quand tu étais petit, tu te réveillais à l'aube le matin de Noël pour découvrir tes cadeaux.

Le sourire attendri de son père l'émut presque aux larmes. Il l'imaginait très bien, déposant discrètement les cadeaux sous le sapin le soir de Noël, pour que son enfant les trouve au réveil. A présent, c'était à lui d'offrir à son père le Noël qu'il souhaitait.

— J'ai une idée.

— Laquelle ?

— Le trajet sera un peu plus long, mais je pourrais atteler les chevaux pour…

— Vas-y tout de suite ! s'exclama Burt avec excitation. Et n'oublie pas de mettre un seau à eau et du foin dans la calèche, pour que nous puissions nourrir les chevaux une fois arrivés chez Finley. Et une pelle, au cas où on aurait besoin de déblayer.

— Je m'en occupe. Toi, va t'habiller chaudement, et prends aussi des couvertures. Au fait…, ajouta-t-il avant de sortir, tu n'avais pas acheté un bonnet rouge, il y a quelques années ?

— Je vais essayer de remettre la main dessus.

Cooper prit la direction de l'écurie. Il avait cessé de neiger mais, d'après le bulletin météo, cela devrait reprendre en cours de journée. S'ils voulaient partir, c'était maintenant.

Quand il eut fini de préparer l'attelage, il retourna chercher son père dans la maison. Il le porta à l'arrière de la calèche, là où il lui avait préparé un couchage avec du foin et des couvertures.

— Si tu restes allongé, tu seras protégé du vent.

Le trajet, qui ne prenait qu'une dizaine de minutes en voiture, dura plus d'une heure. Quand ils arrivèrent sur Main Street, Cooper remarqua que toutes les décorations lumineuses étaient recouvertes de neige. Les fausses cannes en sucre, elles, n'étaient même plus visibles. La neige avait fait de Mistletoe un décor enchanté. Le visage gelé, il baissa la tête pour affronter le vent et encouragea les chevaux pour qu'ils parcourent les derniers mètres.

— Les voilà ! Les voilà ! cria Flint depuis la chambre du fond.

Finley sortit de la cuisine où elle venait d'enfourner la dinde.

— Qui ? demanda-t-elle, le cœur battant, sans oser espérer.

Elle entra dans la chambre et trouva les jumeaux le nez collé à la vitre.

— Cooper conduit notre char ! annonça Tuff.

— Où est Burt ? demanda Flint en essuyant la buée.

Finley regarda par-dessus leur tête.

— Allongé à l'arrière.

Quand Cooper fit avancer les chevaux dans l'allée, elle se précipita dans la salle de bains pour se passer de l'eau sur le visage. Elle n'avait pas le temps de se maquiller, ni même de s'habiller. Enfilant une robe de chambre pour couvrir son pyjama à l'effigie de Bugs Bunny, elle courut au rez-de-chaussée où les garçons l'attendaient déjà en bottes et en manteau devant la porte de derrière.

— Dépêche-toi, maman ! lui dit Tuff.

Elle mit à la hâte ses bottes de pluie et ils sortirent tous les trois. Dès qu'elle croisa le regard de Cooper, il lui adressa un grand sourire.

— Pouvons-nous mettre les chevaux à l'abri dans votre garage ?

— Bien sûr !

Prenant la pelle qu'elle avait laissée contre le mur, elle se hâta de déblayer le chemin menant au garage. Elle y entra par la porte latérale et ouvrit le portail automatique.

— Je crois qu'il y a assez de place pour les chevaux sans que nous ayons à sortir ma voiture ! cria-t-elle depuis l'intérieur.

Cooper les dételа, les fit entrer, puis il envoya les garçons remplir le seau d'eau dans la maison. Pendant ce temps, il étala du foin sur le sol. Quand il eut fini, il regarda Finley avec une tendresse qui lui réchauffa le cœur.

— Je vais porter Burt à l'intérieur, dit-il. Puis je reviendrai chercher les cadeaux.

Après avoir installé son père à l'étage, sur le canapé du salon, il retourna à la calèche pour prendre le grand sac qu'il avait laissé à l'arrière.

— Qu'y a-t-il dans votre hotte ? demanda Finley en lui tenant la porte.

— Une surprise, répondit-il avec un clin d'œil.

C'était la première fois qu'il lui faisait un clin d'œil, et elle ne put s'empêcher de rire. Comme elle se dirigeait vers l'escalier, sa robe de chambre s'accrocha à la poignée d'un meuble et elle trébucha, manquant de tomber sur Cooper. Il la rattrapa de justesse par la taille.

Elle se tourna vers lui et le regarda dans les yeux.

— Je ne pensais pas que vous viendriez aujourd'hui.

— Même une tempête de neige ne m'aurait pas empêché de passer cette journée avec vous et les garçons.

— Mais la semaine dernière… A la parade…

— Je suis désolé. J'avais un problème à régler avec Burt. Mais tout va bien, maintenant.

Il leva les yeux vers le bouquet de gui.

— Joyeux Noël, Finley.

— Joyeux Noël, Cooper.

— Eh, Burt, je crois que ma mère est en train d'embrasser Cooper !

Finley venait d'entendre la voix de Tuff.

— Beurk ! fit Flint.

— Dites donc, les amoureux, leur cria Burt. Vous allez rester en bas toute la journée ? On attend les cadeaux, ici !

Cooper et Finley les rejoignirent en haut, et Cooper offrit aux enfants le cadeau qu'il leur avait préparé avec Burt.

— C'est un train ! s'écria Flint quand ils eurent déchiré le paquet.

— C'est vous qui l'avez fait ? demanda Tuff.

— Avec l'aide de Burt.

Les jumeaux les embrassèrent avec affection.

— Il est mieux que celui de Jacob ! s'exclama Tuff.

— Oui, beaucoup mieux ! approuva Flint.

Ils commençaient déjà à assembler les wagons.

— Vous ne voulez pas offrir son cadeau à votre maman ? demanda Cooper.

— Si ! Si !

Flint prit le paquet que lui tendait Burt et le donna à Finley.

— Tu vas l'adorer, maman, assura Tuff.

— C'est vrai ?

— Cooper nous a aidés à le fabriquer.

Finley défit le paquet et poussa un cri de joie.

— Une petite maison pour les oiseaux ! Elle sera parfaite dans le jardin, dit-elle en embrassant ses fils. Merci et bravo ! Je suis impressionnée.

— Cooper a dit que c'était comme un hôtel pour les tout petits oiseaux. Il y a plein de chambres.

— Une cabane pour les pinsons, dit-elle. Elle est ravissante, mes chéris.

— Et ça, dit Cooper en lui tendant un paquet, c'est un cadeau de ma part.

Elle le déballa et découvrit une petite boîte en bois sculpté.

— Cooper, elle est magnifique.

— C'est une boîte à souvenirs.

Elle l'ouvrit et vit que l'intérieur était tapissé de velours vert.

— Merci, Cooper.

— Tu l'embrasses pas pour le remercier, maman ? demanda Tuff.

— Si, bien sûr.

Finley se leva et rejoignit Cooper près du sapin. Il noua alors les bras autour de sa taille, et elle rêva de s'éclipser avec lui pour le remercier comme il se devait.

— J'ai aussi quelque chose pour Burt et vous, dit-elle en prenant les deux étuis noirs qu'elle avait mis sous le sapin.

Burt fut le premier à ouvrir le sien.

— Des pépites d'or ?

Les garçons éclatèrent de rire.

— C'est des pastilles de cuivre, dit Flint.

— Tu peux me dire à quoi ça sert ?

— Prenez-les dans votre main le soir avant de vous endormir, recommanda Finley. Cela vous protégera des rhumatismes et de l'arthrose.

— Merci, Finley. Je serai heureux si, dorénavant, j'ai les membres un peu moins endoloris en me réveillant le matin.

— Ouvrez le vôtre, Cooper, dit Tuff.

Il ouvrit l'étui et regarda à l'intérieur.

— C'est une pierre rose.

— Une manganocalcite, précisa Finley. Aussi connue sous le nom de cristal du cœur.

Elle le regarda dans les yeux, espérant qu'il allait comprendre à quel point elle brûlait de lui offrir son cœur.

Il s'éclaircit la voix.

— Je voulais attendre le bon moment, mais...

Il s'interrompit pour regarder Burt et les garçons.

— Je crois que c'est maintenant, le moment idéal, décida-t-il.

Il prit les mains de Finley et plongea les yeux dans les siens.

— Nous nous sommes rencontrés il y a peu de temps mais, parfois, il suffit d'un sourire ou d'un regard pour reconnaître son âme sœur.

Finley sentit des larmes lui picoter les yeux.

— Cooper, je suis en robe de chambre.

— Et tu ne pourrais pas être plus belle que tu l'es à cet instant.

— Qu'est-ce qui se passe ? demanda Tuff.

— Chut ! souffla Burt. Cooper est en train de demander ta maman en mariage.

Cooper ne semblait pas les entendre.

— Tu as fait entrer dans ma vie la magie qui me manquait depuis tant d'années. Je t'aime, Finley. Veux-tu m'épouser ?

— Dis oui, maman ! s'exclama Flint.

— Si Cooper se marie avec maman, il sera notre papa ? demanda Tuff à Burt.

— Oui. Et je serai votre grand-père.

Tuff poussa alors son frère pour poser la main sur le bras de Finley.

— Dis oui, maman.

Elle n'avait jamais été aussi émue de toute sa vie.

— J'ai besoin de toi plus que tu n'as besoin de moi, murmura-t-elle. Grâce à toi, ma vie agitée a trouvé son équilibre.

— Chère Finley, lui dit Burt, avant que vous ne donniez votre réponse, je tiens à vous dire que j'emménagerai bientôt dans la nouvelle maison de retraite, à quelques kilomètres du ranch. Vous ne m'aurez pas dans les pattes.

Sous le choc, Finley regarda Burt, puis Cooper.

— Si je peux me permettre de donner mon avis, dit-elle, il n'en est pas question. Cette famille ne pourra pas marcher sans vous, Burt.

Cooper l'attira alors contre lui pour l'enlacer.

— J'ai tellement de chance d'avoir rencontré une femme aussi généreuse que toi !

Elle se redressa pour le regarder dans les yeux et vit qu'il était aussi ému qu'elle.

— Nous avons tous les deux de la chance, Cooper.

Elle déposa un baiser sur ses lèvres.

— Est-ce que vous allez vous embrasser tout le temps, maintenant ? demanda Tuff.

— C'est bien possible, répondit Cooper en riant.

— Beurk, commenta Flint.

— Tu as trouvé un véritable ange de Noël, Cooper.

— Toi aussi, papa.

Les garçons sautèrent alors de joie et se ruèrent sur Cooper au point de le faire tomber à la renverse.

— Ça a marché ! Ça a marché ! cria Flint.

— Quoi donc ? fit Finley, étonnée.

— La potion magique ! On a demandé au Père Noël de nous offrir un papa, et il l'a fait !

Finley leva les yeux vers le ciel et sentit le regard de sa grand-mère sur eux.

— Maintenant, dit Cooper, si vous voulez bien nous excuser cinq minutes, nous devons nous voir en privé, votre maman et moi.

Il la prit alors par la main et la mena au rez-de-chaussée, à l'abri des regards. Il la guida jusqu'au bouquet de gui et la serra contre lui.

— Merci d'avoir accepté que Burt fasse partie de notre vie.

— Je n'imagine pas les choses autrement. C'est aussi pour ta relation avec lui que je t'admire autant. Nous formerons une famille unie, quoi qu'il arrive. Rien ne pourra nous séparer les uns des autres.

— Je t'aime, Finley.

— Je t'aime, Cooper.

Il allait l'embrasser, mais ils sursautèrent en entendant quelqu'un frapper.

— Viola ? fit Finley en ouvrant la porte.

— Je suis désolée de vous déranger… J'ai préparé un gâteau pour vous et les enfants, dit-elle en lui tendant un paquet.

Elle avait dû voir arriver Burt et, de toute évidence, elle mourait d'envie d'être invitée à déjeuner.

— Ne restez pas dans le froid. Vous allez bien partager le repas de Noël avec nous, non ?

— Oh ! mais je ne veux pas m'imposer ! répondit-elle en déboutonnant son manteau. Bonjour, Cooper.

— Bonjour, madame, dit-il avec un sourire malicieux.

— Où donc est notre vieux fauteur de troubles ? demanda-t-elle.

— En haut, avec les jumeaux.

Viola fonça droit vers l'escalier.

— Madame Keller, vous savez quoi ? s'écria Flint en la voyant arriver. Maman va se marier avec Cooper, et il va devenir notre papa !

— Oh ! quelle bonne nouvelle ! Joyeux Noël, Burt.

— Joyeux Noël, Viola. Cette robe violette vous va à ravir.

En les entendant depuis le rez-de-chaussée, Finley se blottit contre Cooper en souriant.

— Je ne suis pas sûre que ton père reste très longtemps avec nous, en fin de compte.

— Je me demande s'il pourrait supporter une femme comme Viola.

— Tu sais, quand elle a décidé quelque chose, rien ne peut l'arrêter.

Finley rit intérieurement en se remémorant les achats que sa voisine avait faits à la boutique.

— On dirait que notre famille n'a pas fini de s'agrandir, commenta Cooper.

— J'espère bien.

Elle montra du doigt le gui suspendu au-dessus d'eux et Cooper se pencha vers elle pour l'embrasser enfin.

— Joyeux Noël..., murmura-t-elle tout contre ses lèvres.

— Joyeux Noël, mon amour.